阅读之前 没有真相

午夜文库

詹姆斯·李·伯克
戴夫·罗比乔克斯系列

詹姆斯·李·伯克
James Lee Burke (1936—)

詹姆斯·李·伯克一九三六年出生于得克萨斯州的休斯敦，一九六〇年毕业于密苏里大学研究院，获文学硕士学位。伯克的表兄，安德烈·杜布斯是美国二十世纪最著名的短篇小说家之一。为了同表兄一较高下，詹姆斯·李·伯克在十九岁发表了第一部短篇小说。

一九六〇年，伯克完成了他的第一部长篇小说《半面天堂》。《纽约时报》书评版为伯克的处女作发表了头条评论，评论家将其与纪德、福克纳、海明威、萨特以及哈代等人相比较。一举成名后，伯克的新作屡遭拒绝，《失而复得的布基》出版前被出版社拒绝了一百一十一次。此书后来为他赢得了普利策奖提名。在等待出版的九年中，伯克饱受酗酒带来的精神和健康问题的折磨。为了养家糊口，他做过石油公司工程师、记者、社工、大学英语教授。最后，詹姆斯·李·伯克转而创作侦探小说，推出了"戴夫·罗比乔克斯系列"，该系列作品占据了各大图书销售排行榜的榜首，售出多部电影改编版权。

詹姆斯·李·伯克曾两次获得爱伦·坡最佳小说奖，这一成就在该奖项的历史上极为罕见。伯克的作品如同一部美国南部编年史,记录了被种族主义和贫富差距折磨得遍体鳞伤的南方社会。他关注现代工业对传统和自然的影响,崇尚人道主义和英雄主义,擅长心理描写,这些特点为他在评论界赢得了"犯罪小说中的福克纳"的美名。作为二十世纪最重要的侦探小说家之一,詹姆斯·李·伯克影响了一代作家,其中包括约翰·康奈利、彼得·梅尔等。在他看来,所有伟大的作家对于自己的作品都有相似的看法,即:其中的神圣之处并非来自作家本人,因而他们都怀有谦卑之心。他将自己的才华视为天赐的礼物,而写作仅仅是"为答谢这份礼物而做的回报"。

二〇〇九年,美国侦探小说作家协会授予詹姆斯·李·伯克大师头衔。伯克目前住在蒙大拿的米苏拉和路易斯安那的新伊比利亚,他和来自中国的妻子结婚五十七年,育有四个子女。

詹姆斯·李·伯克作品年表

戴夫·罗比乔克斯系列：

1987　The Neon Rain
1988　Heaven's Prisoners
1989　Black Cherry Blues
1990　A Morning for Flamingos
1992　A Stained White Radiance
1993　In the Electric Mist with Confederate Dead
1994　Dixie City Jam
1995　Burning Angel
1996　Cadillac Jukebox
1998　Sunset Limited
2000　Purple Cane Road
2002　Jolie Blon's Bounce
2003　Last Car to Elysian Fields
2005　Crusader's Cross
2006　Pegasus Descending
2007　The Tin Roof Blowdown
2008　Swan Peak
2010　The Glass Rainbow
2012　Creole Belle
2013　Light of the World

比利·鲍勃·霍兰德系列：

1997　Cimarron Rose
1999　Heartwood
2001　Bitterroot
2004　In the Moon of Red Ponies

哈克贝瑞·霍兰德系列：

1971　Lay Down My Sword and Shield
2009　Rain Gods
2011　Feast Day of Fools

詹姆斯·李·伯克作品年表

非系列及短篇小说选集：

1965　Half of Paradise
1970　To The Bright and Shining Sun
1982　Two for Texas
1985　The Convict
1986　The Lost Get-Back Boogie
2002　White Doves at Morning
2007　Jesus Out to Sea

忧伤的黑樱桃
Black Cherry Blues

(美)詹姆斯·李·伯克 著
白 天 译

新星出版社 NEW STAR PRESS

谨以此书献给约翰和弗拉维亚·麦克布莱德

在此感谢约翰·西蒙·古根海姆基金会提供的大力协助，同时还要感谢国家艺术基金会过去对我的支持。

第一章

一道闪电从卧室窗外的胡桃树后闪过,她金色的鬈发披散在枕头上,皮肤被闪电映得雪白。这夜又热又闷,云朵像天空中悬着的马尾。海湾里雷声隆隆,如同一只苹果在木桶里不停地滚动。这时,第一滴雨点敲在窗户上。她正侧身睡着,被单勾勒出她的大腿、臀部和胸部的诱人曲线。电光中,她裸露的肩膀上那些小小的晒斑异常清晰,仿佛是大理石雕像上的瑕疵。

突然,房子大门被人撬开了,两个男人闯了进来,他们手里端着猎枪,脚步声很重。其中的高个子是海地人,另一个是拉丁美洲人,油亮的鬈发从他脑袋上垂下来。他们俩站在床脚,一言不发。这张双人床上只睡着她一个人,她已经醒了,张大嘴巴,瞪着茫然的双眼,脸上还留着做梦般的神情,分不清这两个沉默的男人是真是幻。接着,两个男人对视了一眼,举起枪对准她的胸口。她眼中充满恐惧,哽咽地喊着我的名字,紧抓着被单挡在胸前,似乎这样做就能挡住那些从点一二口径双筒猎枪里射出的子弹。

他们开始扫射。整个房间霎时如爆炸般硝烟弥漫,火花四溅,弹壳散落,棉絮纷飞。床架上弹痕累累,灯罩被打得千疮百孔,遍地都是玻璃碎片。两个杀手有条不紊地取下猎枪上的运动栓,又把五个弹仓装满,对着满屋的硝烟疯狂扫射,子弹打完了又再装上。他们俩毫不慌乱,那种平静的神情就像盲人举枪对着天上的鸟群乱开一气。

碎裂的被单沾满她的鲜血,嵌入她的伤口。两个男人早已走了,而我,跪在妻子身旁,一遍遍亲吻她无神的双眼,抚摸着她的头发和苍白的脸颊,将她冰凉的手指含进嘴里。一滴血从裂开的床头滴下,落在我的皮肤上。屋外空地上,一道闪电突然划过,我满脑子都是潮湿的硫黄味,似乎又听到有人在叫我的名字,那声音就像从淤泥里发出的,几近窒息的、绝望的呼喊。

现在是星期六凌晨四点钟,窗外下着大雨。在西巴吞鲁日的一间小旅馆里,我从梦中惊醒,起身坐在床边,试图把梦从脑子里赶走,于是去洗了个澡。洗完澡,我回来待在黑暗中,静静地坐在床边。

离第一缕曙光出现还有两个小时,但我知道自己睡不着了。于是穿上雨衣,戴上帽子,开着我的小卡车去了一家通宵营业的路边小餐馆。雨水敲着卡车玻璃,大风从西南面猛烈地刮过来,穿过阿扎法拉亚湿地,抽打着道路两旁的棕榈叶和橡树。西巴吞鲁日一端连着密西西比河,这里挤满了廉价酒馆、小赌坊以及黑人和打零工者常去的酒吧。而在东面,你能看到厄尔凯龙大桥灯火通明的栏杆,雨幕中州议会大厦的轮廓,还有一缕缕烟雾从炼油厂里升起。西巴吞鲁日是一片绿地,随处可见橡树、公园和湖泊,人们从不认为那些灯火辉煌的炼油厂和化工厂会带来工业化的危害,反而觉得是经济稳定的保证。但是如果你驾车向西驶过那座桥,来到原先的老公路上,就进入了另一个世界,那里聚居了来自阿扎法拉亚盆地的卡真人①、码头工人、管道工人和乡下人。要不是他们有一辆破车,一台播放着维隆专辑的卡带机和一打一打的贾克斯牌啤酒,你甚至看不出他们生活在美国。

雨水飘洒在咖啡馆停车场的橘黄色弧光灯上。店里空荡荡的,透过厨房的服务窗口,我看见一个胖胖的黑人妇女在里面忙活。店里还有一个漂亮的红头发女招待,大约二十岁出头,穿着粉红色制服,头发绾起,露出布满小雀斑的脖子。她显然非常疲惫,但在为我点菜时依旧表现得很礼貌,还冲我微笑了一下。我发现自己对一个年轻女孩的微笑非常敏感,很容易着迷,对此感到一丝内疚,近乎羞愧。如果你是一个四十九岁的男人,未婚或是丧偶,当一个年轻女人对你表现出关心时,你很容易感到飘飘然,而忘记这仅仅是出于对年长之人的尊重罢了。

我点了一份炸鸡和一杯咖啡,听着从隔壁房间点唱机里传来的吉米·克兰顿的歌声,《仅仅一个梦想》。隔壁是空荡荡的舞池,透过敞开的大门,我看见五六个人坐在靠墙的吧台边,其中一个男人和我年纪相仿,一头微卷的金发。他喝光杯中的威士忌,然后指着玻璃杯,示意酒保帮他把杯子加满。接着,他站起身,穿过舞池来到咖啡馆。

他穿着灰色休闲裤,绿底蓝花的运动衫,脚上穿着光亮的平底鞋,白色短袜,腕上戴着一块金表,衣服口袋里插着一支金色圆珠笔。上衣下摆露在裤子外面,以此遮掩他的大肚子和腰间的赘肉。

"嘿,亲爱的,给我来一个芝士汉堡,送到吧台那里,可以吗?"

---

① 卡真人(Cajuns),美国路易斯安那州的土著,原为法国移民后裔。

他对女服务员说。

等他的眼睛适应了这里的光线之后,他开始仔细打量我。

"我的上帝啊,"他说,"戴夫·罗比乔克斯,好你个浑小子!"

那是老熟人的声音和面孔,迪克西·李·普,不仅是我的旧识,也代表过去的岁月。一九五六年,我在西南路易斯安那学院读大学一年级,迪克西是我当时的舍友。他是个来自巴吞鲁日北部河滨小镇的男孩,口音更接近密西西比地区。他第一学期因为考试不及格而退学,随后去了孟菲斯,在一家录音棚里录制了两张唱片。值得一提的是,卡尔·帕金斯、约翰尼·卡什和猫王的事业都是从这个录音棚起步的。第二张专辑让他在纽约上了电视,当他弹着那把镶钻的吉他,或是敲击钢琴琴键时,成千上万的观众都为之疯狂,站在那里手舞足蹈,每当看到这种场景,我们都惊叹不已。

他是早期摇滚乐坛的佼佼者之一,比很多人都有优势。他是真正的艺术家,一个忠于上帝的白人布鲁斯歌手。他在家乡的浸信会教堂里受到音乐启蒙,那个小镇也给他带来了很多痛苦,他唱的每一首歌都能让我们感受到这种痛苦,我们也知道,这不是造作的无病呻吟。

后来我们听说了他的其他经历:四五次失败的婚姻,一个孩子在大火中丧生,驾车肇事并逃逸,在得克萨斯因酒后驾驶被关进了亨茨维尔监狱。

"戴夫,我真不敢相信,"他咧嘴笑着,"十年前还是十二年前,我在新奥尔良见过你,你那时是个警察。"

我想起来了。那次碰面是在运河边上的一个廉价酒吧里,那个酒吧专找过气明星表演,客人们会在表演时大声喧哗,并侮辱台上的演员。

他在我身边坐下,仿佛刚想起来似的,和我握了握手。

"我们应该去喝一杯,好好聊聊。"接着,他招呼服务员给我来杯啤酒或加冰威士忌。

"不,谢谢,迪克西。"我说。

"你的意思是说现在太晚了,或是太早了,不是时候,还是你现在戒酒了?"

"我加入了戒酒协会,你明白吗?"

"哦,是的,明白。那的确需要勇气,我很佩服你。"他眼睛发绿,闪着酒光,直勾勾地盯着我看了一会儿,然后眨了眨眼,一时有些尴尬。

"我在报纸上看到你妻子的事了,我很遗憾。"

"谢谢。"

"他们抓到凶手了?"

"差不多吧。"

"哦。"他又仔细地看了我一会儿,我能看出他的不安。他知道,和老朋友的一次偶然碰面并不一定能唤回往日的美好记忆,他又笑了笑。

"你还是个警察吗?"他说。

"我现在在新伊伯利亚南部经营一个鱼饵店,还做些租船生意,我昨晚到这里来,是为了取几件冷冻设备,结果被暴风雨困住了。"

他点点头,我们俩都沉默了一会儿。

"你现在还在这里演出吗,迪克西?"我问道。

我说错话了。

"不,我不再演出了,自从得克萨斯那次的麻烦之后,我就再也没有演出了。"

他清了清嗓子，从上衣口袋里掏出一包香烟，抽出一支。

"嘿，亲爱的，帮我把酒从吧台那儿拿过来好吗？"

女服务员正在擦柜台，她笑了笑，放下手中的抹布，走进了隔壁的夜总会。

"你知道我在得克萨斯的事吧？"他问我。

"是的。"

"我那时酒后驾车，出了车祸。是的，我逃离了现场，但是那个家伙突然刹车，我根本不可能避开。那次车祸撞死了他的小儿子，那是我一生的污点，我被关了足足十八个月。"他的大拇指在餐巾纸上划出一道道痕迹，"即使这样，很多人还是抓着我不放。"

我不知道该说什么，我为他感到难过。他看起来和我刚认识他时没什么区别，只不过现在他大多数时间都与酒为伴。我记得在《新闻周刊》上读过一篇写迪克西·李·普的文章，在我读过的所有关于他的文章中，这一篇最为准确地描述了他的个性。记者问他乐队里有没有人认识乐谱，他回答说："是的，有些人认识，但这并不妨碍他们演奏。"

我问他现在做什么，因为不得不找点儿话说。

"我在做土地租赁的买卖，"他说，"就像汉克·斯诺唱的那样，'从古老的蒙大拿一路向南，直到阿拉巴马。'那片地都是我的，只要那里有石油和煤矿。金钱就是真理，老兄。"

女服务员把他的威士忌和水端过来，放在他面前。他喝了一口，在杯子上方冲她眨眼睛。

"我很高兴你过得不错，迪克西。"我说。

"是的，我日子过得不错，我有辆敞篷凯迪拉克，每周都会去不同的地方，这比粗茶淡饭的日子好些。"他拍拍我的胳膊，"唉，总的说来，还挺不错。"

我点点头，透过服务窗口，我看见那个黑人妇女正把我的炸土豆和炸鸡扔进盘子里，我本想告诉服务员我打算打包带走的。

"好啦，有人还在等我呢，"迪克西·李·普说，"现在有些年轻人还喜欢跟着我混，你明白吗？放松点儿，老兄，你看上去不错。"

我和他握了握手，吃完炸鸡，又买了一杯咖啡准备路上喝。我出了咖啡馆，走进雨幕。

穿过阿扎法拉亚盆地，风一路上猛烈地敲打我的卡车。太阳升起，阳光灰暗而潮湿，几只鸭子和苍鹭在沼泽上低低飞过。海湾里的水泛着铅色，在风中翻卷，从钻探装置中喷出的火焰被风吹得向后倒。每天早上，我起床做的第一件事就是祷告，感谢上天让我昨天滴酒未沾，并祈求神灵让我今天也能这样度过。今天早上，我为迪克西·李做了祈祷。

我驾车穿过圣马丁维尔，回到新伊伯利亚。太阳已经爬上了河边的树顶，朦胧的晨光中，湿漉漉的树林里依然弥漫着团团薄雾。现在刚到三月，和往常一样，经过了二月漫长阴暗的雨季，春的气息已经涌入南路易斯安那。新伊伯利亚的东大街上，所有的院子里都开满了杜鹃、玫瑰和娇艳的芙蓉，格架和凉亭上爬满了牵牛花和一簇簇紫藤萝。我驾着车轰隆隆地驶过吊桥，开上了小镇南边沿河的土路，我在那儿的钓鱼码头经营一个鱼饵店，那里还有我父亲在大萧条时期用柏树和橡树造的一幢老房子，现在我和一个六岁的萨尔瓦多小难民一起住在这幢房子里，她的名字叫阿拉菲尔。

房子的木头没有刷漆，颜色暗沉，坚硬如铁。屋顶的横梁凿出凹槽，挂上了钩子。前院里的山核桃树高大茂盛，树叶上的雨水滴下来，敲打着走廊的铁棚顶叮咚作响。院子总是被层层叠叠的暗绿色枝叶覆盖。替我照顾阿拉菲尔的老妇人正在侧院里，忙着扯下兔子笼上的挡雨布。她叫克拉瑞斯，是个混血儿，古铜色的皮肤，蓝绿色的眼睛，南路易斯安那很多法国血统的黑人都有这样的特征。她经常吸鼻烟和手卷烟，皮肤上布满皱纹，四肢像树枝一样干瘦。虽然在家里总把我使唤得团团转，但是她比我认识的任何人都要勤快。从我儿时起，她就对我们家忠心耿耿。

现在，阳光洒满了我的码头，另一个为我工作的黑人——巴提斯特——正在帮两个白人往船上搬冰柜。他光着上身，冰柜压得他肩膀和宽阔的后背上的肌肉高高隆起。他能徒手拍灭烧烤火堆的余烬。我还见过他拽住一条六英尺长鳄鱼的尾巴，把它猛地拖出水面，甩到岸上。

我绕过院子里的水坑，来到走廊里。

"你打算怎么处置这只浣熊？"克拉瑞斯问我。

我的浣熊只有三条腿，大家叫它"三脚架"。它平时拴着链子，链子一端绑在一条金属晾衣绳上，这样它就可以在侧院里跳上跳下。现在，克拉瑞斯拎着链子把它提到空中，它拼命扭动挣扎，像被吊在绞刑架上一样。

"克拉瑞斯，住手。"

"我真想砍了它，你看它都干了些啥。"她说，"你过来瞅瞅我的洗衣篮，来瞅瞅你的衣服，昨天还是蓝色的，现在变成棕色的了！你自己过来闻闻这味儿。"

"我马上就把它带到码头去。"

"告诉巴提斯特，别再把它带回来了。"她把勒得半死的三脚架丢在地上,"它要是再敢到我房间来,你就等着吃浣熊肉配红薯吧。"

我把三脚架的链子从晾衣绳上解开,牵着它走到码头上的鱼饵店和小餐馆。我一度对白人至上的思想在南方的影响力感到不可思议,因为在我家,发号施令和实际操纵的明明都是有色人种。

巴提斯特和我一起把前一晚暴雨留下的积水从船舱里舀出去,给自动售货机装满香烟和糖果,用网把鱼饵舱里死掉的小鱼捞出来,接着给冰柜排水,再把新鲜的冰块放在苏打水和啤酒上面,然后生火为中午回来的渔民准备午饭。最后,我张开大太阳伞,插在桌子中间的孔里,所谓的桌子是一些巨大的木制电缆线轴,所以中间有个圆孔。做完这些,我就转身回家了。

雨过天晴,景色非常漂亮。天空湛蓝,田野里的草被雨滋润得碧绿如新,走廊里凉风习习,后院里浓荫密布。我的红木花箱上滴着水珠,里面是茂盛的牵牛花和火焰草。阿拉菲尔穿着睡裤趴在厨房桌子上,在往我前天给她买的米老鼠画册上涂色。她的黑发剪成平平的齐刘海儿,棕色的大眼睛明亮动人,圆圆的脸蛋仿若烤派的盘子,皮肤晒成漂亮的小麦色。如果硬要给她的长相找出缺点的话,那就是她的门牙缝有点儿宽,这让她在笑的时候嘴更大了。很难相信,一年前在墨西哥湾,当我把她从失事飞机里拉出来的时候,她还像鸟一样轻,嘴巴喘息着,看起来就像我妻子裙兜里垂死挣扎的鱼。

我用手轻轻梳理她柔软的黑发。

"过得怎么样,小家伙?"我说。

"你去哪儿了,戴夫?"

"我被暴风雨耽搁了,只能待在巴吞鲁日。"

"哦。"

她继续涂颜色。然后停下来,冲我咧开嘴笑了,满脸开心。

"三脚架在克拉瑞斯的篮子里拉屁屁了。"她说。

"我听说了。听着,不要说'拉屁屁',要说'它排泄了'。"

"不能说拉屁屁?"

"是的,要说它排泄了。"

她跟着我重复这个词,我们俩的头一起一点一点的。

她在新伊伯利亚的教会学校读一年级。不过,她从克拉瑞斯和巴提斯特夫妇那儿学来的英语,比跟我和修女学到的标准英语还多。你每天都能从他们三个嘴里听到这几句话:"什么钟点啦?""你干啥在我的窗户底下烧叶子,啊?""我上次开你的卡车,有人往轮子下面扔钉子,胎给爆了。"

我拥抱了阿拉菲尔,吻了一下她的额头,然后回卧室洗澡。窗外吹来的风夹杂着潮湿泥土和树木的气味,以及花丛中紫茉莉的淡淡幽香。这春天的早晨本应让我精力充沛,我却感到无精打采,筋疲力尽,不仅是因为前一夜的噩梦和失眠。这种感觉不知何时就会猛然向我袭来,让我觉得心脏里的血都凝固了。突然间,我脑中就会浮现那些画面,耳中尽是可怕的声音,让我无力抵抗。

这种现象随时会发生。现在,就在卧室里,这种感觉又出现了。我已经换了好几面墙板,把弹孔一个个修补好——先用细木屑填满,再用砂纸磨光。原本碎裂的床头板上血迹斑斑,像画笔甩上去的褐色斑点。现在,这些床板都被摞在房子一角老仓库的角落里。但是只要一闭上眼睛,我就看到黑夜中子弹迸射,火花四溅,听见可怕的枪声如同雷电般炸响,听见她蜷缩在被单下,试图保护自己时发出的尖叫。我从暴雨中疯狂地朝屋子冲去,绝望的吼叫声淹没在滚滚雷鸣中。

每当这种黑暗的梦魇在白天袭来,总是让我无法挣脱。于是,我穿上运动裤和球鞋去后院练举重。我用一根九十磅的杠铃练习提举、曲臂举、坐举，十个一组，一共做六组。然后沿着河边的土路跑上四英里。阳光像烟雾一般穿过茂密的橡树和柏树叶，在我头顶旋转。鱼儿在树叶间捕捉昆虫，在两片树荫相交的地方，我有时能看到大嘴黑鲈在水下翻滚。

我跑到吊桥再折返回去，转身时向看桥的人挥挥手，回家时精神振奋。我的气色很好，血液在胸膛里奔流，腹部平坦而结实。但是，我不知道，对于死亡和痛苦的记忆，还能抵挡多久。

我是个赌马的赌徒，总是试图凭直觉掌控未来，但除了死死地盯着赔率表，我无能为力。

三天之后，我正在码头上用扫帚清理帆布褶皱里的雨水，店里的电话铃响了，是迪克西·李·普打来的。

"我来接你一起吃午饭吧。"他说。

"谢谢，可我现在正忙着呢。"

"我想找你谈谈。"

"说吧。"

"我想和你单独谈谈。"

"你在哪儿？"

"拉斐特。"

"那你开车来吧，过了东大街，沿着河边往南开，你就能找到我这里了。"

"我一小时后到。"

"你听上去心情不好，老兄。"

"是的，可能我该再结一次婚，放纵一下。"

每天早晨，巴提斯特和我在烤肉炉里烤鸡肉。烤炉是我用油桶做的，先用焊锯把桶横切开，然后装上钉铰，安上金属腿。我出售纸盒装的烤肉和鸡杂饭午餐，每份三点五美元，通常能从渔夫们手里赚到大约三十美元，这些渔夫要么是刚回来，要么正准备出去。等把这些线轴做的桌子清理干净，巴提斯特和我就给自己弄点儿吃的，坐在河边的太阳伞下开几瓶胡椒博士汽水。

这是个温暖明媚的下午，风吹起沼泽地里的苔藓。天空湛蓝如洗，像瓷器一样光洁干净。

"那个人咋开车的，看不见路上有坑吗？"巴提斯特说。他那件晒退色的牛仔衬衫胸口敞着，露出黝黑的胸膛，看上去像钢板打的一样。他脖子上挂着一枚十美分的硬币，那是他的护身符。

一辆粉色的凯迪拉克敞篷车朝这边开过来，车身上溅得都是泥，挡板上污浊不堪。我看见车头栽进一个泥坑，挡风玻璃上全是黄色的泥浆。

"迪克西·李一向不知道谨慎行事。"我说。
"你不会把我们的船租给他吧？"
"他是来这儿谈事情的，他以前是个著名的乡村摇滚乐手。"
巴提斯特嚼着饭，显然对此一点儿也不激动。
"我是说真的，他过去在纳什维尔可是响当当的人物。"我说。
他眼睛眯了起来，当他不明白时，就会出现这种表情。
"在田纳西州，他们在那儿灌了好几张唱片。"
白费口舌。
"我再去拿瓶汽水，你喂过三脚架了吗？"我问道。
"你以为那只浣熊不知道哪儿有吃的吗？"

我没听明白。

"它的鼻子可没坏。"

"你在说什么,巴提斯特?"

"它把你所有的炸馅饼都吃光了,不信你去瞅瞅。"

迪克西·李熄了火,重重地甩上车门,蹒跚走过码头,走进鱼饵店,和我们击掌算是打了招呼。他面无血色,皮肤紧绷,汗水涟涟,看上去就像只滴水的南瓜。他的灰色衬衫上印满了玫瑰,腋下和扣子下面都被汗浸透了。

我跟着他走进商店,他往柜台上丢了一张五美元的钞票,走到酒柜前打开一瓶啤酒就往嘴里灌。喝掉一大半才深深地喘了口气,睁开闭着的眼睛。

"老兄,我想我遇到麻烦了,"他说,"我是说非常要命的麻烦。就像有人用钻头拼命钻我的太阳穴。"

他又仰起脖子灌酒,一手叉腰,一饮而尽。

"刚开始的时候都是那么美好,但他们的狐狸尾巴不会藏太久的,对吧?"

"是的。"

"我们现在谈的可是正经事,你认不认识什么法律专家之类的人?"

"恐怕不认识,迪克西。"我把钱找给他。

"那我还需要些酒。"他又打开一瓶啤酒,长饮一口,吐了一口气,"有一次,一个传教士问我:'孩子,你能不能喝完两杯酒以后不再碰它?'我说:'先生,我没法告诉你,因为我从来没试过。'这本来应该很好笑,但我觉得真是可悲透了,是吧?"

"发生什么事了,老兄?"

他看了一眼空空的商店。

"带我去开条船吧。"他说。

"我现在正忙着呢。"

"我会付给你钱的,这很重要,老兄。"

那双绿色的眼睛直直地望着我。我朝商店门口走去。

"我一小时后回来。"我对巴提斯特说,他还在太阳伞下面吃午饭。

"非常感谢,戴夫,真够朋友。"迪克西·李抖开一个纸袋,往里面装了四瓶啤酒。

我带他上了一条小艇,从河口出发,驶过十字路口,那里有个老得掉漆的杂货店,宽阔的走廊正好横在大橡树的树荫底下,几个老人和一些修路队的黑人正在走廊里喝汽水。

小艇荡起的水波穿过睡莲叶片和花丛,拍打在岸边的柏树根上。迪克西·李仰面躺在船头,手里的啤酒瓶闪耀着琥珀色的光,水面反射的光让他眯起眼睛。我关掉马达,让小艇自行荡进柳荫。寂静中,我们突然听到远处杂货店停车场的汽车里,传来汉克·威廉姆斯的老歌。

"我的老天,是我的幻觉还是真的放起了这首歌?"他问道。

"从十字路口那儿传来的。"我说着朝他笑了一下,掏出小刀,把树皮从湿漉漉的树干上刮下来。

"老兄,这让我想起过去。我刚出道的时候,他们说,如果你不能像汉克或莱夫提那样,那就别提你在玩摇滚。他们说得没错。嘿,你知道我歌唱生涯中最辉煌的时刻是什么时候吗?不是那两张白金唱片,当然也不是和那几个脑子进水的女演员结婚,而是那次在新奥尔良,和胖子一起现场表演,我是他合作过的唯一的白人歌手。他棒极了,坐在钢琴凳上,就像一只小胖猪,穿着银色的衬衫,闪亮的外套，手指上戴满戒指。他微笑着、扭动着，用小香肠一样的手指敲打琴键，他脸上的汗水四处飞溅。全场的观众都疯狂了，我的意思是所有人都想爬上舞台，人们在警察面前扭动身体，跳着热辣的布吉舞。这是他的演唱会，他是主角，老兄，但是每次结束时他都会指着我，这样聚光灯就会打在我的吉他上，我也会分得一半的呐喊。那家伙有颗慷慨的心，老兄。"

迪克西·李摇了摇头，用小刀又打开一瓶啤酒。我低头看了看手表。

"哦，我很抱歉，"他说，"这是我的毛病，总是陷在昨天的记忆里。瞧，我脑子里有些可怕的事。这很疯狂，我甚至不知道该如何解释，也许根本没什么事，见鬼，我不知道。"

"何不说出来告诉我？"

"明星钻探公司派我和几个搞土地租赁的人去了蒙大拿。在落基山脉东面，他们管那儿叫东前方，那里有一片面积很大的油气田，从未被开垦过。在那儿我们能赚到几亿美元，唯一的问题是，有一部分是黑脚族印第安人的保留地。

"但我不在乎这些，我只是来租赁土地的，对吧？我和那些林务局官员、印第安人还有在树上钉钉子的疯子周旋——"

"和谁？"

"一帮邪教徒还是什么人，他们不想让人砍树，所以在树干上钉上大大小小的钉子。后来，一些伐木工人陪一个叫麦克劳夫的商人去过那儿，他的脸差点儿被撕烂。但我和那些疯子没过节，毕竟每个人都有自己的喜好，对吧？就让明星钻探公司去处理那些公共关系和政治问题吧，迪克西·李要忙着拜托上帝帮我找个法律专家。

"但我们回来了，参加了在拉斐特石油中心举行的为期六周的交易谈判。我和另外两个搞租赁的人住在汽车旅馆里,公司包揽一切费用,酒吧通宵营业。每天早晨,一个黑人小伙子都会为我们把美酒和冻虾送到游泳池边上。对我来说,在回去和那些印第安人还有疯子交涉之前,这真是个美妙的假期。

"但两天前,那两人中的一个在自己房间里搞了一个派对,实际上更像一场杂耍表演。女人扯掉自己的胸罩,人们相互吐冰水和饮料。然后,我欲火高涨,和一个高个子金发女孩进了卧室。"

他把目光转开,脸颊微微泛红。他喝了一口啤酒,没回头看我。

"那晚我折腾得够呛,完全承受不了她无止境的欲望,"他说,"我想我一定是晕过去,从床的一边滚下去了,躺在床和墙之间的缝隙里,因为早晨五点多我醒过来的时候就躺在那儿。狐狸尾巴这时已经露了出来,我听到那两个搞租赁的人在隔壁房间里的谈话。

"一个人说——我就不说他的名字了——'不要担心,我们做了该做的。'另一个人说:'是的,但我们应该慢慢来,我们应该在他们身上放些石头或其他什么东西。动物总喜欢挖出树林里的东西,接着猎人就会找来了。'

"然后第一个人说:'没人能找到他们,没人在乎他们,他们总是惹是生非,不是吗?'

"第二个人说:'我想你说得对。'

"第一个人又说:'这就像战争一样,由你来规定什么时候结束。'

"我待在卧室里,大气也不敢喘,后来听到他们打电话,叫服务员送早餐和几瓶香槟来。我就穿着内衣走进客厅,就像刚从我妈的子宫里跳出来似的。那时他们俩正准备穿衣服。"

"你认为他们杀了人?"

他紧张地摸着前额。

"天哪，老兄，我不知道，"他说，"你觉得这听起来像什么？"

"听上去不是好事。"

"你觉得我该怎么做？"

我的手反复摩擦工装裤的膝盖，用指甲敲着小艇发动机的铁壳。斑驳的阳光穿过柳树，照在迪克西涨红的脸上。

"我可以介绍你认识伊伯利亚的警长，或者拉斐特那边一个相当棒的缉毒局警官。"我说。

"你在开玩笑吗，朋友？我需要的是一位缉毒官员？鸡窝需要一只吃鸡蛋的狗吗？"

"那还有警长呢。"

他把啤酒瓶子里冒出的泡沫舔掉，逆着光，一只眼半眯着看我。

"我的感觉是，你似乎认为我是开玩笑。"他说。

我抬抬眉毛，没说话。

"求你了，戴夫，我需要帮助，我不知怎么处理这种焦虑，搞得我饭都吃不下了。"

"你觉得命案发生在什么地方？"

"我想是在蒙大拿，过去三个月我们一直待在那儿。"

"我们可以找联邦调查局谈谈，但我想没什么用。你提供的信息太少，迪克西。"我停顿了一会儿，"而且，还有其他的障碍。"

他看着我，像一个马上要挨骂的孩子。

"以前我还是酒鬼的时候，很难让人相信我看到和听到的，"我说，"这不公平，但世道就是这样。"

他盯着水面，用力捏着眉心。

"我的建议是远离那些家伙。"我说。

"我和他们一起工作。"

"还有其他公司可以去。"

"麻烦你认真点儿,我在亨茨维尔监狱待过,得州的假释官根本不会给你最好的推荐信。"

"那我就不知道该说什么了。"

"一大堆麻烦事,哈!"

我慢慢拉起锚绳。

"你决定不理我的事了吗?"他说。

"我希望能帮你,但我想我帮不了,事实就是这样。"

"先别急着开船,我问你一个问题。你父亲死在墨西哥湾的一个钻井架上,对吗?"

"是的。"

"是明星公司的钻井架,对吗?"

"对。"

"他们没装防喷器,油喷出来时死了几十个人。"

"你的记性很好,迪克西。"我拧开节流阀,打开充气口,猛拉了一下启动绳,但是没有动静。

"我谈论的是明星钻探公司,你就那么无动于衷吗?"他说。

我继续拉绳子,油气从马达渗进水里。我一只膝盖跪在座位上,一只手牢牢按住发动机,继续用力拉绳子,将手柄拉得高过耳朵。马达终于咆哮起来,螺旋桨搅起水底的一团黄泥,枯死的水葫芦藤也翻上来,船再次驶进明媚的阳光下,河水拍打着船身,风中传来茉莉和紫藤花的香味。在回去的路上,迪克西·李坐在船头,两手无力地垂在腿间,他无精打采,一片茫然,绣着玫瑰花的衬衫被暖风吹得鼓鼓的。

* * *

傍晚，风向转了，南风中带着湿润的泥土气息，还有一丝咸味。接着，一团积雨云从墨西哥湾上空卷过，像浓烟一样在太阳下滚滚而过，映在橡树、柏树和柳树上的阳光投射出一种奇怪的绿色，就像在水中看到的世界一般。大雨滂沱，雨水在河中跳动，在睡莲的叶片上飞溅，水滴敲在走廊和兔笼上，新犁过的土地泛起一层亮光。

突然，雨停了，天放晴了，西边的天空绽放出如火的晚霞。凉风习习，偶尔夹杂着雨丝。通常在这样的春日傍晚，巴提斯特和我会去位于拉斐特的伊文格琳山。这座山底已经没有石油可开采了，路易斯安那州成了全国失业率最高、信用等级最差的地方，赛马跑道也已经关闭了。

晚餐我煮了点儿小龙虾，阿拉菲尔和我坐在后院合欢树下的野餐桌边剥虾。那一晚，我梦见一团火焰在墨西哥湾的绿色水面下燃烧。海水烧开了，发出咝咝的声音，蒸汽和黑烟升入空中，大片蓝绿色的油漂浮在海上，一直延伸到西边的海平线。在深海的某处，扭曲的横梁、钻管、电缆和淹没的小艇残骸下面，是我父亲和另外十九个男人的尸体。他们和钻探设备一起下到水中，当钻头钻进一片具有开采价值的沙地时，井口喷发了。

公司的公共关系人员说，他们没有安装防喷装置，因为他们从未在墨西哥湾的那片地区发现过石油。我在想，父亲在生命的最后时刻在想什么。我从没见过他恐惧的模样，无论他的处境有多么糟糕。无论是我母亲的不忠给他带来的巨大伤害，还是因醉酒闹事被关进监狱，他总是咧着嘴笑，对我和弟弟眨眨眼睛，好像那些不幸根本不值一提。

但是，在他生命的最后时刻，他会有什么感觉呢？在黑暗中，站在高高的井架平台上，突然，井架开始摇晃，嘎吱作响。平台上的油井工丢下工具，从喷涌的沙子、盐水、气体和石油旁跑开。几秒钟后，层层钻管爆炸，喷出大片橙色和黄色的火焰，钢制的船柱像甘草糖一样被熔成铁水。当时，他是不是想到了我和弟弟吉米？

他一定想到了。当他把安全带扣在下滑钢丝上，奋力跳入黑暗中时，当钻井连带他一起倒在小艇上时，我敢打赌，他想的一定是我们。

他的尸体一直没找到，现在，差不多二十二年之后，我还会在梦中见到他。在我醒着的时候，有时也觉得他在和我说话。在梦中，我看到他从海浪中走出来，绿色的波浪和泡沫在他膝盖周围晃动，健壮的身躯上挂着褐色的海藻，饱经沧桑的皮肤和混血儿一样黑，牙齿却依然雪白，浓密卷曲的黑发就像印第安人的一样，钢盔在头上微微翘起。他在指甲上划着一根潮湿的火柴，点燃嘴角的香烟，然后对我眯起眼睛。一束曙光照在钢盔上，反射出一片明亮的光。我甚至可以感觉到，当我走向他时，海水也在我腿上翻腾。

但这都是梦里的景象，我父亲已经死了，妻子也死了。黎明前微弱的光线让人产生幻觉，窗外弥漫着轻柔的薄雾，这样的晨曦就像希腊睡梦之神摩耳甫斯的礼物一样，吝啬而短暂。

第二章

四月的第一个星期，天气越来越暖。黎明时我在火红的朝霞里撒网捕虾，下午帮巴提斯特忙活店里的生意，然后摆弄我的花花草草，修剪整理屋子南侧的玫瑰花架。还会练练举重，或是沿着河边的土路跑上三英里。四点钟，我会听到校车停车的声音，五分钟后就能听到阿拉菲尔的午餐盒放在厨房桌上的声音，接着冰箱门会打开，她会来后院找我。

有时我想，她对我的那种着迷，可能就像对待意外闯入她生活的奇怪有趣的动物一样。在一架坠毁下沉的飞机里，她母亲努力把她举出水面，自己却淹死了。她的父亲可能被山区的军队杀害了，要么就是在部队监狱里"消失"了。由于种种机缘巧合，现在她和我一起生活在路易斯安那湿地边缘，这个卡真人的世界里。

一天下午，我把野餐桌移到阳光下，穿着运动服躺在上面打盹。我听见她敲纱门的声音了。她看到我仍然闭着眼睛，就从池塘边找来一根鸭毛，用来挠我身上奇特的部位：头上的白色斑点，胡子，还有肚子上扭曲皱缩的伤疤。我感觉她在挠我大腿上一条突起的疤，那条疤看起来就像皮肤下面埋着一支箭头，里面有地雷爆炸时留下的弹片，有时还会触发机场的安检装置。

我还是没有反应，我听到她穿过草地，走到晾衣绳边把三脚架的铁链子解开。突然,三脚架坐上了我的胸口,它的胡须、湿答答的鼻子和圆溜溜的眼睛,一下子全贴在我脸上。阿拉菲尔咯咯的笑声回荡在合欢树丛中。

那天晚上,我关了商店,到码头把桌子上的太阳伞收起来。这时,一辆崭新的普利茅斯轿车——看起来像租车公司的或公务用车——靠着我的水泥船道停了下来,一个男人从车里出来,朝我走来。他身子挺得笔直,一副气势汹汹的架势,这让他看上去比实际上更高。他其实大概不过五英尺五英寸,但脖子很粗,青筋暴跳,肩膀很宽,向下斜溜,像举重运动员一样。两条眉毛又浓又密,几乎连在一起。肌肉紧紧地绷在一起,似乎一个小动作就能拉动一整片肌肉,就像用手指拉起蜘蛛网的中心一样。看着他,我联想到一堆砖头。

他穿着休闲裤,短袖白衬衫的领子没扣,领带拉得很松。他脸上没有微笑,相反,眼睛迅速扫过商店和空桌子,然后向我出示了一下徽章。

"我是特警丹·尼古斯基,罗比乔克斯先生,"他说,"缉毒局的,我想和你谈点儿事,你不介意吧?"

他的口音和名字或长相并不相配,那是南部山区的口音,略带鼻音,像用发夹拨动琴弦的嗡嗡声。

"我正准备关门,然后去公园煮点儿龙虾吃。"我说。

"不会耽误你很久,我在新伊伯利亚和当地警长谈过,他说也许你能帮我的忙。你曾经在他的辖区做过副警长,是吗?"

"做过一阵子。"

他脸上布满皱纹,皮肤粗糙,眼眶周围微微泛红。说话时嘴巴向一个方向撇，脖子上的肌肉随之跳动，就像绑在一根弦上似的。

"在那之前，你还在新奥尔良警察局待过很长时间，是谋杀凶案组的警员，对吗？"

"对。"

"我很快就要得到这个职位了。"他的目光穿过柏树树冠，看着火红的太阳和码头上空空的船只。

和各类联邦政府官员打交道的经验告诉我，他们都一样，要绕很多弯子才会转入正题。

"我能从你这儿租条小船吗？或者，你可以和我一起走走，带我去看看威密伦湾周围的小河，好吗？"他薄薄的黑发理成美国大兵的发型，一边用手指向后梳理头发，一边睁大眼睛环顾四周。

"明天早上我可以租给你一条船，但你必须自己去。到底我能帮什么忙，尼古斯基先生？"

"我只是随便转转，真的。"他又撇了撇嘴，"我听说一伙人在威密伦湾卸了批货物。我只是想来看看地方。"

"你是从新奥尔良来的吗？"

"不，不，我是头一次来这儿。这儿的乡村很美，我一定得尝尝这里的小龙虾。"

"等等，我有点儿不明白。你对威密伦湾附近的毒品走私感兴趣，但你是从别的地方来的？"

"我是闲来无事才想查查的。我想，他们可能和我几年前在佛罗里达追查的是同一批人。那天夜里，他们正在迈尔斯堡卸一条载满香烟的船，被当时在海滩上的几个家伙撞见。他们把那四个人都杀了，其中两个女孩都只有十九岁。但现在这个案子已经不归我管了。"

他的鼻息与尖嗓音与当前话题很不协调，和他矮小厚实的体形也不协调。我注意到此人是罗圈腿,走路时像螃蟹一样,有点儿向一侧拐。

"那么你是从佛罗里达来的?"

"不,不,你完全理解错了。我来自蒙大拿州的大瀑布城。我是想和你谈一下有关——"

"迪克西·李·普。"我说。

我们走上码头,穿过土路,再走过前院的山核桃树。我问他是怎么把我和迪克西·李联系起来的,他说那天凌晨,在巴吞鲁日的小餐馆,当我和迪克西见面的时候,他的一个手下记下了我的车牌号。我猜缉毒局在他旅馆的电话上装了窃听器。我走进房间,拿出两罐冰镇汽水,和他一起坐在门廊的台阶上。透过山核桃树之间的空隙,我看到河边的影子被拉得细长。

"我不是不尊重你的调查,尼古斯基先生,但我认为他不是个毒贩子。我想你们是在浪费时间。"

"为什么?"

"我相信他还有点儿良心。他可能会吸毒,但这并不代表他在贩毒。"

"你能不能告诉我,他为什么来见你?"

"他遇到了一点儿麻烦,但与毒品无关,具体是什么,你最好去问他本人。"

"他有没有跟你提过,在亨茨维尔监狱时,他和鸭子萨利关在一起?"

"和谁?"

"鸭子萨利,又叫萨利·迪欧或是萨利·迪。你是不是觉得这很有趣?"

"抱歉。"我用手擦了擦嘴,"我应该表现得很吃惊吗?"

"很多人都会。他的家族曾经在加尔维斯敦拥有很多生意,包括老虎机、妓院,还有赌场和毒品生意,你能想到的他们都干。后来他们搬到了拉斯维加斯和塔霍湖,大约两年前,他们出现在蒙大拿。萨利回到加尔维斯敦看望他的表兄弟,因为使用了挂失的信用卡而麻烦缠身。据我所知,他一点儿都不喜欢亨茨维尔监狱。"

"那是当然,那地方连安哥拉都比不上。"

"但他仍然设法在里面赚了点儿钱。他是整个网络的枢纽,我认为他似乎把某些坏习惯传染给了迪克西·李·普。"

"好吧,你有你的看法。但是我认为,迪克西只不过是个病恹恹的酒鬼。"

尼古斯基从衬衫口袋里掏出一份剪报,递给我。

"看看吧,"他说,"写这文章的人一定觉得这事很有趣。"

文章标题是《好奇害死熊》,日期栏里的地名是蒙大拿州波尔森。第一段写道,一个装着四十包可卡因的布袋,带着降落伞落到了平头湖东边的树丛中,接着被一只黑熊发现。它把白粉和袋子扯得漫山遍野都是,最后中毒而死。

"那个降落伞落在国家森林里,你猜谁有打猎租赁权?"

"我不知道。"

"萨利·迪欧和他父亲。你猜谁是他们的土地租赁代理人?"

"迪克西·李。"

"也许他只是个病恹恹的家伙而已。"

我望着远处的河面,柔和的波光如此宁静。我用余光看到他捏着易拉罐，指关节发白。

"得啦，你是怎么想的？"他说。

"我觉得你过于偏激了。"

"你说得对，我讨厌那些杂种——"

"没人喜欢他们，但我现在已经不是警察了，你找错人了。"

"我也不认为杀死一头熊有什么可笑的。我不想看着他们用肮脏的贪婪污染一片美丽的净土，你朋友迪克西·李正站在粪坑里，屎快碰到他下嘴唇了，救生艇却正准备离开。"

"那你就这么告诉他。"我说着看了一眼手表。微风拂过树叶，沙沙作响。

"相信我，我会去跟他说的。但现在我走不了。"

"什么？"

"意思就是我接到了该死的命令，三天以后要回大瀑布城。"他喝光汽水，一手把罐子捏扁，轻轻放在台阶上，站起身，递给我他的名片。

"背面是我在拉斐特旅馆的电话号码，或者，过几天你可以往蒙大拿给我打电话，如果你想跟我说些什么的话。"

"我没什么好说的。"

"听起来真让人沮丧。"他的嘴巴又怪里怪气地撇了一下，"告诉我，你觉不觉得我的脸有些奇怪？"

"不，我没觉得。"

"得了吧，我没那么小心眼。"

"我是说，你的脸并没有让我觉得不舒服。"我说。

"朋友，你是个谨慎的人。一个女人告诉过我，我的脸像被侵蚀过的土地，我想那个女人是我妻子。提防着迪克西·李，罗比乔克斯。

他会卖给你一碗老鼠屎,然后告诉你那是巧克力。"

"我改变主意了,我想说点儿个人的看法,尼古斯基先生。你没必要一路跟着迪克西·李这样的家伙。不管你会发现什么,他都不是条大鱼。"

"他也许是,也许不是。"

"那边到底发生了什么事?"

"和这个国家其他地方发生的事一样,只是速度更快。那儿是真正的动物园,所有猛兽都在里面拼命把鼻子伸到食槽上。继续和那个摇滚歌手鬼混吧,那你就能见到那些家伙了。"

他穿过树丛走了,踩在干叶和枯枝上,发出很大的声响。

那一晚,低低的月亮挂在漆黑的夜空中,树状的闪电颤抖着击中了南面的地平线。凌晨四点,我在轰鸣的雷声和一道道闪电中醒来,胸口仿佛振动着一支音叉,但我不明白为什么。凉风透过窗子吹进来,我的皮肤仍然又热又干。我听到了不属于这里的声音:路边汽车引擎熄了火,两个男人的脚步穿过树林,走廊里传来木板发出的吱吱声,撬棒插入前门和侧柱之间发出的刮擦声。这些都是鬼魂的声音。因为两个男人中,一个在浴缸里触电死亡,死时收音机正放在他膝盖上;另一个死在圣查尔斯的阁楼上,我的点四五手枪射出的五颗子弹穿透了地板,射进他的心脏。

恐惧是无法预知的,就像用指尖轻触气球,你不知道它们会飘向什么地方。我拉开衣柜抽屉,从工作服下面拿出我的点四五手枪,把沉重的弹夹滑入弹仓,在黑暗中再次躺下。贴在大腿上的枪筒热得发烫。我抬手遮住眼睛,想再次入睡,却徒劳无功。

我穿上衣服，走过前院黑糊糊的山核桃树，穿过马路，来到码头和我的小店。月亮从云后露出脸来，给柳树罩上一层银光，照亮了正往河对面游去的海狸鼠。我为什么来这儿？我告诉自己，要为明天提前作准备。对，对，就是这样。

我打开冰柜，里面放着汽水和啤酒。昨天放的冰已经融化了，漂着几个啤酒商标。我把胳膊撑在冰柜边，闭上了眼睛。沼泽地里，一只海狸鼠正向它的配偶大声叫唤，听起来就像女人歇斯底里的尖叫。我把手伸进水里，往脸上泼了一点儿水，在冰水的刺激中深深吸了口气。我用毛巾擦了擦脸，把毛巾扔在柜台另一头的地板上。

我回到屋里，在黑暗中坐在厨房桌旁，头埋在两臂之间。

安妮，安妮。

我听到身后有个人光脚走在厨房的地毯上。我抬起头，看见了阿拉菲尔。她站在一片月光中，穿着那件画满微笑钟表的睡衣，脸上满是睡意和迷惑，不停地朝我眨眼睛，好像仍置身梦中。她朝我走来，双手搂住我的脖子，把脑袋压在我的胸口上，我能闻到她头发上儿童洗发液的香味。她碰了一下我的眼睛。

"你的脸怎么是湿的，戴夫？"

"我刚才洗脸了，小家伙。"

"哦。"她接着说，"遇到啥糟心事了吗？"

"不是'啥事'，不要说'啥'。"

她没有回答，只是把我搂得更紧了。我拍拍她的头，吻了吻她，然后把她抱回卧室，放到她自己的床上，替她把被子盖好。她的毛绒玩具扔在地板上。院子和树木在黎明的微光中变成灰色，我听到三脚架在晾衣绳上跳来跳去。

她躺在枕头上看着我。脸圆圆的，我能看到她牙齿中间的缝。

"戴夫,坏人们回来了吗?"

"不,他们永远不会回来,我保证。"

我转过头,不想让她看到我的眼睛。

一周后,我带着阿拉菲尔在新伊伯利亚吃早餐。我打开一份旧的《伊伯利亚日报》,看见迪克西·李的照片印在头版。这是一张很久以前的档案照,照片里的他正在台上演出,穿着船型羊皮鞋、带铆钉的褶皱休闲裤和缀满亮片的白色运动服,那把镶着钻石的吉他正挂在他脖子上。

他在汉德尔森一个钓鱼场的火灾中受伤了。一个二十二岁的女服务员——报纸声称是他的"女伴"——在大火中不幸丧生。船舱在一团火球中爆炸,落入水中。迪克西·李被人从水里拖了上来,送入拉斐特的教会医院,伤势严重。

入院的同时他也被捕了。圣马丁区警方在他的汽车前座下面发现了一个牙线盒,里面装着可卡因。

我对自己说,我不会卷入他的麻烦。一旦沾上,就会陷进去。听上去不太仁慈,但是当你和瘾君子或酒鬼卷在一起,就一定会按照他们给你编好的脚本表演。

那天下午,阿拉菲尔和我用咖啡罐做了两个鸟食盒,挂在后院的合欢树上。又把三脚架栓到外面的山核桃树上,这样它就碰不到克拉瑞斯的洗衣盆了。我们把它的小窝挪到树下,在下面垫了砖块,既能保持干燥,又不会沾到泥巴。之后,我们把它的饭碗水盆放到小窝门口。三脚架吃东西之前总会把食物洗一下,吃完之后还会把鼻口和爪子洗干净,阿拉菲尔每次看到这个场景都会着迷地大笑。

晚餐有小龙虾汤，我们坐在院子里的野餐桌旁，刚开始吃晚餐，就听到厨房的电话响了。是教会医院照顾迪克西·李的修女打来的，说迪克西想见我。

"我去不了，修女，非常抱歉。"我说。

她沉默了一会儿。

"你没有别的话需要我转告吗？"她问。

"他需要一位律师，我能告诉你一串拉斐特和圣马丁维尔的律师的名字。"

她又沉默了，我想修道院一定是这么教她们的。这种寂静让人不安，你感觉自己正沿着宇宙的边缘往下滑。

"我觉得他没什么朋友，罗比乔克斯先生。"她说，"没人来这儿看望他，他希望见的是你，不是律师。"

"我很抱歉。"

"老实说，我也是。"说完，她挂了电话。

阿拉菲尔和我一起洗碗，窗外翻耕过的甘蔗地在黄昏中渐渐变黑。这时，电话铃又响了起来。

他的声音很厚，似乎裹着一层痰，低低地对着话筒说话。

"朋友，我真的需要见你。他们把我全身都裹满了纱布，打了麻醉剂，所有的罪我都受了一遍，还有根灌肠管插在我肚子里。"他停了一会儿，在电话那头喘着气，"我需要你来听我说说。"

"你需要的是法律支持，迪克西，我帮不上你什么忙。"

"我有律师，我能请一把这样的人，但没什么用。他们会把我送回垃圾堆去，老兄。"

我看着自己的手在柜台上张开又握紧。

"我不想说这些，朋友，但你私藏毒品。"我说，"这个事实不会改变，你必须面对。"

"我被陷害了，戴夫。"我听到他咽了口唾沫，"我再也没吸过可卡因了。它已经把我的生活搞得一团糟了。我现在偶尔会吸点儿大麻，但仅此而已。"

我捏了捏额头。

"迪克西，我真的不知道能为你做什么。"

"过来听我说话，就五分钟，我没有其他人可找了。"

我看着窗外草地上的阴影，看着鸟儿掠过红色的天空。

第二天早上，起风了，淡蓝色的天空中飘着一团团白云，投下的阴影不停移动，一路越过甘蔗地和牧场。我驾车沿着老高速公路行驶，经过布罗萨德，驶进了拉斐特。迪克西·李的病房在教会医院二楼，一个便衣警察坐在床边陪他下跳棋。迪克西侧身躺在床上，头上、胸部、右肩和右腿都缠上了绷带。他的脸看上去就像是用白色头盔做模子套出来的。他的眼睛糊着眼屎，药膏从绷带边缘渗出来，一根静脉注射管插在手臂上。

他看见我，便和那位便衣警察说了些什么，警察把棋盘放在床头柜上，从我身边走了过去，从上衣口袋里掏出一包烟。

"我就在大厅，房门会一直敞着。"他说。

我坐到床边。窗外的橡树上挂着一些苔藓。迪克西的头压在枕头上，他只能眯着一只眼睛斜眼看着我。

"我就知道你会来。有些人永远不会变。"他说。

"你听上去好多了。"我说。

"这会儿是我状态最好的时候，但马上就要撑不住了。等我感觉有蜈蚣在绷带下面爬,医生就会来给我注射吗啡。戴夫,我需要一些帮助,警察不相信我,我的律师也不相信我,他们会把我送到安哥拉。我没办法,朋友,我不知道该怎么办。在得克萨斯的时候他们就把我折腾得要死,你得摘棉花,还得替别人摘,老大让你和另外三个人站在油桶上,虽然又热又脏,还饿得要命,但你整晚都得待在那个桶上。"

"他们不相信你什么?"

"这个——"他试着去摸自己的后脑勺,"你来摸一下我后脑上的绷带。"

"迪克西,你这是——"

"来摸摸。"

我把手伸到他脑袋后面,手指摸到纱布上。

"摸上去像一卷硬币,是不是?"他说,"那些人正要找一把铁锹或是扳手砸我脑袋的时候,我醒了,他们打算打爆我的头,我却在他们动手前拼了命地逃走了。接下来我所记得的,就是自己在水里。你有没有试过醒来时发现自己身在大火中,同时又快淹死了?我那时就是这种处境。船舱下面有个液化气罐,一定是爆炸了,把所有东西都炸进了河里。燃烧的木板从支架上掉下来,水里全是热灰,所有地方都嗞嗞地冒着该死的蒸汽。我以为自己已经下了地狱,老兄。"

他不说话了,嘴唇紧闭,绿色的眼睛闪着泪光。

"然后我看到了可怕的一幕。那个女孩,你记得吧,西巴吞鲁日餐馆里那个红头发的女招待,她浑身都烧着了,悬在那些木板中间,就像一根被完全点着的蜡烛,在天空下燃烧。

"我无法将这一幕从脑中抹去,喝醉的时候也忘不掉。也许他们打爆了她的头,就像打我那样,也许她那时已经死了,天哪,我真希望如此。一想起这个我就受不了,老兄,她没得罪任何人。"

我在裤子上擦了擦手,呼了口气,想转身走出去,走到阳光下,走进早晨的风里,走进悬挂着苔藓的橡树林。

"那个拿着铁锹的人是谁?"我问。

"和我一起工作的两个浑蛋中的一个。"

"你看到他的脸了?"

"我不用看。他们知道我准备供出他们俩,因为我良心发现了。"

"你告诉他们了?"

"当然。我受够他们俩了。不,等等,我是受够了整天提心吊胆。我看到他们的脸就浑身难受,但还得拼命忍着。达尔顿·魏德林和哈瑞·玛珀斯,一个是愚蠢的乡巴佬,一个是从东得克萨斯来的农民。"

"我还有一个问题,有些人认为你在蒙大拿参与了毒品交易。"

他绿色的眼睛像鸟一样,闭上又睁开。

"他们弄错了。"他说。

"也许是因为你和一个叫迪欧的毒枭搅和在了一起。"

他微微笑了一下。

"你和缉毒局的人谈过了,"他说,"不过他们的狗鼻子嗅错方向了。"

"你在蒙大拿没替他租赁土地吗?"

"连租赁带购买,我帮他弄了一大块土地,但这和毒品没有任何关系。萨利·迪欧是我监狱里的朋友,那时有些人想趁我洗澡时整我,后来萨利告诉他们,对待我,就要像对待他一样。也就是说,他们得给我点烟,当我摘棉花时,他们会替我捡满一麻袋。那个男人有点儿疯狂，朋友，但他救了我。"

"土地交易的内容是什么，迪克西？"

"我没问。他可不是能让你问出这种问题的家伙。他有很多土地，并且雇人做他的代理。出于某种原因，他挺喜欢我，还付给我很多薪水。这有什么问题吗？"

"作为一个老朋友，迪克西，我给你一个忠告，在缉毒局的人面前，还是省了这套童话故事的鬼话吧。"

"信不信由你。"

"你的保证金是多少？"

"一万五千美元"

"还不算太糟。"

"他们知道我不会去别的地方，除非是安哥拉。戴夫，我不想骗你，我真的无法忍受这样的牢狱生活了，却不知道怎么摆脱。"

我望着窗外的树梢，树叶在微风中摇摆，蓝天映衬着白云。

"我以后会再来看你的。"我说，"我想，你恐怕对某个人过于信赖了。"

"我想给你讲个故事，是我听米妮·玻尔讲的有关汉克的故事。他在奥珀雷演唱《我看见了光明》，征服了在场的全部观众。演唱结束后，在后台，汉克对她说：'米妮，他们不会有任何光明，他们根本不会有任何光明。'就像你的灵魂悬在一张蜘蛛网上，下面有一堆火在熊熊燃烧。老兄，我现在正是这种处境。"

那天下午，我站在堤岸上，看着钓鱼场烧焦的残骸。据迪克西·李讲，这个渔场属于明星钻探公司。床垫弹簧、烧焦的木板、金属桌子、烤焦的马桶座和半块木瓦,全都散落在立柱下面的浅滩上。一团灰烬漂浮在香蒲和百合浮叶之间。

我走到水边,发现了一个科尔曼炉子的残骸,还有一支点一二口径唧筒式霰弹猎枪,子弹已经在弹仓里爆炸了。曾经用来给外舷发动机加油的汽罐裂开,扭曲得像个废易拉罐。

水面到半截堤岸之间有大火留下的一个大黑圈。灰烬的痕迹向外蔓延,像蜘蛛腿一样穿过金凤花和新生的水草,一条腿还伸到了大堤顶端的路面上。

我取出折刀,挖开灰烬周围的土,闻了闻,是烧焦的草和泥土。

我对纵火案所知不多。在大堤上,我没找到任何能帮助迪克西·李的证据。

我驾车来到圣马丁维尔,在老教堂对面停下。教堂大片的青苔下埋葬着伊文格琳和她的爱人。风吹起河边树上的青苔,岸边的紫茉莉花在树荫中盛开。警长办公室的一个办事员告诉我,警长出去了,过几分钟才能回来,但我可以找个侦探谈谈。

我走进侦探办公室,他抽着烟用铅笔画着什么。尽管表面上彬彬有礼,但我说话时,他的眼睛不停扫视墙上的时钟。通向警长办公室的侧门敞着,我能看到里面的办公桌和空荡荡的椅子。我把迪克西对我说的话告诉了侦探,提到了土地租赁人达尔顿·魏德林和哈瑞·玛珀斯。

"那些我们都知道了,"他说,"所以警长才会找他们谈话。但现在我告诉你,朋友,他不相信那家伙。"

"你说警长找他们谈话,这是什么意思?"

他冲我笑了一下。

"他们现在就在他办公室里,警长去洗手间了。"他说着站起身,关上了警长办公室的门。

我看着他，惊呆了。

"他们现在就坐在这里？"我的声音充满了怀疑。

"他给他们打电话，叫他们过来讲讲整个过程。"

我站起来，从他桌上拿起一张纸，在上面写下我的名字和电话号码。

"让警长给我打个电话，"我说，"您的名字叫什么来着？"

"贝诺伊特。"

"别做警察了，换一行吧。"

我走出警察局，走向敞篷卡车。河边和教堂草地上的阴影是紫色的，一个上年纪的黑人正在法院大楼前面的旗杆旁降下旗子，一个白人正在关闭侧门。接着，两个男人走出前门，一前一后穿过草地，急匆匆地向我走来。

走在前面的是个身材高大瘦削的男人，穿着棕色休闲裤，光亮的平板鞋，米黄色运动衫，口袋上有个紫色鸢尾花纹章，腰上系着一条很细的西部腰带，搭扣是银色的。我能听见他口袋里零钱晃动的声音，他下唇的三角形疤痕像一块潮湿的塑料片。

后面的是个小个子，肤色黝黑，肚大腰圆，裤子系在肚脐下面，想以此掩盖真实尺寸和年龄。两条眉毛连在一起，眉梢耷拉着。他穿着一件长袖白衬衫，在如此温暖的天气中显得有点儿奇怪，口袋里装着记事本和圆珠笔。

两个人都面带焦虑，好像他们等的公交车刚刚从身边开走。

"等等，老兄。"高个子男人说。

我转过身，一手搭在开着的车门上，看着他。

"你在里面提到我们的名字了，凭什么随意评判我们？"他眯着眼睛,舌头在那块三角形的疤痕上舔着。

"我只是转述而已,这话本不是我说的,老兄。"

"我不管该死的话是谁说的,这让我很不爽,尤其是说这话的人我从来没见过。"他说。

"你可以不理会这些话。"

"这是诽谤。"

"这是一份警方记录。"我说。

"你他妈的是什么人?"另一个男人问道。

"我叫戴夫·罗比乔克斯。"

"你之前是个警察?还是缉毒犬?"他说。

"我想请你们走开。"我说。

"你请我们走开!老兄,你真是不可理喻。"高个子男人说。

我正要上车,他把手放在车门上挡住我。

"你别想就这么走了。"他说。听口音,他来自得克萨斯东部,那儿是个不错的地方,有松树,红色的山,还有锯木厂。"普是个可怜虫。他的脑子早就烧坏了。公司给他放了假,换了别的公司,绝对不可能这么做。但这显然不管用,他整日泡在威士忌和毒品里头,还产生了幻觉。"他把手从门上拿开,手指指着我的胸口,"现在,如果你还想和那种人说话,那是你自己的事。但是如果再让我听到你说我们的坏话,我就对你不客气。"

我坐进车里,关上车门,吸了一口气,看着窗外教堂的影子和大橡树下伊文格琳的石像,把车钥匙插入钥匙孔。车窗上映出两个男人的脸。

我感到一阵愤怒和厌恶,他们的脸像两颗九头蛇怪的脑袋,阴险的丑脸让我恶心。

"那是烧炉子用的科尔曼油,对不对?"我说,"你们绕着船舱往里面洒了一圈,然后把它绑在台阶和大堤上。保险起见,你们还打开了煤气罐阀门。但没想到爆炸会把迪克西·李炸飞出去,抛进水里,是不是?"

这只是我的猜测,但矮个子惊讶地张开了嘴。我发动汽车,调头驶进大路,经过旧门面店和木头柱子,向城镇边驶去,踏上返回新伊伯利亚的路。

在梦里,我妻子和一些朋友住在一片水城中。我想那是在湄公河河底或是墨西哥湾深处。在那里,人们随着水流一起一伏,罩着金绿色的光。我不能去那里找他们,但有时他们会来找我。在梦中,我能清晰地看到他们。和我同一个排的同伴仍然背着他们的军用水壶,穿着租来的结满盐巴的工作服。他们身上伤口的泡沫中冒出了烟。

安妮没有变,她的眼睛清澈碧蓝,依然有一头金色的鬈发。她肩膀上那些晒出的小雀斑还在,睡衣前面有朵大红花,是他们的猎枪子弹射中的地方。她左胸上方有一片草莓形的胎记,每当我们做爱时,胎记就会充血变成深红色。

你怎么样,亲爱的?她问。

嗨,宝贝。

你父亲在这里。

他怎么样?

他让我告诉你,不要被人骗了。他这是什么意思?你不会又遇到麻烦了吧?亲爱的?我们之前就此谈了很久。

因为我就是这样的人吧,我想。

你还是那么容易冲动,是吗?我得走了,戴夫,很多人在排队呢。你会来看我吗?

当然。

你保证?

一定,我不会让你失望的,孩子。

"你真的想让我告诉你这个梦的意思吗?"拉斐特的心理医生问我。

"你的专业就是解梦。"

"你是个聪明人。你来告诉我。"

"我不知道。"

"你知道。"

"有时酒鬼没喝酒的时候也会迷糊,就像干醉,有时我们会做喝醉的梦。"

"这是一种死亡的愿望,我会尽量远离这种想法。"

我盯着地毯上紫色和红色的旋涡,沉默了。

在拜访圣马丁维尔教会法院的第二天,我和那里的警长通了电话。当年做侦探时,我见过他几次,和他一直相处得不错。他说,从验尸官的报告看,没有任何迹象表明那女孩曾在钓鱼场烧毁之前受到铁锹或把手的击打。

"他们解剖尸体了?"我问。

"戴夫,那个可怜的女孩被烧得无法解剖了。根据迪克西·李的说法和我们的调查,结论是她恰好在气罐上方。"

"你准备怎么处理那两个昨天去你办公室的小丑?"

"什么也不做,我能做什么?"

"迪克西·李说,他们在蒙大拿杀了几个人。"

"我给那里打过几个电话。"警长说,"他们没有任何不良记录,连交通罚单都没有。拉斐特办公室的职员说他们是好人。瞧,有过不良记录的反而是迪克西·李,自从他出狱以后就总惹麻烦。"

"昨天离开你的办公室之后,我遇到了他们俩。我觉得迪克西·李说的是实话,我认为是他们放的火。"

"那么你该再次戴上警徽了,戴夫。你的午餐时间到了吗?"

"什么?"

"因为我该吃午餐了。哪天过来喝杯咖啡吧。我们等着你,老弟。"

我开车去新伊伯利亚,从批发商那里买了鸡肉和腊肠。回家的路上下起了雨。我用录音机播放伊瑞·拉隆的《金发朱莉》,换上运动短裤,在厨房练了半小时举重。窗外吹来凉爽的风,带来雨水、泥土、花朵和树木的气味。我的胸肌和臂部肌肉因充血和用力而隆起,当雨势变小,太阳挂上紫色的天空,我便沿着河边跑了三英里,跳过无数的小水坑,对着橡树枝上滴下的雨滴练了一会儿拳击。

回家后我冲了个澡,换了身干净衣裤,然后给蒙大拿州大瀑布城的丹·尼古斯基打电话。他当时没接电话,但记下了答录机里的号码,给我打了回来。

"你知道迪克西·李的事吗?"我说。

"知道。"

"你知道被火烧死的那个女服务员吗?"

"知道。"

"你们那晚一直在监视他吗?"

"是的,但是让他溜掉了,这太糟糕了,否则的话,我们的人本来能救下那个女孩儿的。"

"你们的人跟丢了?"

"我认为他不是故意的。普带那个女孩去了布罗布里奇,一个有色人种去的地方,我猜那是什么柴迪科舞俱乐部之类的地方。那是什么意思?"

"那是一种黑人和卡真人的音乐,各种元素混在一起,这个词的意思是几种植物。"

"不管那是什么,我们的人在门口遇到了麻烦,看门人说普进去没问题,但其他白人不能进。那时,烂醉如泥的普和那个女孩儿从侧门走了,就这样从我们手里溜掉了。"

"你听过他讲的事吗?"

"是的。"

"你相信他的话吗?"

"信不信有区别吗?现在是他和当地警方之间的事。我不会再找你了,罗比乔克斯。我才不关心普,只想把萨利·迪欧那个疯子关进牢房,不管用什么手段。你可以替我转告迪克西·李,如果他想谈谈萨利·迪欧,我随时愿意倾听。否则,他对我来说一文不值。"

"他为什么要替迪欧买卖租赁土地呢?这和石油生意有关系吗?"

"嘿,问得好,罗比乔克斯。这帮人渣就是和石油买卖有关系。"他大声笑着,"就像弗兰肯斯坦和吸血鬼的老婆相互勾搭。我可没开玩笑,警察局的家伙会喜欢的。你还有其他猜测吗?"

他又大笑起来。

我默默地挂上电话,在潮湿的午后阳光下走向码头,去帮巴提斯特关店。

那天晚上,我和阿拉菲尔开车到赛普雷茅特角去吃公园休息处的煮螃蟹。在岸边一个装着纱窗的门廊里,我们找了一张铺着方格子布的桌子。阿拉菲尔脖子上围着一条餐巾,上面画了一只大红龙虾。我们望着窗外,看着草地、沙滩,还有一路延伸到得克萨斯的湿地,夕阳洒在一大片柏树枯枝上。潮水已经退去,一条条紫红色的云浮在西边的地平线上。平静的灰色水面上,乌黑的防波堤孤零零地躺在那里。海鸥掠过水面,在海面上盘旋。一只孤独的蓝苍鹭立在锯齿草中,长长的身体和纤细的腿形成天地间一幅优美的画。

阿拉菲尔吃蓝蟹的时候粗鲁得吓人。她用木槌对着螃蟹中间砸下去,把螃蟹腿折下来,用油腻腻的手把壳掀开,全神贯注地把肉汁溅得满桌子都是。等我们吃完,我不得不把她带到洗手间,弄湿纸巾,把她的头发、脸蛋和手臂全部擦干净。

回家的路上,我在新伊伯利亚停下车,租了一部迪斯尼的电影,然后给巴提斯特打电话,叫他和他老婆一起过来看电影。巴提斯特总是对录像带很着迷,他无论如何都想不通电影是怎么从里面放出来的。

"拍电影的那些人,他们把电影放在那个小盒子里,是吧,戴夫?"他说。

"没错。"

"就像放电影一样,是吧?"

"没错。"

"他们怎么够得着天线,怎么调呢?"

"这不用上去够——"

"那为啥其他人都不要调?"

"它不要放到房子外面。"阿拉菲尔说。

"不是'不要',要说'不用'。"我说。

"你为什么对她说这个?她的英语和我们一样好啊。"巴提斯特说。

我决定去热一些烤肠,再拿些儿童饮料来。

我租了很多迪斯尼和别的儿童影片,因为不希望阿拉菲尔晚上看电视台放的节目,至少我不在家的时候她不会看。也许是我太谨慎,保护过度了,但是电视上的暴力画面和新闻里中东、南美地区战争的镜头,常常会让她面无血色,嘴巴和眼睛都张得圆圆的,似乎被人打了一巴掌。

无论是给她看动画片,喝儿童饮料,吃烤肠,还是带她坐在河边走廊里,在微风中吃小螃蟹,和她所失去的相比,这些也许都不过是一种微薄的补偿。但你尽自己的所能,甚至为她祈祷祝福,也许以后这种感情会变成信仰,并代替记忆。我不知道,我不擅长解释这种说不清的现象,况且我连自己的问题都没法解决。但我下定决心,只要阿拉菲尔在我的照顾下,只要她还在这个国家,她将永远不会受到不必要的伤害。

"这是我们的地盘,对吧,巴提斯特?"我说,同时把装着切好的烤肠的纸盘递给他。

"什么?"他和阿拉菲尔的注意力都集中在屏幕上的唐老鸭身上。屋外的山核桃树上,萤火虫发出点点亮光。

"这是我们卡真人的地盘,对吧,老兄?"我说,"我们自己定规矩,有自己的旗帜。"

他奇怪地看了我一眼,然后又转回头继续盯着屏幕。阿拉菲尔坐在地板上,当她看到唐老鸭冲着几个小侄子火冒三丈时,尖声大笑,拍打着大腿。

第二天,我又去医院看望迪克西·李,并给他带去几本杂志。他房间里阳光明媚,窗台上放着一只绿色花瓶,里面插着几支玫瑰。便衣警察让我们俩单独待着,迪克西侧卧在床上,头陷在枕头里望着我,他的眼睛很明亮,刚刮过胡子,面颊是粉红色的。

"你看起来好多了。"我说。

"这么多年来,我第一次没喝多,我要告诉你,这感觉很奇怪。实际上,这感觉好极了,我都不想继续注射吗啡了。但蜈蚣有时会醒来找东西吃。"

我朝着窗台上的玫瑰花点点头,不禁微笑起来。

"看来你有粉丝了。"我说。

他没有说话,食指在床单上描着图案,好像在拿一枚硬币画图似的。

"你曾经信仰天主教吧?"他说。

"是的。"

"你现在还去教堂吗?"

"当然。"

"你觉得上帝是不是现在就在惩罚我们,而不是等下辈子?"

"这个想法很糟糕。"

"我的小儿子死于火灾，地毯下裸露的电线引发大火。如果不是我粗心，根本不会出事。后来，我在沃思堡害死了那人的儿子。现在我自己也在大火中受伤，那个年轻女孩死了。"

他脸上现出迷惑而痛苦的神情。

"家乡的一位传教士曾告诫过我，酗酒和毒品会把我变成什么样子，但我没听他的话。"他说。

"得啦，别一倒霉就想起上帝。看看，外边天气多好，你还活着，感觉越来越好，也许你现在拥有过去没有的东西。想想生活中让人高兴的事吧，迪克西。"

"他们会想办法崩了我。"

"谁？"

"魏德林和玛珀斯，或者公司雇用的其他杂种。"

"那些家伙不会来的。"

他沉默地看着我，好像我正站在铁栅栏另一边。

"很多人都在盯着他们。"我说。

"你不知道这牵扯到多大一笔钱，你猜都猜不到。你不知道，这些杂种为了钱会做什么。"

"你现在正被监禁。"

"省省这些屁话吧，戴夫。昨天晚上威尔说要出去抽支烟，把我的手铐在床栏杆上，十一点出门，凌晨一点才回来，嘴里嚼着根牙签，浑身都是牛肉和洋葱味。"

"我会跟警长说的。"

"你是指那个认为我脑子坏掉的家伙？你的思考方式还是像个警察，戴夫。你也许铐过很多人，但不知道戴着手铐是什么感觉。如果牢里几个老大想叫你，你就会被人抓过去。如果有人想整你，就因为你欠他几包烟,那么从食堂到牢房的路上,你就会被人捅一刀。像威尔那样的人在这儿根本就是个笑话。"

"你希望我做些什么呢?"

"什么也不用做。你已经尽力了,不用担心我。"

"我不会丢下你不管的,相信我。"

"我不是没人管,我给萨利·迪欧打电话了。"

我又看了一眼绿色花瓶里的玫瑰花。

"那是他给我发的信号。他是个体贴的人,老兄。"迪克西说。

"你在自找麻烦。"

"我再也不想坐牢了,你进去以后会受不了的。"

"你现在不仅在做蠢事,还快把我激怒了,迪克西。"

"对不起。"

"你想下半辈子都被他们牵着走?你哪里出毛病了?"

"所有事情都不对。我的整个生活都该死的一团糟。你要不要给自己倒些冰茶?我必须用一下便盆了。"

"我觉得自己被人耍了,老兄。"

"也许是你自己在耍自己。"

"什么?"

"问问你自己,你对我有多大兴趣,对害死你父亲的勘探公司又有多大兴趣。"

我看着他从床垫下的架子上取出不锈钢便盆。

"我想我还不太了解你。"我说。

"我大学一年级就因为不及格而退学了,记得吗?你说的话我听不懂。"

"不,我不这么认为,我们下次再见吧,迪克西。"

"我不会怪你气冲冲地走掉。但是你不明白,你不会明白的,老兄。我过去那么辉煌,在纽约布鲁克林的派拉蒙剧院和阿兰·弗雷德一起演出,与伯瑞和艾迪·考茨仑那样的人一起站在舞台上。我那时从不会烂醉。我有一个妻子和一个孩子,人们都觉得我很体面。你再看看现在,我是个他妈的坐过牢的人,一坨狗屎。我害死了一个孩子,哦,天哪。当你站在这里,大谈外面美丽的天气时,我正在安哥拉农场看着手中的五美元钞票。现实点儿吧,朋友,那儿都是肮脏的黑鬼,所有的猫都和着节奏乱跳。"

我从椅子上站起来。

"我会和警长谈谈这个便衣,他也不会丢下你不管的。我会再来看你,迪克西。"我说。

我离开他的病房,走进阳光下。习习凉风裹着花香。马路对面的橡树林边,一个黑人正在低价抛售一卡车西瓜。他剖开一个西瓜放在车尾,算是广告。树荫下,瓜瓤呈现深红色。我转身仰头看了眼二楼角上迪克西的房间,一位修女正在阳光下关上百叶窗。

第三章

　　我一向不喜欢拉斐特石油中心,这种想法可能有些不切实际或者荒唐。因为各地的贸易协会都说它能带来就业,代表进步。但它丑陋、低矮、张牙舞爪,占用大片土地,周围寸草不生,散发着功利的味道。整个石油中心大楼用玻璃砖建成,巨大的平顶和彩色镜面窗户在夏天反射出灼人的热浪,像烤炉一样烘烤着对面的停车场。

　　为容纳石油中心的车流量,城市已经拓宽了平胡科路,一直延伸到威密伦河,成为通向新伊伯利亚的高速公路。道路两旁的橡树和山核桃已被砍伐,重新划分的郊区布满商店和快餐店,威密伦桥两边到处是铺着沥青的停车场,还有大大小小和石油相关的企业,这些建筑外部铺上了砖面,这让废水处理系统看上去没那么恶心了。

　　但平胡科路上还保留着一家餐馆,从本世纪五十年代我上大学时它就在那儿。餐馆前的停车场是用牡蛎壳铺的,橡树茂盛的树枝上架着点唱机的喇叭,但这些东西现在已经不见了。窗户周围环绕着粉红色、蓝色和绿色的霓虹灯,看上去仍旧像雨中激情的热吻。

　　小店里供应的炸鸡和鸡杂饭令人心醉。我吃完午饭,喝完咖啡,看着窗外,雨水打在橡树丛里,停车场边上的竹子在雨中泛着亮光。老板打开店门,垫上一块木板让门敞着,外面薄薄的烟雾飘进来,带来了凉爽的空气和树木的气味。这时,一辆丰田汽车停在餐馆外的水坑旁，雨刷不停地摆动。一个橄榄色皮肤、长着浓密黑发的印第安女孩跳下车，跑进店里。她穿着一条老牌子牛仔裤，黄色的衬衫下摆系在腰间，脚上穿着黄色运动鞋。她抬手抹去眼睛上的水滴，环顾四周，看到女洗手间的标牌便走了过去。从我桌旁走过时，湿漉漉的手腕差点儿擦到我的肩膀，我尽量克制自己，不去看她的背影、她的大腿、她走路时扭动的臀部，但我发现自己越来越缺乏意志力和尊严了。

我付了钱，戴上雨帽，披上薄外套，绕过还没熄火的丰田，跑回我的卡车旁边。就在我发动汽车时，女孩从店里跑出来，手里拿着一包烟钻进了汽车。司机向后倒车，在离我只有十英尺时停下了，然后摇下车窗。

我张大了嘴，不可思议地盯着眼前这张红色猪皮一样的脸。一道伤疤从鼻梁一直划到眉毛上，沙砾色的头发和精明的绿眼睛，宽大的肩膀好像要把衬衫撑破。

克莱特斯·普赛尔。

他咧开嘴笑着，冲我眨了眨眼。

"你怎么啦，老兄？"他冲着大雨喊着，然后摇上车窗，向平胡科路驶去，一路雨水飞溅。

他是我在法裔区第一区工作时，凶杀组的搭档，他的口头禅是"抓了他们"或"熏死他们"。他喜欢把拳头对准疑犯的肚子，看着他们跪在地上呕吐，如果他们还想玩，那就奉陪到底。

他曾经痛恨皮条客、尼加拉瓜和哥伦比亚毒贩子、飞车党、淫秽电影业者、职业杀手和迈阿密来的暴徒。如果让这些人和他单独待在一起，他们都巴不得早点儿招供。

但随着时间推移，他慢慢变成了自己痛恨的一切。他敲诈妓女，向高利贷商人借钱，每天早晨用香烟、药物和超速驾驶来抵抗毒瘾发作时的颤抖。最终，他拿了一万美元，干掉了一个政府的目击证人。

然后，他清空了自己和妻子的银行账户，在单行道上逆向开到新奥尔良机场，一路狂飙。在机场入口扔下汽车，车门都没关，就搭机飞往了危地马拉。

一个月后，我收到他寄来的一张明信片，邮戳是洪都拉斯。

> 亲爱的老兄：
>
> 我在邦戈邦戈岛问候你。很想告诉你我已经不喝烈酒了，正在玛利诺传教会工作。但其实没有。猜猜这里最需要什么技术？只要你能熟练操纵武器，你就会成为首领。这儿都是年轻人，拥有战痘产品的人能统治整个国家。
>
> 下辈子再见，克莱特斯
>
> 附：如果你碰到露易丝，告诉她我很抱歉把她洗劫一空。我把牙刷留在浴室里了。给她留作纪念。

他亮着的尾灯渐渐消失在雨幕中。据我所知，他现在仍被通缉。克莱特斯回美国来干什么？他怎么会在拉斐特？

这是别人该关心的事了，与我无关。所以我默默地说，祝你好运，搭档。不管你在做什么，我希望是像白雾一样纯洁干净的事，希望你远离蛇虫混杂之地。

我穿过马路，把车停在明星钻探公司驻本地办公大楼门口。和他们正面交锋，看起来是个很蠢的主意，尤其是以平民而非司法官员的身份。但根据我多年当警察的经验，这群道貌岸然的家伙本质是一样的：他们可能预料到有一天会和法律打交道，但在他们看来，律师会处理一切，所以在法庭上，他们的表现就像事不关己。但是当一位便衣警察——这位警察的智商也许只有九十五，外套下还露出点五七口径的手枪，口袋里装着警棍——走进他们的生活，就像一扇铁门砰的一声关上。这个警察还告诉他们，"人身保护权"这个词在他看来，意思就是拉丁语中的某种疾病。这时，他们会因愤怒和恐惧而颤抖。

我穿上外套，冒雨跑进大楼，公司外间的办公室用玻璃隔断分开，里面都是绘图员，还有一些看起来像是地质学家或土地租赁人员。屋顶灯光柔和地闪烁着，空调温度开得很高，我感到皮肤在湿漉漉的外套下收紧。那些地质学家从一张办公桌走到另一张办公桌，哗啦啦展开他们手中的图纸。他们专注于自己的事，手指在镇区和山脉的编号上来回移动。

唯一注意到我的是前台接待员。我告诉她，我想见负责蒙大拿矿山租赁的人。

负责人的办公桌是橡木的，很大，椅子包着一层栗色皮革，松木墙上挂着几个鹿首，一条马林鱼和两把来复枪。角桌上放着一只猞猁标本，架在平台上，龇牙咧嘴，玻璃般的黄眼珠充满怒火。

他名叫霍利斯特，是个大块头，浓密的灰发剪得像军人一样，阴暗的蓝眼睛一眨不眨。和大多数石油中心管理人员一样，口音像是得克萨斯或俄克拉荷马州人，衣着古怪。他的灰外套挂在衣架上，袖扣和硬币一般大，上面有油井架的图案，领子上配着棕色和银色的胸针。

他听我讲了一会儿，双手放在桌上，一动不动，表情就像看着一场冰风暴。

"等一等,你跑到我的办公室,就是来向我质疑我的员工?还说是什么谋杀?"

我能看到他眼角微微伸展的白色皱纹。

"不止一起,霍利斯特先生,除了大火烧死的那个女孩,也许蒙大拿还有几个受害人。"

"告诉我,你以为你是谁?"

"我已经告诉你了。"

"不,你没有,你为了进来,对我们的前台撒了谎。"

"你的租赁人员有问题,即使我走了,问题也不会消失。"

他阴暗的眼睛一动不动地盯着我,然后抬起一只手指着我。

"你来这儿不是为了迪克西·李,"他说,"是别的事困扰着你,我不知道是什么,但你不是个老实人。"

我的大拇指碰了碰嘴角,视线从他身上移开了一会儿,手指在椅子的皮把手上轻轻敲着。

"你显然是觉得迪克西很不错,才会给他一份工作。"我说,"你认为他会编出这一套谎话,让自己置身火海?"

"我想你该走了。"

"我来告诉你一些法律常识。如果你预先知道犯罪行为,那你就是同谋;如果你在犯罪后才知道这件事,那你就是包庇犯罪。这些家伙不值得你冒险,霍利斯特先生。"

"谈话到此结束,门在那儿,请便。"

"看来你的公司非常擅长插科打诨。"

"什么?"

"你听过阿尔多斯·罗比乔克斯这个名字吗?"

"没有,那是谁?"

"他是我父亲,在你们公司一次钻油事故中丧生。"

"什么时候?"

"二十二年前。他们没安油井防喷器。你们公司否认这一事实,因为几乎所有人都和钻塔一起沉没了。两天后,一个捕虾人从水里捞出一个钻台工的尸体,那花了你们很多钱。"

"所以你怀恨了二十二年?我不知该对你说什么,罗比乔克斯。我只能说,那时候我还没来这个公司。还有,我为你感到遗憾。"

我拿起膝盖上的雨帽,站起来。

"告诉玛珀斯和魏德林,离迪克西·李远一点儿。"我说。

"你要是再到这儿来,我就报警逮捕你。"

我走进雨中,上了货车,驶出这片单调、整齐的砖建筑,这家迷宫般的石油中心。在平胡科路上,我路过刚才碰到克莱特斯的那家餐馆。橡树伸展着深绿色的枝叶,粉红色和蓝色霓虹灯在细雨中像一阵轻烟。当我驶过威密伦河的时候,风猛烈地刮着,桥下黄色的水波翻卷,我的车身被吹得直晃。

"我不相信什么死亡的愿望,我想有些维也纳人花在思考问题上的时间太久了。"我对心理医生说。

"你不必否认自己的感受,温和的态度对治疗有一定作用。例如,我认为忧郁并不复杂,这通常是一种不外现的愤怒。你对此有什么看法,戴夫?"

"我不知道。"

"不,你知道。在越南时,身边的人被打中之后,你有什么感觉?"

"你觉得我有什么感受?"

"从某种角度来说，你很庆幸被打中的人不是你，然后会感到内疚。那很危险，是不是？"

"所有酒鬼都会感觉内疚，我们有时候会去戒酒协会，从那儿学点儿东西。"

"你应该摆脱过去，她不希望你一直背着这样的包袱。"

"我不能，也不想。"

"再说一遍。"

"我不想忘记过去。"

秃顶医生的无框眼镜反着光。他朝我摊开双手，然后沉默了。

我又去看了迪克西·李，发现他既冷淡又沉默，对我的出现几乎无动于衷。他的态度让我很不愉快。我不知道这是因为他胳膊上插着吊针，还是因为意识到自己把太多的事告诉了昔日的舍友，而感到郁闷。

"在我走之前，你想让我给你带点儿什么东西来吗？"

"不用了，我很好。"

"我可能不会再来了，最近码头上有点儿忙。"

"当然，我能理解。"

"你有没有觉得，你在利用我？"我朝他笑笑，抬起一只手，拇指和食指稍稍分开，"也许有那么一点点？"

他的声音没精打采，似乎睡得正香。

"我利用别人？你开什么玩笑？"他说，"我就是个自慰用的假阳具。"

"再见，迪克西。"

"该死,是的。他们很快会把我从这儿踢出去。毕竟,这还不算太糟,我曾经醉得比这更厉害,我们还算走运的,老兄。"

就这样,我把他留在毒蛇猛兽横行的丛林中。

星期六,我早早叫醒阿拉菲尔,带她出门,但没告诉她去哪儿。在玫瑰盛开的清凉黎明,我们驾车去萨宾渡口另一边的得克萨斯。萨宾河从这个渡口流入墨西哥湾。我当兵时结识的一位朋友住在这儿,他拥有一个小型沙地农场,离海边沙洲上冷硬的灰色地带不远。这是个与世隔绝的陌生地区,放眼四周只能看到几种植物,与周围环境格格不入。一潭死水里漂着枯死的柏树,平坦的牧场中间立着孤零零的几棵橡树,深谷边有几株剑兰缠绕在一起,铺着盐草的沙丘上冒出几棵高大的棕榈树,在阳光下看起来是黑黑的一团。透过农场后面的松树,你能看到闪闪发光的海湾,层层波浪翻滚而来,晶莹的浪花打在沙滩上。

这里有盐草、短吻鳄、昆虫、喜鹊、土耳其秃鹰,还有臭气熏天的淹死的牛,以及能把水塔上的涂料全部刮掉的热带风暴。除此之外,还有很多像我朋友一样,决定在这里扎根的人,他们按照自己的方式生活着。他被撤销军职,还曾被关进加尔维斯敦的精神病院,戒酒彻底失败,身为一名农场主,却无法在蔷薇地上种植荆棘。

但他养了我所见过最漂亮的阿帕卢萨马[①]。我和他在厨房里喝咖啡,阿拉菲尔在一边喝可乐。我拿了几块方糖,出门去他的后院。

"你在干什么,戴夫?"阿拉菲尔问。她仰起脸看着我,阳光穿

[①] 阿帕卢萨马(Aploosa lorses),一种原产于美国西部的马。

过松树,照在她脸上。她穿了一件黄色T恤,宽松的蓝色牛仔裤和粉红色运动鞋。水面上的风吹拂着她的刘海儿。

我朋友朝她眨眨眼睛,走进了马厩。

"你没法骑三脚架,是吧,小家伙?"我说。

"什么?骑三脚架?"她满脸迷惑,然后突然脸上放光,咧开嘴大笑,目光越过我,看着我朋友从马厩里牵出一匹三岁大的马。

这匹阿帕卢萨马毛色灰中带蓝,白色的蹄子,臀上散落着星星点点的黑白斑点。它喷着鼻息,头拽着笼头晃动着。阿拉菲尔看看马,又看看我,脸上充满了喜悦。

"你觉得你能同时照顾好它、三脚架还有你的兔子吗?"我说。

"我?这是给我的,戴夫?"

"我猜是的,它昨天打电话给我说,它想过来和我们一起生活。"

"什么?马给你打电话?"

我抱起她,放在栅栏上,让阿帕卢萨马吃我掌中的方糖。

"它跟你一样,也喜欢吃糖,"我说,"但你喂它东西时一定要摊开手掌,这样它就不会误咬到你的手指了。"

我翻过栅栏,上了光溜溜的马背,把阿拉菲尔提起来放在我前面。我朋友已经修剪过马鬃了,阿拉菲尔上下抚摸着马鬃,似乎把它当成个巨大的鞋刷子。我右脚后跟轻触一下马肋,骑马绕着马厩慢慢转了一圈。

"它叫什么名字?"阿拉菲尔问。

"叫得克斯怎么样?"

"为什么要叫这个名字?"

"因为它是从得克萨斯来的。"

"什么?"

"这里就是得克萨斯。"

"这是哪儿?"

"算了,没什么。"

我向朋友点头,示意他把门打开,我们骑马穿过沙地上的松树林,走到沙滩。青绿色的波浪夹杂着水草,拍打着沙子,冲上岸扑向盐草和松针,在地上留下一条潮湿的线。此时刮着风,气温不冷不热,我们骑马沿着海边兜了大约一英里,来到一片沙洲和防波堤形成的浅浅环礁湖中。湖中心停着一艘破渔船,湖的上空,海鸥发出密集刺耳的叫声。在我们身后的沙地上,深深地印着马儿留下的一串扇贝形蹄印。

我给了朋友四百块钱,买下这匹马,又花三百块钱买了一辆自制拖车,并让他给马钉上掌。回去的路上,阿拉菲尔几乎一路都跪在前排座位上,不是透过车玻璃朝后看,就是把头伸出窗外,看着跟在我们后面的拖马车,她纤细的头发被风吹得贴在头皮上。

周一我回家吃午饭。回码头之前,我去路边的邮箱取信件。阳光温暖,沿路的橡树上满是知更鸟和冠蓝鸦,邻居的洒水车喷出水雾,在绣球花床、杜鹃花和桃金娘花丛中洒下一层湿漉漉的光。邮箱里有一个不到十英寸长的小包裹,上面盖着新奥尔良的邮戳。我把其他邮件放进裤子后面的口袋,扯掉包裹角上的装订线,打开棕色包装纸。

我把纸盒里的东西倒出来。里面是一支注射器和一张用纸包着的照片。注射器里布满了干燥的红褐色残留物。照片被撕裂了,边缘发黄,但照片的内容就像玻璃碴儿一样刺眼。一个穿着睡衣的越南女人躺在坦克轮胎旁的空地上,她的头被割下来放在肚子上,嘴里塞了一个罐头盒。

包照片的纸像是从大记录本上撕下来的,上面打印着大大的黑体字。

先生,

　　拍这张照片的人是个浑蛋,他做这种事上瘾了,也不想戒掉。他说,在奥克兰用这只注射器杀人很容易。我不知道他说的是不是真的,但是你的小巧克力豆每天七点四十五分上校车,八点三十分到学校,十点钟去操场,中午也去,她下午三点零五分在学校南角等候回家的校车,有时她提前下车,然后和一个混血小孩一起走回去。这是玩真的,别乱来。这真可能毁了你的生活。看看照片上被割掉的脑袋,现在真有人要碰上掉脑袋的麻烦了。

"你的脸咋这表情?那是啥,戴夫?"

巴提斯特站在我身后。他穿着海军喇叭裤和无袖卡其布衬衫,领子敞着,光头上全是汗水,手背和手腕上有清理鱼时沾上的血迹。

我把照片、信和包裹放回邮箱,匆匆走回码头,给学校打了电话,让校长确保阿拉菲尔待在教室里,告诉她下午别让阿拉菲尔坐校车,我会去学校接她。我回到家时,巴提斯特还站在邮箱旁。他不识字,所以里面的信他看不懂,但是照片抓在他的大手里。他嘴角上耷拉着一支没点着的烟,表情很难看。

"这是啥意思,戴夫?还有,针管是啥意思?"他问。

"有人在威胁阿拉菲尔。"

"他们说要伤害那孩子?"

"是的。"这个词让我感到胸中空荡荡的。

"他们是谁?在哪儿,那些要动手的人?"

"我想是拉斐特的两个人,他们是石油公司的人,你有没有在附近见过陌生人?"

"我没注意过,戴夫,我不知道。"

"没关系。"

"我们要怎么做?"

"我马上去接阿拉菲尔,然后去找警长。"我从他手里拿过照片,放回邮箱里,"这个东西先放在这儿,稍后我拿去看看能不能找到指纹,所以现在不能再碰它了。"

"不,我问的是我们要做些什么?"棕色的眼睛直直地盯着我,他的意思显而易见。

"我要去接阿拉菲尔了,你看着店,我一会儿就回来。"

巴提斯特叼着烟的嘴巴闭上了,目光从我身上移开,盯着山核桃树的阴影。他脑子里在想东西,目光游离。再次开口时,他的声音很平静。

"戴夫,那张照片,你打仗时就在那地方吗?"

"是的。"

"他们真那么做?"

"有些人会,但不多。"

"那封信,里面提到阿拉菲尔了吗?"

我咽了咽口水,没法回答他。胸中空荡荡的感觉还没有消失。这似乎是一种恐惧,但我之前从来没体会过。这种感觉很恶心,好像一只手溜进我的衬衫,正流着汗猥亵地放在我胸口。河水上闪闪发光,远处河边的树林和盛开的风信子在我眼前晃来晃去。我看到一条肥胖的水蝮蛇盘在晒得退色的圆木上,强烈的阳光下,三角形的脑袋呈现一种紫铜色。汗水从我头发里流下来,心脏重重地敲打我的胸腔。我咔嗒一声关上邮箱,钻进卡车,沿着土路朝新伊伯利亚驶去。卡车在吊桥上颠簸着,我紧握方向盘,指关节发白。

从学校回来的路上,阿拉菲尔坐在我旁边,星星点点的阳光穿过头顶的橡树照下来,在她晒黑了的脸上闪过。她的膝盖、白袜子和精致的皮鞋都沾上了灰,是她在学校玩耍时弄的。她一直好奇地从一旁看我。

"有问题吗,戴夫?"她说。

"不,没有。"

"出啥事了?"

"不要说'啥'"。

"你干什么生气?"

"听着,小家伙,我下午要去办点儿事,我要你和巴提斯特待在码头上。你到店里去帮他的忙,好吗?"

"发生什么事了,戴夫?"

"没什么可担心的,但我希望你远离那些不认识的人,紧紧跟着巴提斯特、克拉瑞斯和我,好吗?你看,我和几个人有些过节,如果他们到这儿来,巴提斯特和我会把他们赶走。但我不想让他们打搅你或克拉瑞斯,或三脚架,或我们的任何朋友,明白吗?"我冲她眨眨眼。

"他们是坏人吗?"她仰起脸看着我,眼睛睁得圆圆的,一眨不眨。

"是的。"

"他们干什么?"

我深吸了一口气,又呼出来。

"我也不知道,但我们要小心一点儿。就是这样,小家伙。不必担心这些,我们就像三脚架一样,你知道三脚架被狗追的时候怎么办吗?"

她看着天空,我看到她眼睛里充满笑意。

"它跳到兔笼子上面。"她说。

"然后它会怎么样?"

"用爪子去戳狗的鼻子。"

"对了。因为它很聪明,因为它很聪明而且很谨慎,所以并不担心那条狗。我们也是一样,不用担心,是不是?"

她对我笑起来,我把她拉到身边,亲了亲她的头顶,闻着她头发里阳光的味道。

我把卡车停在山核桃树的树荫下,她把午餐盒拿进厨房,洗了洗自己的水壶,然后换上便装。我们一起走向码头,我派她负责汽水和蚯蚓生意。在啤酒箱后面的角落里,我看到巴提斯特的老式点一二口径自动温切斯特连发步枪靠墙立着。

"我在里面放了六颗子弹,以防水蝮蛇偷吃我穿在绳上的鱼。"他说,"今晚来看看,你得把那条蛇从树上除掉。"

"我天黑前回来,你带她回家吃晚餐。"我说,"等我回来后,我来关店。"

"你不必担心。"他说着在木柱上划着一根火柴,点燃香烟,烟雾从他的牙齿之间飘出来。

阿拉菲尔把收来的钱放进收银机,抽屉打开时,她眉开眼笑。

* * *

我把邮箱里所有的东西装进一个大纸袋，开车来到伊伯利亚的警长办公室。几年前，我曾作为便衣侦探为警长工作过一段时间，我知道他是一个值得信任的正派人。当年他竞选的资格仅仅是曾在狮子俱乐部当老板，还经营了一家不错的干洗店。他有点儿胖，脸上肌肉松弛，穿着绿色制服，看上去像一位园艺店老板。我们在他办公室里交谈，一位副警长在另一间屋里处理包装纸、纸盒、信和注射器针头，查找指纹。

最终，副警长用一个指节轻敲警长的门玻璃，打开门走了进来。

"有两个可识别的指纹。"他说，"一个是戴夫的，一个是那个黑人的，他叫什么名字？"

"巴提斯特。"我说。

"是的，我们以前把他的指纹收入了档案——"他的眼睛从我身上移开，脸颊泛红，"我们去戴夫那里时，得到了他的指纹。包装纸外面有些脏东西。"

"是邮差的吗？"警长问。

"我想是的。"副警长说，"真希望能多告诉你一些信息，戴夫。"

"没关系。"

副警长点了点头，关上了门。

"你准备把它带到拉斐特的联邦调查局吗？"警长说。

"也许吧。"

"通过邮件进行恐吓，属于联邦调查局的工作范围，为什么不让他们帮忙呢？"

我回头看着他，没回答。

"我怎么总感觉你对我们的机构不太信任呢？"他说。

"大概是因为我在这里工作太久了。"

"我们可以审问那两个人,他们叫什么名字来着?"

"魏德林和玛珀斯。"

"魏德林和玛珀斯,我们可以让他们知道,有人正在调查他们。"

"他们这样做太过分了。"

"你想做什么?"

"我不知道。"

"戴夫,别插手这件事,把它交给其他人处理。"

"你会派个警员监视我家吗?当阿拉菲尔在操场上玩,或者等校车时,会有人去保护她吗?"

他呼了一口气,望着窗外空旷的草地,还有明亮阳光下的橡树。

"有些事让我不安,"他说,"你父亲是在明星公司的一座钻塔上丧生的,是吗?"

"是的。"

"你认为现在机会到了,无论如何,也要把这些家伙拧成麻花,对吗?"

"我不知道自己是怎么想的,但那个盒子不会自己跑进我的邮箱,对吧?"

我看到他伤心的表情,但我早就不在乎他的感受了。你可能碰到过这种事,你去警察局报案,因为一帮黑人强迫你停车,用垃圾桶砸烂你的车窗;或是一个吸毒成瘾的家伙用枪指着你,让你跪在小店的地板上,你忍不住开口求饶;一些飞车党把你从酒吧里拉出来,坐在你的胳膊上,一个人拉开牛仔裤上的拉链。因为羞耻感,你依然浑身发热,声音嘶哑得自己都认不出,眼中充满愧疚,连自己都讨厌自己。而这时,那些穿制服的家伙悠闲地走到你身边,手里端着一杯咖啡，有人把你说的话记下来，你意识到，这就是他们所能为你做的全部事情。调查人员根本不会去你家，甚至不会给你打个电话，让你指认嫌疑犯，检察官办公室那些富有同情心的女律师也不会对你的遭遇感兴趣。

你抬眼看着警察局或警长办公室的墙壁、文件柜、带锁的抽屉，还有佩着枪、端着咖啡杯的警员，可能还有停车场里的警察巡逻车。感到一切都很讽刺：M-16来复枪、校好准星的毛瑟枪、双筒点一二口径机关枪、点三八特种枪、点三五七马格南左轮手枪、麻醉枪、敲板、警棍、催泪弹防毒面具、手铐、狼牙棒、手腕和脚上的锁链、数百盘弹药，所有这些都与你的安全以及你遭受的暴行无关，你不过是某个人的额外工作量罢了。

"你也在这里干过，戴夫，我们只能做那么多。"警长说。

"但多数时候，光做这些并不够，是不是？"

他的手指在记事簿上推着纸夹子。

"你有别的办法吗？"他说。

"谢谢你接待我，警长，我会考虑联邦调查局的。"

"我希望你能去。"

当我开车回家时，西边天空变成了紫红色，雨云聚集在南边地平线上。我在镇里买了些冰激凌，路过河边橡树下的一个水果摊时，停下车买了一筐草莓。墨西哥湾上空的积雨云正飘过太阳，知了拼命地叫着，萤火虫在树荫中发出点点亮光。当我转进院子时，一滴孤零零的雨点在挡风玻璃上飞溅开来。

那晚雨下得很大，雨水哗哗地落在房顶和走廊的铁棚上，从排水沟中奔泻出去,汇成一条条小溪,流向山谷。院子里的山核桃树在风中摇晃,闪电划过漆黑的夜空,它也在颤抖。阁楼里的电风扇开着,屋里很凉快。我整夜都在做梦,像往常一样,安妮大约凌晨四点来到我梦里,那时黑夜正要退去,柔和的晨曦即将来临。在梦中,我透过卧室窗户望向雨中,透过山核桃树发亮的树干,在沼泽深处、雾气中、墨西哥湾里,我看到她和伙伴们在一个晃动的绿色气泡里,她对我笑着。

嗨,水手。她说。

你怎么样,宝贝?

你知道我不喜欢下雨,那尽是痛苦的回忆,所以我们找了一个干燥的地方待一会儿。你那个排的伙伴也不喜欢下雨,他们说,雨让他们得了丛林溃疡。打雷的时候你能听见我的声音吗?听上去简直像放炮。

当然。

水面上有闪电。那一夜,我分不清是闪电还是枪的火焰。我多希望你没把我一个人留下。我努力想藏到被单下面。那真蠢。

别说了。

那就像电打在墙上一样。你不喝酒了,对吗?

对,我没喝。

真的没喝?

只在梦里喝。

但我想,你在梦里喝醉了也很爽,是吧?你看,幻想自己英勇无比,修理那些卑鄙小人,大男人都喜欢这么做。

一个人总得寻点儿刺激,安妮?

你想要什么样的刺激呢,亲爱的?

我想——

告诉我。

我想要——

现在你不是一个人了,你还要照顾阿拉菲尔。

你也不是一个人。

她对着空气吻了一下,她的嘴唇是红色的。

再见了,水手,不要趴着睡,这会让你早上难受的。我想念你。

安妮——

她隔着雨水冲我眨了眨眼,在梦中,我确定她的手指轻拂过我的嘴唇。

第二天,雨一直在下。三点钟,我去学校接阿拉菲尔,让她一直和我待在商店里。天空和湿地都泛着灰色,出租的船里积了半船水,空空的码头在阴沉的天色里泛着雨光,阿拉菲尔在店里根本坐不住,我便让巴提斯特带她去镇上办事。五点半,他们回来了,雨渐渐止住,西边的太阳从云层里露出脸来。每当这时,鱼儿都会在花叶子周围觅食,但水面很高,河水顺流而下,流得又稳又急。几个渔民到店里喝了一会儿啤酒,我倚着窗框,望着紫红相间的天空,树枝上的雨滴进水里,潮湿的苔藓拼命想在晚风中飞扬起来。

"那些人啥也不会干,他们就是叫叫罢了。"巴提斯特站在我身边说。阿拉菲尔正盯着零食架上那台老黑白电视机,里面正在放动画片,她把三脚架放在腿上,全神贯注地看着电视。

"可能吧。但是他们会让我们不停琢磨他们到底在哪儿,什么时候来。"我说,"这就够让人提心吊胆的了。"

"你给拉斐特的联邦调查局打电话了吗?"

"没有。"

"为什么?"

"那纯属浪费时间。"

"有时候你得试试看。"

"包装上除了咱们俩的指纹,没有其他可辨认的指纹了。"

我看出他没有听明白。

"没什么线索可以提供给联邦调查局,"我说,"只会增加他们的工作量,令他们不快。这一点儿用也没有,我什么也不能做。"

"所以你就生我的气?"

"我没有生你的气,听着——"

"什么?"

"我想让她今晚跟你待在一起,明早我来接她,送她上学。"

"你想要干什么?你?"

"我不知道。"

"我认识你都多久了,别跟我说你不知道。"

"我会告诉克拉瑞斯,把她的校服、睡衣和牙刷都装好,还有一艘船没回来,等它回来,你就把这儿都锁好。"

"戴夫——"

但我已经走进稀疏的雨中,走进紫色的树影,在充满潮湿苔藓和紫茉莉气息的微风中,朝着屋子走回去了。

把车停在拉斐特郊区的时候,天还没完全黑,外面很凉爽。我打电话给还在医院的迪克西·李,问他魏德林和玛珀斯住在哪里。

"干什么?"他问。

"干什么不重要,他们在哪儿?"

"这和我有关系。"

"听着,迪克西,是你把我卷进来的,这两天情况已经很严重了,你现在别跟我耍小聪明。"

"好吧,他们在马格诺利汽车旅馆。离开平胡科路之后,一直沿着河往下。瞧,戴夫,别和他们搅在一起,我正准备走出这件破事呢,现在把这事忘了吧。"

"听起来你是重拾自信了。"

"我有朋友了,我有了出路。去他妈的魏德林和玛珀斯。"

西边的地平线上,火红的太阳无比巨大。在南边很远的地方,我能看到那里正下着雨。

"这些家伙的手段到什么程度?"

他沉默了一会儿。

"你在说什么?"他说。

"你知道的。"

"是的,我知道。他们烧死了一个女孩,你还问我这样的问题?这些家伙没有底线,如果你指的是这个,他们深不见底,连蜥蜴都看不见。"

我沿着平胡科路朝威密伦河驶去,在汽车旅馆旁的大橡树下停了车。这是一幢蓝瓦屋顶的不规则白色泥灰建筑。树上的雨水滴进我车里,路边的竹子和棕榈被河边的风吹弯了腰。庭院里湿漉漉的石板在最后一缕夕阳余晖下泛着红光。旅馆大门上挂着一个花朵形的蓝白相间的霓虹灯标志,正在天幕下闪烁。灯的电路吱吱作响,像树上的蝉一样。我盯着旅馆门口看了一会儿,打开卡车门,准备进去。

　　正在这时，旅馆的滑动玻璃门打开了，两对男女穿着泳装走出来。他们手里拿着饮料，走过石板路，在游泳池边的桌子旁坐下来。一个女人说了些什么，魏德林和马珀斯都大笑起来。我退到阴影中，看着马珀斯招呼一个黑人服务员过来。过了一会儿，服务员给他们拿来银色鸡尾冷虾和一大盘油炸小龙虾。玛珀斯穿着拖鞋和泳裤，他的体形像个长跑运动员，瘦削，皮肤呈古铜色。魏德林对自己的体形没那么自信，他穿了夏威夷衬衫和运动裤，衬衫最上面的纽扣敞着，露出胸毛。他一直来回交叠双腿，似乎以为这样可以改变胃部凸起的轮廓。两个女人看起来像是妓女。其中一个笑起来的声音嘶哑刺耳，另一个把铜线一样的头发披在后面，每次倾身向前说话，都会在桌子下面掐玛珀斯的大腿。

　　我返回货车，从工具箱里拿出二战时期日本产的战地望远镜，在阴影中监视了他们一个小时。游泳池水下的灯光是烟绿色的，水面上漂着薄薄一层防晒油。服务员把他们的餐具收走，端来了一些热带饮品，他们寻欢作乐的兴致似乎没减少一点儿。他们偶尔离开桌子，穿过玻璃滑动门走进房间，起初我以为他们是去洗手间，但之后其中一个女人回来了，她的一个指关节碰触鼻孔，用力嗅着，好像一粒沙子钻进了她的呼吸道似的。十点钟，服务员用一把长柄筛子把泳池里的树叶捞出来，我看到玛珀斯招呼服务员再端些酒来，但服务员看了看手表，摇摇头。他们在外面又坐了半个小时，抽着香烟，小声笑着，吸着杯底的冰块，两个女人的脸由于困倦变得很滑稽。

　　突然下起一阵雨，雨点敲打着旅馆的木瓦屋顶，敲打着竹子和棕榈叶，在游泳池水底的灯光中跳舞。魏德林、玛珀斯和两个女人笑着从滑动门跑进房间。我一直等到半夜，他们没再出来。

我戴上雨帽，走进旅馆的酒吧，这里空荡荡的。雨点打在窗户上。门外，蓝白相间的霓虹灯在夜幕下闪烁。服务员对我微笑着，他穿着黑裤子，白衬衫在灯光下看上去像是紫色的，黑色的蝶形领结上洒满亮片。他长得有些奇怪，眼睛很小，而且挨得很近，他抽着一支波迈香烟，三根手指放在烟嘴上。我在酒吧角落里坐下，从那儿能看见魏德林和玛珀斯房间的门，然后要了一杯汽水。

"今晚这里很空啊。"我说。

"那是当然，今晚你是一个人吗？"他说。

"现在就我一人，之前找了个伴。"我对他笑笑。

他友好地笑了笑，开始在水槽里清洗玻璃杯。最后他说："你要住在旅馆里吗？"

"是的，要住几天，老兄，我告诉过你我有一个伴。"我吐了一口气，摸着额头，"我昨晚遇见了这位女士，一个小学老师，你相信吗？她跑到我房间里，我们痛快地喝酒。实话告诉你，我们还没正式开始呢，她就把我灌到桌子底下了。今天中午醒来时，我觉得就像一团火。"我笑起来，"还有一个问题。你知道我指的是什么吗？"

他低下头笑了。

"对，那问题挺麻烦，"他说，"你想再来一杯汽水吗？"

"当然。"

他继续洗杯子，小眼睛开始闪烁不定。过了一会儿，他心不在焉地用一条毛巾擦干手，打开柜台上酒瓶中间的收音机，走到回廊，拿起电话，背对着我打电话。这样一来，在收音机的音乐中，我听不到他说了什么。窗外树影漆黑，旅馆房顶上的蓝色瓦片在雨中闪着光。

十分钟之后,一个女孩从侧门进来,坐在我旁边的高脚凳上。她穿着高跟鞋、牛仔裤、露背棕色毛衫,戴着一对耳环。她抖了抖潮湿的头发,点了支香烟,要了杯饮料,接着又要了一杯,但都没付钱。说话的口气好像和我还有服务生都是老朋友。在霓虹灯下,她乍看还算漂亮。我在想她是从哪儿来的,在她现在这个处境,到底怎么做才划算。

我没让她感到轻松,没提出为她的任何一杯饮料付钱,也没有给她任何暗示。她看了看手表,朝服务员瞥了一眼。他点了一支烟,走出门,好像想去呼吸点儿新鲜空气。

"我讨厌酒吧,你呢?它们都很阴暗。"她说。

"的确,这地方挺冷清。"

"我宁可和朋友一起去我房里喝酒。"

"我买一瓶怎么样?"

"我觉得这主意很棒。"她说着笑了起来,更像是对她自己笑,而不是对我。接着又咬着嘴唇靠近我,抚摸我的大腿。"但我和丹之间有点儿小麻烦,就是七十五美元的酒吧账单,你能借我这笔钱吗?这样他们就不会把我赶出去了。"

"别再装了,大姐。"

"什么?"

我从裤子后面的口袋里掏出警徽,在她面前打开。这只是个荣誉徽章,我留着它仅仅为了在新奥尔良的伊文格琳山地免费停车,当然,她并不知道。

"别来搅和,回家看电视去吧。"我说。

"你这浑蛋。"

"我告诉你了,我不打算逮捕你,你还想待在这儿,和他一样惹麻烦吗?"

这时酒吧服务员从侧门进来了,她的目光从我脸上移到他身上,但没有犹豫多久。她从包里拿出车钥匙,把烟扔进去,啪的一声合上包,踏着高跟鞋从对面的门口快步走了出去,走进雨中。我把警徽举到服务员凑得很近的小眼睛前。

"这是伊伯利亚教区,但你根本不在乎,对吧?"我说,"你帮我做点儿事,好吗?因为你也不想让拉斐特警察来这儿吧。你是个通情理的人,丹。"

他咬着嘴角,目光从我脸上移开。

"我有个电话,可以打给那些女人。"他说。

"不只是今晚一晚。"

他一直咬着嘴唇,咬得都发白了,鼻子里喷着气,好像感冒了。

"我不想惹麻烦。"

"你不该拉皮条。"

"能不能通融一点儿?"他看着吧台边的两个客人。他们都很年轻,坐在另一头的角落里,透过他们身后的百叶窗,能看见汽车闪着灯从潮湿的街道上驶过。

"你安排了两个女人住在六号房间,你得让她们出来。"我说。

"等等……"

"照我说的做,丹,别再乱来了。"

"那是玛珀斯先生的房间,我不能这么做。"

"时间在流逝,老弟。"

"听着,你和这里的人有过节,那是你的事,我不能卷到里面。再说,那些女人不会听我的。"

"哦,我想你是个正直的人,你老板不会介意你被抓起来的,是吧？他也不介意这里到处是警察吧？你是不是觉得，她们之中有个人的鼻子有问题？也许是得了鼻窦炎。"

"好吧，"他说着摊开手，"我马上打电话告诉他们，我要关门了。接着打电话到房间去，之后我就可以走了，跟这事没关系了，对吗？"

我没回答。

"嘿，这就没我事儿了，对吧？"他说。

"我已经快记不清你的样子了。"

服务员打电话到玛珀斯房间，五分钟后，两个妓女从前门出来了，一个男人愤怒的声音在她们身后回响。她们开着一辆敞篷车离开了。我打开车上的木制工具箱，取出一条五英尺长的铁链，有时候我用这链子拔树桩。我把链子对折，两端缠在手上。铁链已经生锈了，在我手上留下一条橘黄色的污迹。我穿过树下的石板路，向六号房间走去。铁链碰触着我的大腿，当当作响。白色蜘蛛网般的闪电在漆黑的夜空上抖动。

魏德林一定以为那两个女人又回来了，因为他穿着短裤开门时满脸笑容。在他身后，玛珀斯穿着睡袍，在小餐桌旁吃三明治。巨大的床上，床单和被罩凌乱不堪，通往另一间卧室的过道上散落着毛巾、潮湿的游泳衣和啤酒杯。

魏德林的笑容猛地消失了，他的脸突然变得僵硬，表情呆滞。玛珀斯把三明治放到盘子里，舔着下嘴唇的伤疤，似乎在苦想一个抽象问题，他向折叠行李架上一个敞开的手提箱走过去。

我听见铁链在空中呼啸，感到它一次次弹过我的头顶，感到他们的手朝我脸上抓过来，耳边咆哮着各种声音——墨西哥湾深处轰隆隆的声音，钻塔平台剧烈抖动，哗啦啦地倒塌，钻杆从井口炸飞，成了一个红黑色的火球。我的手被铁链缠着，留下一道道锈迹，就像用来威胁一个六岁孩子的针管里干涸的血,就像墙壁、床单、通往庭院的滑动玻璃门上留下的铁链痕迹。外面的院子里,杜鹃花瓣漂在明亮的青绿色水面上。

第四章

第二天早上,阿拉菲尔起床时感到胃不舒服,我便让她待在家里,没去上学。我给她煮了五分熟的鸡蛋和淡淡的茶,把她带到鱼饵店和我一起工作。那天上午阳光明媚,土路边的树丛经过大雨的洗刷,变得碧绿油亮。桃金娘灌木丛里开满了紫色的花。

"你为什么一直盯着路,戴夫?"阿拉菲尔问。她坐在码头的线轴上,看着我从舷外发动机上拧下一个堵塞的火花塞。线轴上的帆布太阳伞还没打开,她那印第安人的黑发在阳光下闪闪发亮。

"我只是在欣赏好天气。"

我用余光瞥到她正看着我。

"你感觉不好吗?"她问。

"我很好,小家伙。听着,我们去商店,看看有没有风筝,你觉得你今天能让风筝飞上天吗?"

"可今天没啥风。"

"不要说'啥'。"

"好吧。"

"那我们去拿些苹果给得克斯,你想喂它一些苹果吗?"

"当然。"她好奇地看着我。

卡车停在山核桃树下,我们走过去,上车。一路开到十字路口的老商店，阿拉菲尔低头看着脚下。

"戴夫，那是什么？"

"别管那个。"

我的语气令她眨了眨眼。

"那只是根链子，把它踢到座位下面去。"我说。

她弯下腰。

"别碰它，"我说，"它很脏。"

"怎么了，戴夫？"

"没什么，我只是不想让你的手被弄脏。"

我吸了一口气，停下车，走到阿拉菲尔那一侧，打开车门，把链子从她脚下拿开。那些链子摸起来像涂了一层油漆，现在还没干透。

"我马上回来。"我说。

我走到河边，把铁链扔进水里，在浅滩的柔荑花旁弯下腰，用河水和沙子搓了搓手。蜻蜓在花上盘旋，一条水蛇从木头上滑下来，钻进睡莲的浮叶下。我把两手插进沙子里，没到我手腕的水晃动着。我双手滴着水走到岸边，把手在草上擦了擦，又从工具箱里拿出一块布，把手擦干净。

十字路口破旧的小百货店里又暗又冷，大木头吊扇在柜台顶上转着，我给阿拉菲尔的马买了一袋苹果，又买了一些切片火腿、奶酪和法国面包做午餐，还买了两罐汽水，可以坐在走廊上喝。停车场上阳光明媚，透过树丛，我看见一个黑人把船停在柏树下，坐在船里钓鱼。

回到家里，阿拉菲尔帮我除掉八仙花和玫瑰花床里的杂草。我们的膝盖又湿又脏，胳膊上沾了一粒粒黑泥巴。花床里有好多鱼虫，雨后，虫子都爬到了地面上，我们从土里拔出杂草，虫子在强光下看起来又白又肥,拼命扭动。对于阿拉菲尔来到我和安妮身边之前的生活,我一无所知,但她一定经常劳动,因为无论我给她安排什么任务,她都能当成游戏一样充满热情地做,快乐而天真。她趴在玫瑰花丛中,砰砰地敲打着桶里的杂草和约翰逊草,眉毛上还沾着泥巴。八仙花和潮湿泥土的气味很浓,闻起来近似于药味。微风吹过前院的山核桃树,树荫外,邻居家的洒水喷头在阳光下旋转,把彩虹般的水雾洒进我的篱笆。

他们恰好在中午之前到了。两个拉斐特的便衣侦探坐在一辆没有任何标记的车里,伊伯利亚区警长开着一辆巡逻车跟在后面。他们把车停在我的卡车旁边,踏着枯叶朝我走来。两个便衣都是大块头,他们将外套留在车里,腰上佩着徽章,两人的枪套里都装着一把镀铬左轮手枪。我站起来,拍掉膝盖上的土,正在拔草的阿拉菲尔停下来,张着嘴巴盯着这些人。

"你们有逮捕令吗?"我说。

一个便衣叼着一根火柴,一言不发地点点头。

"好吧,没问题。我需要几分钟时间,可以吧?"

"还有其他人能照顾这个小女孩吧?"他的搭档说。他一只手臂上文着海军陆战队的徽章,另一只手臂上文着一把刺在滴血心脏上的匕首。

"是的,所以我才需要几分钟时间。"我拉着阿拉菲尔的手转身朝屋子里走去,"你想和我一起进来吗?"

"靠着栏杆站好。"嘴里叼着火柴的男人说。

"你们几位在这儿不能举止谨慎一点儿吗?"我说。我看着我的警长朋友,他站在后院里,什么话也没说。

"你他妈的胡说什么?"有文身的男人说。

"注意你的用词。"我说。

我感到阿拉菲尔的手紧紧抓着我的手。另一个侦探把火柴从嘴里拿出来。

"双手放到栏杆上,两脚分开。"他说着拉起阿拉菲尔的另一只手,想把她从我身边拉开。

我用手指着他。

"你太过分了,退开。"我说。

另一个人从背后猛地推了我一下,我一个趔趄,从绣球花丛里冲出去,摔倒在台阶上。他从皮套里抽出手枪,我感到一只手压着我的脖子,枪筒抵在我耳朵后面。

"你因为谋杀而被捕了,你以为自己当过警察就能为所欲为吗?"他说。

我用余光看到阿拉菲尔正盯着我们,那表情就像刚从噩梦中惊醒,眼神惊愕而空洞。

他们把我关在老法院大楼顶上的教区监狱里,地点在拉斐特最早的城市广场中心。监狱的年代非常久远,铁门、铁栏杆和墙壁都刷成灰色,其中一间监狱的门上还依稀可见"黑人男性"几个字。从新伊伯利亚来的路上,我戴着手铐坐在后排座位,问两个侦探我到底谋杀了谁。他们态度冷漠,没有回答,就像所有警察对待被拘留的嫌疑犯的态度一样。最终我放弃了,靠在椅背上,看着窗外一棵棵橡树向后退去,手铐卡进我的手腕。

现在我被取了指纹,拍了照片。我掏出钱包、零钱、钥匙、腰带,甚至项链,交给一位警官,看他把它们装进一个纸信封里。这时,我意识到一样重要的东西不见了,这件东西可能给我现在的处境带来极其糟糕的后果——没错,我的折刀不见了。狱警和嚼火柴棍的侦探正准备把我关进一个有六间牢房的区域,那里是专门关押暴徒和精神病人的地方。狱警把钥匙插进巨大的铁门里,门上只有一道小口子能看到外面,他打开门,用手指轻轻地推了一下我的后背。

"那个见鬼的人到底是谁?"我问侦探。

"像你这样的人真少见,罗比乔克斯。"他说,"你把一个人从胸部切到腹部,却连他名字都懒得问。那人叫达尔顿·魏德林。"

狱警在我身后咣当一声关上门,转动钥匙,上了锁。我走进我的新住处。

它和我以往看过的以及醉酒时被关过的牢房有点儿不一样,马桶发出恶臭,空气中弥漫着汗酸和香烟味。床垫黑黑的,沾满了人身上的油脂。墙上刻着人的名字、和平标志,还画着男女生殖器。更有一些胆大的人爬到墙顶,用香烟在屋顶上烫下自己的名字。大门口的地上有一条"死线"——用粗粗的白线画的一个长方形,当门被旋转打开,发放食物的时候,最好谁都别站在那里。

关在这个六人牢房里的都不是城里或监狱里的等闲之辈。这里有一个极度疯狂的黑人,名字叫杰罗姆,他闷死了自己的孩子,还是个婴儿。他后来告诉我,有个警察用警棍把他暴打了一顿。尽管关进来已经两个星期了,但他嘴唇上还有一条紫色的口子,毛茸茸的脑袋上有一个鸟蛋大小的肿块。我还将认识其他人:一个来自新奥尔良的飞车党,他把一个女孩子双手钉在树上;一个系列强奸犯,在阿拉巴马被通缉;一个越南裔暴徒,为了一块汽车电池,和另一个人用塑料绳勒死了他们的商业伙伴;一个坐过四次牢的家伙,是个肥胖、咧嘴傻笑、目光呆滞的男人,从得克萨斯的舒格兰农场监狱逃出来之后,杀了整整一家人。

他们允许我打一个电话,于是我打给了拉斐特最好的法律事务所。像所有卷入法律纠纷的人一样,我立刻意识到自己背上了沉重的经济负担。律师的预付费是两千美元,持续聘用的费用是每小时一百二十五美元。我努力思考如何筹得这笔钱的时候,脑袋里好像有无数只蜘蛛在爬。现在保释金还没有着落,我都不知道那将会是多少钱。

第二天早上被传讯的时候,我得知自己需要十五万美元,顿时感觉脸上的血都被抽干了。律师提出减少保证金,并争辩说我是一个当地的私营商人,曾当过警察,拥有房产,还是一个打过仗的退伍老兵。法官把下巴撑在一个指节上,面无表情地看着他,就像等着一部老幻灯片自己放完。

我们都站起来,法官离开了凳子。我头晕目眩地坐在律师旁边的椅子上,一个警察正准备把我铐回牢房里。律师用两根手指示意警察。

"请给我们一分钟时间。"他说。这是个上年纪的魁梧男人,他穿着套装,戴着夹式领结,稀疏的红色头发并不整齐。

那个警察点点头,退到法庭侧门处。

"这是照片,"他说,"魏德林的内脏都挂在浴缸里。这些东西看起来很恶心,罗比乔克斯先生。他们找到了有你指纹的折刀。"

"折刀肯定是从我口袋里掉出来的,当时他们两人都在和我扭打。"

"玛珀斯可不是这么说的,酒吧的服务员也说了些对你非常不利的话。你对他们做了什么?"

"我告诉他,他将会因拉皮条而被搜查。"

"好吧,我可以在他作证的时候,让他的证词不可信,但是玛珀斯——"他舌头在上颌上弹了一下,"我们必须解决这个家伙,一个脸上背上都布满了铁链打出的伤口的男人,可是个要命的证人。以上帝的名义,告诉我,当你走进那扇门的时候,脑子里在想什么?"

我手心冒汗,吞了下口水,手在裤子上擦着。

"玛珀斯知道魏德林是个靠不住的胆小鬼,"我说,"我走了以后,他捡起我的折刀干掉了魏德林。事情就是这样的,高特雷先生。"

他的手指敲打着椅子把手,鼓了口气,清了下喉咙,准备说话。但又沉默了很久。最后,他站起来拍了拍我的肩膀,从侧门离开,走进阳光里,走进吹拂着橡树叶的微风里,几个黑人小孩踩在滑板上嬉笑着经过。警察拉起我的胳膊,在一只手腕上铐上手铐。

我被捕那天,巴提斯特和他妻子把阿拉菲尔带在身边。第二天,我安排阿拉菲尔和我表姐——新伊伯利亚的一个退休教师——住在一起。她暂时照顾阿拉菲尔,巴提斯特经营码头,而我最担忧的就是钱。除了一大笔不知数目的律师费,为了得到保释,我还得筹集十五万美元给保证人。我的存款只有八千块。

我同父异母的兄弟吉米在新奥尔良拥有几个餐馆的全部或部分股权。他本可以给我写张支票,支付全部费用的,但是他已经去了欧洲三个月,他的伙伴最后一次收到他的信时,他正和一伙巴斯克回力球员在法国旅游。后来我发现,我认识了好几年的银行家都不愿意把钱借给一个被控一级谋杀、住在监狱里的人。我已经被关了九天,巴提斯特还在往银行跑,给我送贷款文件。

我们的牢房早上七点开锁,一个模范囚犯和值夜班的人把食品车推来。每天早上，车里都堆着一盆盆燕麦粉、咖啡和炸猪后腿肉。牢房直到下午五点才重新上锁，中间这段时间，我们可以在某片区域自由活动，洗澡、打牌——那副牌里少了几张，囚犯便用铅笔在卡片上画了花，代替缺少的牌——或无精打采地盯着窗外草坪上大树的树冠。但多数时候，我都待在牢房里填写贷款申请表，或阅读一本因泡过水而变硬的《读者文摘》。

墙上用链子悬着一张铁制床铺，我坐在上面，看着申请表。这时，一个影子投在我的申请表上，那个把他女朋友钉在树上的飞车党正站在牢房门口。他体型粗壮，光着上身，胸口文满鸟的图案，他头发没有剪，加上一脸疯长的大胡子，让他的头看上去像被一圈鬃毛环绕着。我感到他在打量我，用目光剥去我的外皮，探寻里面柔软的器官，寻找我性格中的弱点和断裂的神经。

"你以为你能受得了那里？"他说。

我湿润了一下铅笔尖继续写，没有抬头。

"你指哪里？"我说。

"安哥拉。你以为你能忍受得了？"

"我不打算去那里。"

"我第一次就被关在那儿，后来又和其他犯人关在一起，关了三年。那儿有几个不好惹的刺儿头，老兄。"

我翻到下一页，努力集中精神看上面的字。

"守卫说你曾是一名警察。"他说。

我放下铅笔，看着对面的墙。

"那让你觉得有什么问题吗？"我说。

"不是我，老兄。只不过那个农场有些卑鄙的家伙，他们可能会在路过你牢房时，朝你身上扔个汽油弹，你就被熔成一摊油了。"

"我不想太无礼,但是你挡住我的光了。"

他咧着嘴笑了笑,眼中闪过恶毒的光。然后伸了伸懒腰,打个哈欠,大咧咧地笑着,仿佛正在目睹一件极其荒唐的事,之后便朝通向法院草坪的窗户走去。

我做了一会儿俯卧撑,用指尖举起我的铺位练习举重。洗澡,然后尽可能多地睡觉。夜里我能听到其他人放屁、说梦话、手淫,还有打呼噜的声音。那个黑人大块头有时候会唱歌,每次的开场都是"我的灵魂在垃圾桶最底下的纸袋里。"有一天晚上,他在牢房里发了疯,双手抓着横杆用头猛撞,直到混合的血汗四溅,我们才听见守卫拉动门上的铁锁。

第十三天,我接待了两个意外访客。一位警官押着我走下旋转台阶,来到一个没有窗户的房间,是给我们这种因暴行被起诉的人准备的会客室。坐在木桌边的是迪克西·李·普,他一只胳膊吊着,黄头发上缠着十字形的绷带,他旁边是我昔日凶杀组的搭档,克莱特斯·普赛尔。和往常一样,克莱特斯看上去快要把衬衫撑破了,他的休闲外套、拉得低低的领带,还有缩在袜子上面的裤腿,看起来都小了一号。香烟在他手里显得非常细小,眉毛上缝合的伤疤让他的外貌大打折扣,也让他的脸看上去有些滑稽。

克莱特斯,老朋友,你为什么也来搅这摊浑水?

他们把嘴咧得大大地笑着,好像正在参加一场派对。迪克西的呼吸中散发着啤酒味儿。我坐在桌边,警官在我身后锁上门,然后坐在外面的椅子上。

"你已经办好了保释,啊,迪克西?"我问。

他穿了件紫红色衬衫,下摆搭在灰色休闲裤外面,一只脚上缠着绷带,外面罩着两条运动短袜。肚子在衬衫下面鼓鼓地凸起。

"比那还好,戴夫,他们把我放了。"

"他们做了什么?"

"我解脱了,自由而清白。他们放弃指控了。"他看着我脸上的表情。

"他们失去兴趣了。"克莱特斯说。

"哦?怎么会这样?"

"得了,戴夫,放松点儿,你知道这是怎么回事。"克莱特斯说。

"不,你来让我长长见识。"

"我们在新奥尔良拥有一家法律公司,我又雇了拉斐特最好的律师。你知道那些地方官员,他们才不愿意把几个月时间耗在这种屁大的事情上。"

"你说的'我们'指的是谁?你和迪克西·李究竟在做什么?"我说。

"他有一个朋友,我为这个朋友工作。这位朋友不想看到迪克西·李为他不该承受的事遭这么多罪,你也不该,戴夫。"

"你在为迪欧工作?"

"他没那么坏,听着,对一个曾经不得不离开国境,终日无所事事的警察来说,没有多少合适的工作给他做。"

"你是怎么脱身的?我以为你还在被通缉呢。"

"这你就不知道了,搭档。首先,没有哪个人愿意发神经继续追查;第二,这是你不懂的,没有人在乎我这种人,这种人活该倒霉,命根子撞到他老子腿上,他早该这么命贱。世界还是照常运转。"

"你知道他在说什么?"我问迪克西·李。

"说他自己的事呢。"他平静地说,然后从口袋里掏出一支香烟,避开了我的眼睛。

"忘了过去吧,戴夫。那是段腐烂的记忆。你曾经这么对我说过,对吧?去他妈的过去。我们来看看现在面临的问题吧,比如说,怎么把你从这儿弄出去。我听说他们把你和一群可爱的家伙关在一个特殊的地方。"

我没有回答。他们俩都看着我的脸,迪克西开始打量整间屋子。

"来吧,老兄,给我们点儿面子。"克莱特斯说。

当迪克西·李的目光再次落到我身上时,我说:"老实说,迪克西,我真想杀了你。"

"这让他很伤心。他到底该怎么做呢?进监狱?"克莱特斯说,"听着,我本打算独自来这儿的,但是,一等我帮他恢复自由,他就对我说也要把你弄出来。这是事实。"

"你有理由生气,"迪克西对我说,"我在汤里撒了尿,结果每个人都不得不喝。只是我不知道你会去——"

"去什么?"我说。

"见鬼,我不知道,不管你在那个旅馆里干了些什么。天哪,戴夫,我听一个警察说,他们用毛巾把魏德林的内脏塞回肚子里。"

"那是玛珀斯的杰作,不是我。"

我能看到克莱特斯脸上戏谑的表情。

"抱歉,"他说着笑了起来,"不过言归正传,我记得你有几次确实把人打得满地是血。"

"但这次不是。"

"随你怎么说,谁在乎呢?那家伙就是一坨屎,"克莱特斯说,"来想想怎么把你从这个动物园里弄出去。"

"等等，你认识魏德林？"

"从很多方面看，蒙大拿就是个小团体，你会喜欢那儿的。我在平头湖上，从萨利·迪欧那里租了一块地。"

"你以前痛恨这些人，克莱特斯。"

"是的，没错，"他说着吸了一下牙齿，"中央情报局的人做毒品买卖，白宫的人经营枪支。你自己以前也说——我们围着下层人打转，这样才有射击的靶子。"

"你从哪儿勾搭上那个人的？"

"萨利？"他用指甲刮掉桌上的一片油漆，"我有一个姐夫在加尔维斯敦，他给我找了份工作，是在维加斯萨利的地盘上做打手。一个月以后，他们升我做了保安，那里大多数保安都满脑子糨糊。这就好像在和哈勃·马克思①一起竞选总统。六个月后，我负责整个赌场的安全工作。现在，我负责所有地方——维加斯、塔霍湖地区、平头湖地区。"他抬头看了我一眼，"总比在厕所擦马桶强，在阿尔及尔，我就在垃圾场干这个。听着，你想从这儿出去吧？"

"该死，不，克莱特斯，环境真的把你改变了。"

"我二十分钟内就能搞定。"

"你准备拿出十五万美元？"

"我不需要，这里有几个保证人，他们都乐意帮萨利·迪欧的忙，为什么不呢？又不花他们什么钱，除非你违反保释合同。"

"让他帮你吧，戴夫。"迪克西·李说。

"我想我还是自己努力想办法出去吧。"

"为什么？以此证明你是个诚实的人？"克莱特斯说。

---

① 哈勃·马克思（Harpo Marx, 1888—1964），美国音乐喜剧丑角演员。

"还是谢谢你,克莱特斯。"

"你让我很生气。你以为我是在劝你为黑手党什么的卖命吗?"

"我不知道你想干什么,实际上,你做的一切我都不是很明白。"

"也许是因为你根本没注意听。"

"也许吧。"

他点了一支烟,把火柴扔向墙壁,把烟从鼻孔里喷出来。

"对你没有任何附加条件。"

"得啦。"

"你明白我的意思。"

"他们会把你熬成胶的,克莱特斯,去阿尔及尔做酒吧招待,或去卖保险,总之离开他们。"

"我还以为我能弥补以前对你做的坏事,搭档。"

"我没有记仇。"

"你从来不会忘记任何事,戴夫。你把那些事存在体内,不断添火加柴,直到变成一个大火炉。"

"我已经变了。"

"对,所以他们才把你和这帮狗屎关在一起。"

"我能说什么呢?"

"什么也不用说,"克莱特斯说,"这是我的香烟,拿去和那些小鬼换吃的吧。"

"戴夫,如果我有钱,我就替你保释了。"迪克西·李说,"但是现在我连踩到一个硬币都会捡起来。"

"这个人根本不听我们说话,"克莱特斯说,"是吧,戴夫?你高高行走在光明大道上,我们这些人渣只能在苍蝇堆里苦苦挣扎着往前爬。"

他走到门口,拳头重重敲了一下铁栏杆。

"开门。"他说。

"对不起。"我说。

"好,好,好。给我写张明信片,寄到蒙大拿的波尔森。如果你从这狗屎地方出来的话,过来找我。啤酒都是冰好的,你可以在湖里打几条鳟鱼。有脑子的人可能会认为,这比和娘娘腔还有恋童癖关在一块洗澡好得多。但谁知道呢?"

警察开门的时候,他把香烟扔在地上碾碎了。警察送他和迪克西·李乘电梯下楼,我独自坐在房间里,等着警察回来。我弓着背,胳膊无力地撑在大腿上,盯着地上细小的裂缝。

第二天,两个警察把杰罗姆从教会医院的监狱病房里带了回来。他前额上的缝合痕迹就像在皮肤上绣了一只黑色蝴蝶。他望着窗外自言自语,在牢房的地板上撒尿。飞车党和阿拉巴马的强奸犯告诉他,狱警把大门钥匙放在马桶里了。他跪在马桶边上,盯着里面的水,那两人在一边怂恿他。

"你看不见的,钥匙在管子里。"飞车党抱着双臂冲着另一个人笑。

杰罗姆的胳膊伸进马桶,深深地探进下水管,把水溅得满身满脸都是。

我把手放在他肩膀上,他张大嘴巴抬头看着我,牙齿后面是厚厚的粉红色舌头。

"别掏了,杰罗姆,那儿根本没有钥匙。"我说。

"什么?"他说话的样子就像磕了药。

"把衣服脱掉,去浴室洗个澡。"我说,"起来,跟我来。"

"我们刚给这个家伙一点儿希望。"飞车党说。

"你们的喜剧表演结束了。"我说。

飞车党戴着黑色墨镜,他嚼着口香糖,一言不发地看着我。脸上和头上的毛发就像棕色的弹簧。

"这儿可不是你满嘴喷粪的地方。"他说。

我放开杰罗姆的胳膊,转向飞车党。

"继续。"我说。

"继续什么?"

"再说点儿聪明话。"

"老兄,你在说什么?"

"我要你看着我的脸,再说一次。"

我看不见他墨镜下的眼睛,但他的嘴一动不动,像是画在皮肤上的。

其他人正看着他,于是他说:"我们在这儿是一家人,老兄。这样你在里面才能安宁,不明白这一点,你就熬不过去。"

我为杰罗姆打开淋浴,帮他脱掉衣服,从我的牢房里给他拿来一块肥皂。我捡起铁盘子,用力敲打大门。不一会儿狱警就来开门了,他开门时,我正站在死线里。

他瘦削的脸由于愤怒而抽动。

"你以为你自己在干什么?罗比乔克斯?"他说。

"你们把一个弱智放在监狱里,让他受其他囚犯欺负。要不把他单独隔离,要不就送他去精神病院。"

"把你的屁股挪到线后面去。"

"去你妈的。"

"够了,你将被关一级防范禁闭。"他说着重重关上了铁门。

我转过身,那个从舒格兰农场监狱逃跑后杀了一家人的家伙正咧着嘴笑,他全身赤裸,大腿和肚子上的肉像帘子一样挂在骨架上。眼神空洞,没有任何表情,但嘴巴像马戏团里小丑的嘴一样红。他吸了一口香烟,说:"看起来你变成熟了啊,老兄。"

他大声笑起来,笑得眯起了眼,眼泪顺着脸颊流了下来。

十五分钟之后,他们把我带到了一个小房间,房间里有一个面积大约两张床的铁笼,上面打着正方形小孔,外面涂了厚厚一层白漆,有些地方的油漆剥落了,刻着涂鸦和犯人的名字。几年前,当行刑电椅包在布袋里,装在卡车后面,驶过一个一个教区,来到这里的时候,被判死刑的犯人就在这个铁笼子里等待执行。现在,它被用来关押闹事和不好控制的囚犯。后面五天我都将待在这里,除了律师之外不能见任何人,不能洗澡,每天一顿饭,时间随我定。

那天下午,巴提斯特想见我,但被拒绝了。一个黑人模范囚犯给我带来一个信封,里面装着阿拉菲尔在图画本里用蜡笔画的六页纸,还有一张她在横格纸上写的便条。彩色画上是棕榈树和蓝色的水面,满满一湖的鱼,一匹棕色的马,马头上方写着"得克斯"。小纸条上写着:我会拼写了,我会拼罐子里的蚂蚁,我会拼帽子里的猫,我爱戴夫,我不再说土话了,爱你的,阿拉菲尔。

我把图画纸压在铁笼里的焊接口下面,那几张彩色画就这样挂在铁笼里。外面开始下雨,雾气吹过窗户,栏杆上泛着光。我把薄薄的垫子展开,尝试入睡。我极度困乏,但不知为什么无法入睡,也许是因为你在监狱里从来不能真正睡着。铁门没日没夜砰砰作响,酒鬼把门撞来撞去,愤怒的狱警用警棍敲打着铁栏杆,人们洗澡时群交或鸡奸，尖叫声淹没在腾腾雾气里，疯狂的人在窗口号叫，像一群狗对着黄色的月亮狂吠。

但这是一种更深的疲惫，深入骨髓，肌肉变得软弱无力，好像有很多小虫子在爬。我很熟悉这种感觉，通常在喝得酩酊大醉之前，突然向我袭来。我充满了失败感，委靡不振，挫败，恐惧，渴望一次放松。在混乱的梦里，我试图进入阿拉菲尔的画中——来到一片广阔的海滩，那里点缀着几棵棕榈树，热辣的阳光照着我裸露的肩膀，雨点凉凉地打在皮肤上。水面呈现蓝绿色的光，大团红色的水草在海浪中漂浮。阿拉菲尔沿着海边骑马，张大嘴巴笑着，头发在阳光下又黑又亮。

但梦中的纯净没有保持多久，突然，我把朗姆酒倒进一个椰子壳里，双手捧着喝起来。这种感觉就像太阳和雨点，我同时感到凉爽和温热。它燃起了我的某种欲望，就像想要往旧报纸箱里划火柴。我走进新奥尔良和西贡酒吧的底层人群，感觉一个女人正对着我的脖子吹气，她的嘴贴在我耳朵上，手拂过我的阴茎。舞女们赤裸着上身，穿着丁字裤，光脚在闪着紫光的舞台上跳舞。香烟的烟雾在她们胸口和手臂周围缭绕。我仰头喝掉两杯混着解酒水的比姆酒，紧紧抓住吧台边缘，像一个站在飓风中的人一样看着她们棕色的身体，看着她们的肚皮像水波般起伏，眼睛像点燃的鸦片一样诱人。

接着我又回到海滩上，独自一人，由于宿醉而发抖。马背上空空荡荡，阿拉菲尔不见了，马儿正甩着脖子上松松的缰绳，低着头往水面喷着鼻息。

不要把它们都丢了。我听见了安妮的声音。

她在哪儿？

她会回来的，但你要把这一切都处理好，水手。

我很害怕。

怕什么?

他们是玩儿真的,他们在谈论安哥拉的生活。那可是整整十年半的光阴,他们有我的刀,还有人证,这些足以把我关进去。我觉得我无法脱身。

你当然能。

如果现在我不在监狱里的话,我肯定会喝醉的。

也许吧。但你不知道,慢慢来,循序渐进,对吗?在梦里你不要再喝酒嫖妓了。

安妮,我没有杀人,对吗?

那不是你的风格,宝贝。雨要停了,我得走了,你要好好的,亲爱的。

我在窗外照进来的一道阳光中大汗淋漓地醒来。坐在床边,两手紧紧抓着铁床沿,脑中一团乱麻。天很热,屋内由于潮湿而滴水,我却浑身发抖,像有一阵冷风正吹过全身。在锈迹斑斑的水槽中,水龙头滴水的声音像转动的秒针一样响。

两天后,我的贷款在一家新伊伯利亚银行得到批准。付完保证人费用的十五分钟后,我被放了出来。我胳膊下面夹着一大纸袋脏衣服和盥洗用品,从法院大门跑向我的货车。天正下着大雨。阿拉菲尔在舒适干燥的卡车里拥抱了我,巴提斯特点燃一支香烟,从牙缝里吹出烟雾,好像我们将来都要一起坐牢似的。

我应该高兴才对,但是突然想起多年前目睹的一个场景。那时我还是新奥尔良的一名年轻巡警。一群黑豹党徒刚刚结束上午的传讯，戴着手铐被押回拘留所，他们的公设辩护律师向他们保证，他们会得到公平的对待。

"不管你信不信，我们的机构还是起作用的。"他隔着栏杆对他们说。

一个没刮胡子，戴着墨镜、贝雷帽，穿着黑皮夹克的黑人，用舌头滚动一根火柴棒，说："你说得没错，狗娘养的。但只对其他人有用，不包括我们。"

第五章

离开监狱，我感觉就像重返战场的士兵，却发现战场上空无一人，除了自己，所有人都厌倦了战争，纷纷回家去了。

前一天，迪克西·李在我家留了一张纸条：

戴夫，

　　我对你做的事让我自己感到很痛苦，老兄，我向上帝发誓，我说的是真话。只能说，我碰过的东西都变成了屎，除此之外，我再没有任何借口了。我给和你住在一起的小女孩留了一盒饼干。有一宗大买卖，我、克莱特斯和他女朋友今天会出发去蒙大拿的大天空城。也许过些时候，我会在萨利的一个娱乐场子开场演唱会。就像我爸爸以前说的，不管我们是不是有色人种，我们都得替白人捡棉花。你也许也会在水桶旁的树荫下捡棉花吧。

　　戴夫，不要蹲监狱。

　　　　　　　　　　　　　　　　　　　　迪克西·李

哈瑞·玛珀斯怎么样了？这家伙的证词能把我送进安哥拉监狱。我现在还能闻到旅馆房间里他身上的气味——混合着性激素、妓女身上的香水、氯气、威士忌、香烟和口香糖的气味。我打电话给拉斐特的明星钻探公司。

"玛珀斯先生在蒙大拿。"接线员说。

"蒙大拿哪里?"

"请问您是哪位?"

"一个熟人,想和他谈谈。"

"你得问一下霍利斯特先生,请稍等。"

我还没来得及阻止她,电话已经接通了。

"我想知道玛珀斯在哪里,还有出庭时间等所有信息。"我说。

"什么?"

"你听到我说的话了。"

对方沉默了一会儿。

"你是罗比乔克斯?"他说。

"如果你不告诉我,我就打电话问检察官办公室。"

"我会告诉你的是,我认为你是个有毛病的危险家伙。我不知道他们怎么会让你离开监狱,但你最好离我的人远一点儿。"

"你有得奥斯卡奖的潜力,霍利斯特先生。"我说。但他已经挂了电话。

我在鱼饵店里忙活,给阿拉菲尔的马上铁蹄,给菜园除杂草,清理排水沟里的树叶,把旧风车扯下来拖到废料场。我试图井然有序地度过一天,尽量不去想那些萦绕心头的恶心感觉。但离我的审判日还有六个星期,时间在飞快地溜走。

一个明媚的早晨,我正在店里往架子上放装鱼饵的盒子,一个盒子从我手里掉下来,在柜台上撞散了。虫子掉在深色的咖啡渣上,显得肥硕而鲜红,我一条一条把它们捡回盒子里,又感到了那种恶心的感觉,听到自己脑袋里有一个声音在说:他们要动手了,就在五周半以后。

我没有任何辩护对策,除了自己的辩词,而这些话出自一个酗酒、有暴力史、正在接受心理治疗的前警察口中。我的审判过程不会超过三天,之后就会戴上手铐,塞进囚车,准备去安哥拉了。

"你的脸怎么了,戴夫?"巴提斯特说。

我咽了下口水,看着自己的手,手心沁出一层薄薄的汗。

我走进屋里,收拾了两个手提箱,把我的点四五自动手枪从衣柜抽屉里拿出来,用毛巾包起来,和两个装满的子弹夹还有一盒子弹一起装进手提箱口袋,然后打电话给我在拉斐特的保证人。我认识他二十五年了。他的名字叫利马豆·韦雷特,个子比消火栓高不了多少,穿着热带套装,脖子上戴着棕榈树图案的领带,十个手指上戴满戒指,每天都到同一家小餐馆,用勺子吃利马豆和火腿。

"最近怎么样,利马豆?我需要离开这儿。"

"你要去哪儿?"

"蒙大拿。"

"那里有什么东西是这里没有的吗?"

"怎么样,老兄,行不行?"

他沉默了一会儿。

"你不会让我一个人留在这儿的,对吧?你会打电话给我的,是吧?也许每隔四五天打一次。"

"说定了。"

"戴夫?"

"怎么?"

"你在路易斯安那已经一身麻烦了,不要在那里再惹麻烦,不要。"

我告诉巴提斯特,我把码头、房子和动物交给他和克拉瑞斯照管,每隔几天会打电话回来。

"你准备怎么安顿阿拉菲尔?"他说。

"我在新伊伯利亚的表姐会照顾她的。"

他假装用抹布擦柜台,蓝色棉衬衫的扣子敞着,腹肌在皮带扣上面皱起来。他往嘴里塞了块软糖,望着窗外的河面,好像我根本不存在。

"好吧,到底怎么了?"我说。

"你还问我?"

"我必须这么做,巴提斯特,他们会把我送进监狱的。我可能要坐整整十年半的牢。"

"即使这样,你也不该就这么走了。"

"那我该怎么办呢?"

"她一生中的所有人都离她而去,戴夫。她妈妈,安妮夫人,你被关进牢里。她不需要更多的离别了,不。"

我在码头上给卡车加满油,站在走廊上等校车。四点钟,校车停在邮箱旁的树荫下,阿拉菲尔走过山核桃树,朝我走来,铁饭盒叮叮当当地撞着她的大腿,小麦色的皮肤在阴影下显得更暗。像往常一样,无论我怎么掩饰,她都能看出我不安的表情。

我对她解释说我必须离开,时间不会很长。我说,有时候我们不得不去做自己不喜欢的事。

"图塔表姐一直对你挺好的,对吧?"我说。

"是的。"

"她带你去看演出,也带你去公园了,就像我一样,是吧?"

"是的。"

"巴提斯特会来接你去骑马的。一切都会好的,是吧?"

这一次她没回答,而是安静地坐在我旁边的台阶上,呆呆地看着兔子笼和核桃树下吃东西的三脚架。她的脸变得苍白,下嘴唇和下巴周围的皮肤皱起来。我搂着她的肩膀,目光从她脸上移开。

"小家伙,我们得勇敢面对一些事,"我说,"我有一些麻烦要处理,我只能这么做。"

说完,我感到自己是多么自负、无用又愚蠢,竟然和她谈勇敢和承受。在她短短的生命中,她已经失去了那么多,经受了难以置信的暴力。对大多数人而言,他们只有在噩梦中才能体会到这些。

我看着马路对面,一只苍鹭从河水中飞到阳光里。

"你见过雪吗?"

"没有。"

"我敢打赌,现在蒙大拿的雪还没化,高山上的松树和云杉上也有雪。我和一个军队里的朋友一起去过一次,我想咱们俩最好去看看,小家伙。"

"现在去看吗?"

"你最好相信是的。"

她笑起来,露出白白的牙齿,眼睛几乎眯成一条缝。

那晚我们驾车飞驰,穿过东得克萨斯的松树林,温暖的风从车窗里吹进来,马达在引擎盖下轰鸣,车内覆盖着一层紫色的晚霞光辉。

我们驶进漆黑的雨夜,渐渐的,天空放晴了,月亮冲破云团,如银色的圆盘一般高高挂在平原上空。第二天,路过新墨西哥州的拉顿时,我买了一桶炸鸡,我们在一条小溪旁的白杨树林里吃午餐,在草地上铺上毯子,睡了四个小时。之后,我们驾车翻过山岩,到达科罗拉多州的特立尼达,爬过连绵的蓝绿色落基山脉,经过普韦布洛、丹佛,最终来到南怀俄明州,那里天气很冷,空气中弥漫着鼠尾草的气味。日落时分,干裂的地面和山丘看上去仿佛被火焰烧过。那晚我们住在一家印第安人开的小旅馆里。第二天早晨,天开始下雨,你能闻到烟熏室里正在制作熏肉。

我们穿过蒙大拿州的比灵斯,在这里,地貌发生了变化。地面是绿色的,蜿蜒起伏,河水流得很慢,岸边长满了棉白杨和柳树,远处矗立着一座座尖尖的山峰。我们朝着分水岭继续前进,由于春季雪水融化,河流在那里变宽了,水流湍急,溢进了两岸的树林。远处的山在天空的映衬下越来越高,山顶依然白雪皑皑,斜坡上长满黄松、花旗松和蓝色云杉。阿拉菲尔在我身旁睡着了,头枕着一本卡通书,这时我们已经到了大分水岭顶端,沿着西侧长长的斜坡往下开,驶向密苏拉。暮色中,白尾鹿在公路边吃草,我的卡车从它们身边呼啸而过,它们惊得猛然抬头。山上坐落着一幢幢低矮的平房,房子窗户亮着灯,石头烟囱里冒出一缕缕青烟。

我沿着克拉克福克河向前开,穿过一个被称为赫尔盖特峡谷的山脉切口。突然,黑暗的天空下,灯光像散落的烟花一般,铺天盖地地亮起来。骤然间,城市铺满了整个峡谷底部。密苏拉是个遍地锯木厂和大学的城市,到处覆盖着树木、花草、老砖房、大树成荫的公园,纵横交错的河流上闪着霓虹灯的光,城市随处可见加工过的木质纸浆的色调。一排排酒吧门口逗留着骑摩托车的年轻人,震耳欲聋的摇滚乐一直传到大街上。由于握了很久的方向盘,我的手变得厚实粗糙,一路上风吹得我耳朵都快聋了。我把熟睡的阿拉菲尔抱在肩头,爬上旅馆的楼梯,目光越过夜里泛着亮光的河流,望向远处环绕城市的群山和山顶的树木。我不知道自己还有没有机会过上正常生活，像个普通人一样住在这样一座井然有序的城市里，每天早上醒来的时候，恐惧不会像狞笑的魔鬼一样爬上胸口。

我现在的所有麻烦都源于迪克西·李·普，所以如果要解决问题，也得从他开始。但首先得为阿拉菲尔和我安顿好生活。信天主教的好处就是成了西方世界最大的私人俱乐部的成员，虽然不是所有成员都善良而讨喜，但大多数人还是不错的。我租了一间位于河边、铺着黄砖的小房子，院子里有枫树和桦树，邻居都是工薪阶层，距离天主教教堂和小学只隔着两条街。神父打电话给阿拉菲尔在新伊伯利亚学校的校长，让校长把她的成绩寄到教区长家里，之后便让她进了一年级读书。他向我推荐他管家的寡妇姐姐照顾阿拉菲尔，她就住在教区长家隔壁，是一位皮肤发红、憨厚而温和的芬兰妇女，她说自己几乎每天下午和晚上都能照顾阿拉菲尔。假如我必须出城，晚上赶不回来，阿拉菲尔可以住在她家里。

我给阿拉菲尔买了新的午餐盒、彩笔、铅笔和本子，我们来到城里的第三天早上，我带她沿着林荫道走进校园，看着她和其他孩子一起排好队伍，一名非天主教徒教师正准备带他们朗读对美国效忠的誓言。我捧着一杯咖啡，坐在新家的台阶上，看着铁路桥的水泥柱周围汹涌的水流，飞溅的泡沫，看着太阳冲出赫尔盖特峡谷，阳光照在山谷中，照亮了枫树，树叶看起来好似打过蜡一般。我嘴里嚼着一根火柴棍，看着手背。最后，我知道自己不能再耽搁了，就像终于要接受一次大手术，或起航准备进行一次令人筋疲力尽的远游。我钻进卡车，朝波尔森、平头湖和萨利·迪欧的家驶去。

黑猩猩峡谷是个乡间大农场，种植着牧草，覆盖着大片阳光和阴影。河流沿着公路一侧流淌，茶色的河底铺满鹅卵石，河边长着一排排柳树和棉白杨。远处蓝色的密歇山脉高高耸立，顶部覆着白雪，如雷霆般从天幕降下。小镇上到处是印第安人，他们穿着牛仔工作服，顶着卷檐儿草帽，脚上的牛仔靴磨得很旧，开着小货车。我停下来加油的时候，他们上下打量着我，好像我是黑烟玻璃做的。山腰上有几个湖泊，周围长满了柔荑花，高高的悬崖上，一条长长的瀑布冻成了冰，在阳光下就像一颗巨大的雪白牙齿。

我沿着公路驶过工作营地和一个老式耶稣会，翻过一座长满松树的小山。猛然间，我看见平头湖出现在我眼前，湖水湛蓝、浩瀚，在阳光下跳动，就像太平洋。湖边的山坡上长着小松树，东边的沙滩上布满樱桃果园。湖中间有几座小岛，岛边是灰色的悬崖，几棵大树在石头缝里扎根生长，一艘红色帆船在两座小岛之间迎风行驶，溅起层层水花。

我在湖南岸的波尔森停下车，向一家加油站的员工打听萨利·迪欧家怎么走。他拿下嘴里的香烟，看看我，又看看我的车牌，朝路那边点了下头。

"大概还有两英里。"他说。

"在马路哪一边？"

"那里有人会告诉你的。"

我沿着樱桃园和湖泊中间的马路往下开，一路上经过一个蓝色的水湾、一座水上旅馆、一片被松树环绕的白色沙滩，直到看见写有"迪欧"名字的邮箱，还有一个写着"私家道路"的指示牌。我转上土路，爬上一道斜坡，朝一幢盖在湖边三角形土地上的分体式红木房子驶去。前方出现一道锁着的电控铁门，铁门和湖面之间是一幢红色小木房子,阳台一直延伸到悬崖边的木桩上。显然,大房子和小房子出自同一位建筑设计师之手。

我在门口停下卡车,熄火,下了车。一个黑皮肤的黑发女孩在小房子的阳台上看着我。她走进玻璃滑门,克莱特斯走了出来,他穿着一条百慕大短裤,一件显得肚子很大的T恤,戴着压扁的渔夫帽,套了件浅蓝色风衣,但没遮住左轮手枪和挂肩枪套。

他穿过草坪,从山上走下来。

"老兄,我真不敢相信,他们把你释放了吗?"他说。

"我只是保释出来了。"

"保释出来还能离开本州?听起来可不对劲儿,老兄。"他在阳光下冲我笑着。

"我认识那个保证人。"

"你想去钓鱼吗?"

"我想和迪克西·李谈谈。"

"那你来对地方了。他正在上面,和萨利在一起。"

"我也想和你谈谈。"

"你让我感觉回到了在第一街区当警察的日子。"

"当你快要被送进安哥拉监狱的时候,你就会明白我这种口气。"

"得了吧,你不会坐牢的。你有动机追踪那些人。他们两个打你一个,在那把刀的问题上,你的证词会胜过玛珀斯的。还有,查查玛珀斯的档案,要我说,他是个令人作呕的人渣。等上了法庭,让你的律师盘问他吧,这个家伙就像汤里的老鼠屎一样讨人喜欢。"

"这是另一个困扰我的问题,克莱特斯——你是怎么认识这些人的?"

"这没什么神秘的,老兄。"他说着从风衣口袋里取出一包烟,腰间的枪套上印出手枪坚硬的轮廓,"迪克西·李带他们来过几次,他们想在萨利那儿吸点儿免费可卡因,也喜欢和萨利那帮摇滚歌手混在一起。萨利家聚集了很多搞摇滚的人。魏德林是个肥胖的蠢货,但是玛珀斯,他早该从地球上消失。"

克莱特斯点燃香烟,望着湖面,脸紧紧地绷着。

"听起来他们有私人关系。"我说。

"有一天晚上他吸得迷糊了,就谈起在狙击掩蔽坑里搞护士的事,他想把达莲娜带到卧室里去。当时他就在客厅,好像随便谁都能跟她上床。"

"谁?"

"和我住在一起的女孩。总之,萨利让我带他到外面走走,直到他清醒为止。等我把他带到外面,他竟然试图亲我。我一拳打在他嘴上,当时手上还套着指环。迪克西不得不带他去波尔森的医院。"

"我认为你应该早点儿改变生活方式。"

"是,你总是喜欢给别人提建议,戴夫。你看见我的点三八手枪了吗?我有许可证,可以在三个州携带它,因为我为萨利·迪欧工作。但我在哪儿都不能当警察了。那个连交通辅警都不让我当的人却发给我许可证,让我在为萨利工作时配枪。你听见了吗?总之,借用一句你戒酒祷告的缩写版——'去他的'。"

"我能进门吗?"

他把香烟扔到风中,绿色的眼睛眯起来,好像是太阳太刺眼了,又好像是他大脑深处埋了一根生锈的铁丝。

"是的,进屋去吧。我得给萨利通报一声,"他说,"见见达莲娜,如果你愿意,可以和我们一起吃午饭。不管你信不信,我真的很高兴见到你。"

* * *

我不想和他们一起吃午饭,当然也不想见萨利·迪欧。我只想让迪克西·李到克莱特斯这儿来,和我谈一会儿,然后我就离开。但事情不像我预想得那样发展。

"他们刚起床,萨利说一小时后带你过去。"克莱特斯说,他站在客厅里,挂上电话,"昨晚他们搞了一个大型演唱会。你见过太和乐队那帮人吗?不知怎么的,他们给我的感觉就是在相互扔沙包。"

他的女朋友全名叫达莲娜·亚美利亚·霍斯,此刻她正在厨房里给我们做三明治。克莱特斯坐在一把凹下去的帆布椅子上,手里端着一杯伏特加冰镇果酒,一只脚跷在膝盖上,另一只脚踩在金色的熊皮地毯上。滑动玻璃门外是深蓝色的湖水,巨石嶙峋的岛上,松树在风中摇摆。

"有件事你肯定忘不了,"他说,"那个在路易斯安那被宰掉的家伙——好吧,那个被我宰了的家伙——那个狗娘养的精神病杀人狂,我不得不杀了他。他们说会给我一万块钱,于是我说好,但只打算把他赶出城,然后去拿钱。如果他们以后抱怨,就让他们滚蛋。后来他背对着我,提着桶喂猪,对我说他是多么平静,说他不会亵渎一名在困境中受贿的警察。接着,他把手伸进牛仔裤口袋,我看到一个东西在阳光下闪了一下,又听到咔嗒一声,他转过身来的时候,我冲着他的前额给了他一拳,结果那东西是他的打火机。老兄,你能明白吗?"

也许他说的是真的,也许不是。我对他的解释并不感兴趣,他似乎沉迷其中,目光没有焦点,盯着空气。

"他们为什么叫他'鸭子'?"我问。

"什么?"

"他们为什么叫萨利·迪欧'鸭子'?"

"他梳着鸭尾式发型。"他吸了一大口酒,嘴巴看起来又红又硬。他耸了一下肩,似乎想甩掉一件烦心事。"还有一种说法,在纸牌中抽出两点什么的,两点是鸭子,对吧?但那都是几内亚人的玩意儿,他们喜欢各种各样的名称,那些传说通常都是胡扯。"

"我告诉你,克莱特斯,如果你能把迪克西·李带到这儿来,就他一个人,我感激不尽。我真的不需要见他们所有人。"

"你还是老样子,总是那么赶时间。"他笑了笑,"你认为我会给我老板打电话,说'对不起,萨利,我的老搭档不想死在这间屋子里'?"他笑起来,嚼着嘴里的冰块和樱桃蜜饯,"但真实想法就是这样,是吧?戴夫,你不一样。"他继续对着我笑,冰块在他牙齿间咯咯作响,"你还记得我们是怎么让朱里奥·塞古拉和他的保镖安静下来的吗?我们干得真漂亮。"

"那是以前的事了。"

"对,没错。"他懒洋洋地转向滑动门,看着湖面,然后拍了一下膝盖说,"老兄,我们吃东西吧。"

他走进厨房,走到他女朋友身后,拦腰抱着她,把脸埋进她的头发。搂着她的腰,半拖半抱地把她带回客厅。她朝他转过脸去,以掩饰自己的窘迫。

"这是我们家的皇后,是我的小乖乖。"他说着在她颈后吻了一下。

那真好,克莱特斯,我想。

她穿着粗斜纹棉布短裙,黑色长袜,无袖咖啡色毛衣。嘴角有三颗黑痣,眼睛是绿松石的颜色,像克里奥尔人①一样。她的手很大,手背上有几道灰色的伤疤,指甲剪得很短,一只手腕上戴着金表,另一只手腕上戴着一条细细的金手链,这些饰品戴在她粗糙的手上仿佛是放错了地方。

"她是我生命中最美好的东西,她就是,"他说,嘴仍埋在她头发里,"这我得感谢迪克西·李,她发现他倒在酒馆地上,醉得不省人事,于是开车一路把他送回平头湖。不然那里的家伙早拿他的头刷马桶了。迪克西还真有一套,他能一边惹麻烦,一边说早上好。"

她把克莱特斯的手从自己腰上拿开。

"你想坐在阳台上吃吗?"她说。

"不,外面还挺冷。春天来这儿还要一段时间呢,"他说,"现在新奥尔良怎么样?华氏九十度左右吧?"

"是的,我想。"

"比地狱还热,我一点儿也不怀念那里。"他说。

他女朋友帮我们在滑动门边铺好桌子,然后回厨房端食物。一阵风从湖面上吹过,深蓝色的湖面波光粼粼。

"我不知道她怎么会和我混在一起,但何必怀疑命运呢?"他说。

"她看上去是个不错的女孩。"

"她的确是。她丈夫在林肯镇的一次伐木事故中丧生,一台推土机从他背后压过去,把他贴在一块石头上。她花了五年时间在波特兰一家餐馆里剥牡蛎,你看见她的手了吗?"

我点点头。

"之后她在那家印第安啤酒屋里做服务员,你应该去看看印第安

---

① 克里奥尔人(Creoles),西属美洲人的欧洲人后裔。

人的酒吧。那些人能在日本空军里当飞行员。"

"他们就要送我上路了,除非我能揭发玛珀斯的罪行。"

他压了压眉毛上那条厚厚的伤疤。

"你很担心这事,是吗?"他说。

"你认为呢?"

"这也不能怪你,一个前警察坐牢了,多糟糕的画面。不过我已经摆脱了这个困境,解脱出来了,如果说谁要去坐牢,那也该是我。让你的律师多拖延一段时间,到时候目击证人消失了,人们忘记发生了什么,检察官也失去兴趣了。总之,会有办法的,老兄。"

他女朋友端出一个托盘,上面放着火腿三明治、几杯冰茶、一份甜菜洋葱沙拉和一个新鲜苹果派。她和我们坐在一起,一言不发地吃着东西,嘴角的三颗痣就像三个小黑点。

"你真的认为迪克西能帮上你?"克莱特斯说。

"他必须帮我。"

"祝你好运。有一次他告诉我,他的人生目标就是活到一百岁,然后因强奸罪被处死。他是个不错的家伙,但我觉得他脑子塞住了。"

"他说玛珀斯和魏德林杀了几个人,埋在后面的一片树林里。这能让你想起点儿什么吗?"

他那张大脸看起来很茫然。"不,想不起来。"他说。

我看着他的女朋友,达莲娜,她直直地盯着盘子,低着头,似乎想掩饰自己的表情。但我注意到她眼睛的色彩黯淡下来。

"很抱歉我说了这些,"我说,"我想克莱特斯和我当警察太久了,有时候在别人面前说话也没考虑太多。"我试着朝她笑笑。

"没关系。"她说。

"我很感激你们留我吃午餐,非常可口。"

"谢谢。"

"几年前我和一个朋友来这儿钓鱼,"我说,"蒙大拿是个美丽的地方,是不是?"

"有时候是,假如你有份工作的话。这里很难找到工作。"她说。

"这里一切都很萧条,"克莱特斯说,"石油、农业、畜牧业、矿产,甚至伐木业。在南方种树便宜得多,这些蠢货投票给里根,然后被骂个半死。"

"那为什么你哥们儿还要来这儿?还有那些租赁土地的人。"

他绿色的眼睛在我脸上扫了一下,笑起来。

"你总是忍不住扫人兴,"他说,"他不是我哥们儿,我为他工作,和他打交道,这是工作关系。"

"好吧,那他在这里做什么?"

"这是个自由的国家,也许他喜欢鲑鱼。"

"我见过一个缉毒局的人,他和你的观点可不一样。"

"萨利谈生意的时候我就是个摆设。我比较擅长在院子里抽烟。"

"这话留着跟别人说吧。你是我见过的最擅长调查的警察。"

"以前是。"他说着眨了眨眼,目光转向外面的湖和海岸线上盘旋的海鸥。他用舌头把牙齿后面的食物残渣剔出来。"你读的书比我多,你记得《飘》里面那个白瑞德吗?他为盟军和其他组织走私货物。他告诉郝思嘉,财富是在一个国家诞生或崩溃的过程中被创造出来的。非常好的一句话。我想萨利在亨茨维尔监狱图书馆看过这本书,他运货,然后交易,老兄。"

我什么也没说,吃完了剩下的三明治,瞥了一眼手表。

"好吧,看在上帝分上,"克莱特斯说,"我带你去那儿,但你要帮我个忙,那可是我领薪水的地方,不要把那些人看得像动物园里的畜生一样，尤其是萨利的父亲。他是个臃肿的老蛀虫，同时也是个恶毒的狗杂种，他从一开始就不喜欢我。我是说真的，戴夫。你的脸从来藏不住情绪。到时候请你掩饰一下，就当是大象在放屁，好吧？我们说定了，怎么样，老兄？"

"当然。"我说。

"哦，太好了。"

萨利·迪欧把得州的加尔维斯顿整个搬了过来。他那幢面向湖泊的玻璃阳光房里种满了盆栽的香蕉、木兰树、柑橘树、洋紫荆。屋子正中是一个莱姆绿色的游泳池，微微冒着热气。六个皮肤黝黑的家伙有的坐在池边，有的坐在充气橡皮艇上懒洋洋地四处漂荡。客厅墙上镶着白色松木，地上铺着暗红色地毯，漆黑光亮的钢琴盖支起来，在不甚明亮的光线中闪闪发亮。迪克西·李只穿着一条夏威夷沙滩裤和一件敞开的浴袍，坐在钢琴椅上，手指在键盘上来回跳动，耸着肩膀。接着，他的手臂突然伸出去，脸庞红润，对自己的声音充满自信。他唱着：

我正站在角落里，
站在比尔街和主街的路口，
这时一个警察说：
"小伙子，你得告诉我你叫什么名字。"
我说："你会在我的衬衫下摆
找到我的名字。
我是一个田纳西的骗子，

我不需要工作。"

萨利·迪欧坐在一组鼓和钹后面,穿着起皱的灰色休闲裤,胸口敞开,红色的裤带吊在肩膀上。他是一个身材消瘦、身体结实的男人,脸部棱角分明,皮肤与骨头贴得很紧,显得眼睛在脸上占的部分过大。他右眼下面有一个环形伤疤,让他在瞪眼看人的时候更可怕。他把脸转向迪克西·李,在小鼓上拨动着钢丝刷,鸭尾式头发在湖面反射过来的阳光下闪闪发亮。

在红木走廊外面,我看见一个老人背朝我坐在轮椅上。萨利·迪欧和迪克西·李唱完了这首歌,没人请我坐下。

"迪克西说你曾经是个警察,在新奥尔良当差。"萨利·迪欧说,他的声音很平静,眼睛漫不经心地打量着我的脸。

"没错。"

"你现在做什么?"

"做点儿小生意。"

"收入还不错,是不是?"

"有时候是。"

他用钢丝刷在鼓面上画着圈。

"你喜欢路易斯安那吗?"他问。

"是的。"

"那你来这儿干什么?"

克莱特斯走到游泳池边的吧台,开始准备饮料。

"我有些事需要处理,我想和迪克西说几句话。"我说。

"他说你在那儿碰上了一大堆麻烦,他和你的麻烦有什么关系?"

"很密切的关系。"

他平静地看着我,刷子轻轻地拨动鼓面。

"迪克西从来没害过任何人,总之,没存心害过人。"他说。

"我不会伤害他,迪欧先生。"

"那我很高兴。"

一个金发女孩浑身滴着水向我们走过来,银色的泳装像罐头一样紧绷在她身上,她肩膀上披着一件浴袍,正用毛巾擦头发。

"你希望我把弗兰克爸爸带进屋吗,萨利?"她说。

"去问问弗兰克爸爸。"

"他在外面待太久会受凉的。"

"那就去问问他,亲爱的。"

她走向玻璃门,然后停下来,钩上凉鞋的鞋带。一动不动地在阳光中站着,好像正对着摄影师的镜头一样。萨利·迪欧冲她眨眨眼。

我转头看着迪克西·李。我必须和他单独谈谈,在外面谈。他拒绝看我的脸,拒绝理解我的眼神表达的任何意思。过了一会儿,那个金发女孩推着轮椅上的老人进了客厅。

那老人带着一顶金色方格帽子,针织毛衣搭在凸起的肚子上,围着一条大围巾,几乎遮住了脖子上紫色的、鸡蛋大小的甲状腺肿块。他肤色灰暗,黑色的眼睛非常凶恶,脸上的胡子刮得并不干净。即使隔着几英尺远,我仍可以闻到他衣服上的烟味和酒味。他残废的双腿和肿胀的肚子让我想起绑在椅子上的大肚子青蛙。

但他不是个可笑的人。在本世纪四五十年代,他可谓臭名昭著。他一度拥有加尔维斯敦岛上的所有赌场,邮局和教堂街上所有的妓院和卖淫行当。我还记得另一件事,一个糖城农场监狱里的人企图揭发弗兰克·迪欧以获得些好处,结果在洗澡的时候被人抓住,嘴里灌了整整一罐管道疏通剂。

他斜着一只漆黑的眼睛盯着我。

"他是谁？"他问他儿子。

"一个克莱特斯的旧识。"萨利·迪欧说。

"他想干什么？"

"他认为迪克西·李能帮他解决一些麻烦。"萨利·迪欧说。

"是吗？你碰上什么麻烦啦？"老头儿对着我说。

"他被指控谋杀，爸爸。罗比乔克斯先生以前是位警察。"萨利·迪欧微笑着说。

"是吗？"他的声音提高了一截，"你为什么把麻烦带到我们家来？"

"我没给你们家带来任何麻烦，"我说，"我是应邀来的，就是那边的克莱斯特邀请我的。因为我想谈话的那个人无法下山和我待上五分钟。"

"我可以邀请，萨利可以邀请，但你不能接受这里工作人员的邀请，"老头儿说，"你过去在哪儿做警察？"

"新奥尔良。"

"你认识——"他说了一个关在杰斐逊教区监狱的黑手党头领的名字。

"是的，我让他在安哥拉关了六年，听说他一直抱怨里面的客房服务。"

"你是个聪明人，是吗？"

"你想喝点儿饮料吗，弗兰克先生？"克莱特斯说。

老头眼睛仍然看着我，伸出一只手朝克莱特斯挥了挥，好像正在驱散污浊的空气。

"你说的那个人是我表弟。"他说。

我没有回答,又看了一眼迪克西·李。他弓着背坐在琴凳上,双手放在大腿上,目光躲避着我们。

"告诉他,让他滚出去,"老头儿说,"告诉另一个,不要再把这种自作聪明的家伙带到我们家来。"他仍然没看克莱特斯。

接着,他做了个手势,穿银色泳装的女孩推着他穿过远处的一道门,进了卧室。卧室床上堆着一些缀着紫色花边的粉红色枕头。我看着女孩把门关上。

"照爸爸说的做。再见,罗比乔克斯先生。"萨利·迪欧说。钢丝刷在鼓膜上轻轻扣着。

"迪克西,我想让你陪我走到车边去。"我说。

"谈话时间结束了,罗比乔克斯先生。"

"这个人自己会说话,是吧?"我说。

还没等我把话说完,萨利·迪欧便用刷子敲起了鼓。

"你来不来,迪克西?"

他又拿起刷子敲鼓,眼睛直勾勾地盯着我,嘴角扬起一丝微笑。

"关于你那个安哥拉的亲戚,我顺便说一句,"我说,"我不但帮忙让他进了监狱,而且在他朝执行官吐了口水后,朝他的脸给了一拳。"

"克莱特斯,去帮这位先生找找他的车。"他说。

克莱特斯把饮料从嘴边拿开,满脸通红。在他身后,游泳池里的人在气垫船上拥抱着,动作千姿百态。

"萨利,他是个好人。只是今天上午我们的进展不太顺利。"他说。

"罗比乔克斯先生要迟到了,克莱特斯。"

克莱特斯看上去像刚吞下一颗图钉。

"没问题,我马上走,放松点儿,克莱特斯。"我说。

"萨利，我不是开玩笑，他是条好汉。有时候事情发展得不顺利，谁也怪不得。"克莱特斯说。

"嘿，罗比乔克斯——送给你几句话，"萨利·迪欧说，"你拽着别人的衣角混进来，然后对一个老人出言不逊。但你是在我的房子里，还可以自由地离开。我们已经对你很客气了，这点你千万要弄清楚。"

我走出门，走到阳光下，风吹拂着湖水，吹拂着远处雾霭中圆圆的山丘。通往山下的石板路两旁种满了蔷薇花和紫红色的铁线莲。

"等等，戴夫。"克莱特斯在我身后叫道。

他戴着那顶压扁的渔夫帽，穿着百慕大短裤从石板台阶上走下来，两条腿看上去怪怪的，膝盖上的伤疤显得更长更白了。

"嘿，对不起。"他说。

"别放在心上。"

"不，那儿刚才真的很糟糕，我很抱歉。"

"你又没做错，别担心。"

"每个人说话都不正常，就是这样。"

"也许吧。"

"我不想事情发展成那样，你知道。"

"我相信你，克莱特斯。"

"那你为什么还火上浇油？"

"我以为我表现得不错了。"

"哦，见鬼，是的，当然。戴夫，多几个你这样的人，都能把整个州夷为平地了。"

"迪欧在这儿的演唱会是什么玩意儿？"

他鼻子里哼了一声。

"我只管拿他的钱,从来不管他干什么,这个话题到此为止。"

"再见。再次谢谢你的午餐,替我向达莲娜说声再见。"我说。

"好,一定。每次跟你在一起都是那么刺激,就像开车闯进你家里一样。"

我笑笑,朝卡车走去。

"你在车里待几分钟,迪克西一会儿就下来。"他说着,转身沿着碎石子路往回走。

"你怎么知道?"

"他虽然表现得像个喝醉的浑蛋,但还是想帮你的。而且,我告诉他,如果他不来,我就揍得他屁滚尿流。"

我坐在车里等了十分钟,正准备放弃时,看到迪克西从萨利·迪欧那儿走下来。他穿了一件黄色风衣,棕色的休闲裤,风吹着他前额的一缕缕金发。他打开副驾驶的车门,钻了进来。

"我们去水上餐厅喝杯啤酒怎么样?"他说,"我现在燥得浑身冒火。"

"好吧,不过首先希望你明白一些事,迪克西。我不希望你是因为克莱特斯对你说了些什么,而过来和我谈话。"

"克莱特斯什么也没说。"

"他没说?"

"好吧,他有时候是有些情绪化,不过我一点儿也不在乎。我是不想看到你陷入麻烦。"

"但如果从你这儿得不到帮助,我很快就有麻烦了。我想打垮玛珀斯,那意味着你会被锁定为重要证人,很可能会这样。我无法保证自己能处理得很恰当,但会用尽所有办法让你帮我,迪克西。"

"哦,老兄,别跟我说这档事,至少今天上午别说。我的神经现在还被油煎着呢。"

"这是我要说的另一件事。我不想再听你说什么喝酒的麻烦、神学的担忧,或是碰到窘境时向别人吐的苦水,你明白了吗?"

"你的决定做得太快了,老兄。"

"是你把我卷进这堆麻烦的,你最好清楚这一点,朋友。"

"好吧,我们现在是一起去喝一杯,还是你坐在这儿看着我离开?"

我发动汽车,穿过树林,沿着土路往下一直开到主干道上,路一侧是一小片樱桃园,园子后面是一道陡坡。我们沿着湖边朝餐厅开去,餐厅建在水面上,底部撑着桩子。迪克西·李转向风中,目光热切地看着沙滩,浓密的松树林,帆船逆风行驶在深蓝色的湖水中。

"你为什么不让我在这儿帮你搞些房地产?"他说。

"说实话,迪克西,我抵押了我的房子和生意才凑出了保释金。"

"哦。"

"迪欧家为什么在这里买地?"

"这个州经济衰退,地价下滑,迪欧家准备今后在这里大赚一笔。"

我把车停进餐厅停车场,一条窄窄的码头从餐厅后面伸出来,边上停着几艘小艇和帆船。水面上漂着一片汽油,反着光,一群海鸥轻点水面,在一艘船里熟练地翻弄鱼饵。我关掉引擎。

"我觉得你没有仔细听我说话,迪克西。"我说。

"什么?"

"你总想牵制我,我受够了,我已经快要失去耐心了。"

"我说什么了?"

"那个黑手党根本不是在房地产买卖上挣钱,你别再骗我了。"

"你这话可伤人了,老兄。也许我是个酒鬼,那不表示我就是个骗子。"

"那你告诉我,他们为什么买那么多房子。"

"戴夫,如果你进了监狱——哦天哪,但愿你别进去——你在那儿会学到两件事。一是要尽量躲到头领的视线之外,二就是你永远不想调查萨利那种人的另一面。你安稳过自己的日子。当你还是个警察的时候,你想知道自己部门里发生的每件事吗?你知道有多少人受贿?他们中有多少查到了海洛因或可卡因之后又转手卖掉?瞧,大概三到四星期之后,我会在塔霍、萨尔的地盘上开一场演唱会。这不是什么大型演出——只有一架钢琴,一台竖式贝斯,大概还有一把吉他。但这是在塔霍,老兄,这是旋律、布鲁斯,还能重返聚光灯下。我要让旋律更放松,更有控制。"

"为什么不把该死的音乐从生活中踢开?"

"每个人干活的方式都不一样。我要进去喝杯啤酒,你来吗?"

我看着他穿过甲板斜道,走进餐厅的酒吧区。我已经浪费了大半个上午和小半个下午,却一无所获,对于迪克西·李和我自己的境况,我感到非常疲乏。我跟着他进了餐馆,他坐在吧台最远处,靠着窗户,湖面上的阳光映出他的轮廓。酒吧的墙上装饰着水上救生工具和航海绳索。迪克西正在喝一瓶"大瀑布",旁边还放着一杯威士忌。

酒吧服务员向我走来,但我示意他走开。

"你什么也不想喝?"迪克西说。

"魏德林和玛珀斯有理由杀的人是谁?"我问。

"不是魏德林,是玛珀斯。"

"好吧。"

他眼睛望向窗外。

"我不知道。"他说。

"是某些挡了他路的人,某些会让他们破财的人。"

"对,我想是的。"

"那么,谁会给玛珀斯带来麻烦?"

"也许是那些疯子,那些在树上钉钉子的人。明星钻探公司想进入东面山坡的自然保护区,钉钉子的人想让所有人都滚出去。"

"但他们不代表任何人。你说过,他们都是信徒之类的人。"

"我不知道他们是谁,他们都是他妈的野人。"

"他们能做什么来阻止明星钻探公司呢?"

"什么也做不了。那儿的人不喜欢他们,那些伐木工人要是有机会,肯定把他们劈个稀巴烂。"

"那剩下的还有谁呢?"

他吸了一口威士忌,又喝了一口啤酒,望着外面的湖水。他的面孔很沉静,绿色的眼睛望着远处,似乎在思考,又好像什么也没想。

"快点儿,老兄,到底谁会搅乱玛珀斯的计划?"

"印第安人,"他最终开口说道,"明星公司想在黑脚族的保留地上钻井。这本来不是什么问题,因为一八九六年印第安人就把所有矿产权卖给了政府。但是有些年轻人——印运组织的小伙子——他们很聪明,商量着要去控告明星公司。"

"美国印第安运动组织?"

"对,就是他们。他们能把所有事都搞上法庭,说那些合同纯粹是敲诈,或说保护区是一块宗教区域,或者其他的屁话。这会让所有人都花上一大笔钱。"

"你认识这些人吗?"

"不,我总是离他们远远的。他们中有的曾进过联邦政府监狱,你见过屁股上贴着政治标语的囚犯吗?我和那种人关在一起过,那个狗娘养的连字都不识,却整天大谈卡尔·马克思。"

"告诉我他们其中一个人的名字,迪克西。"

"我一个也不知道。我说的是实话,他们不喜欢白人,至少不喜欢搞石油的白人。谁会去自找麻烦?"

我离开酒吧,驾车返回密苏拉。驶入黑猩猩峡谷时,一场阵雨从密歇山脉两个高高的山峰中间移出来,布满整片天空,遮住阳光,又朝草地飘去,飘向成群的牛羊、红谷仓、牧场的房子和农舍,飘过杨树防护林、杨柳依依的河流,最终洒落在峡谷对面另一片山里一座碧绿光滑的山丘上。闪电在山脊上跳动,天空中乌云滚滚。我开车从峡谷顶端驶过,摆脱了大雨,驶进克拉克福克的阳光,从一种天气一下子跳入另一种天气。

我从保姆家接回阿拉菲尔,带她去河边的冰激凌店吃蛋筒。大学后面的山上有一个巨大的白色"M",有人正沿着曲折的小径努力向上攀登。山的一侧铺满嫩绿的小草,M标志上方的山脊上长着北美黄松,沿着山顶一直延伸到下一个山谷。阿拉菲尔坐在大理石桌边,显得更小了。她正舔着手中的蛋筒,双脚悬空,红色的网球鞋和牛仔裤的膝盖上染上了斑斑点点的草汁。

"他们在学校里对你好吗?"我说。

"当然。"然后她想了一会儿,"戴夫?"

"嗯。"

"老师说我讲话像个卡真人,她为啥这么说?"

"我也不知道。"我说。

我们驾车回家,我用新电话打给大瀑布城缉毒局的丹·尼古斯基。一开始他不知道我是从哪里打的电话,告诉他我在蒙大拿的时候,我听出他突然来了兴趣。

"你在那里干什么?"他说。

"我遇到了一些麻烦。"

"我知道你的麻烦。但我想即使你在蒙大拿乱转,恐怕也于事无补。"

"你说你知道我的麻烦,是什么意思?"

"我从拉斐特的办公室得到消息。魏德林还有玛珀斯和迪克西·李一起工作,李又和萨利·迪欧住在一起。这是一群品行低下的人,拴在一条链子上。你不该卷进去的,罗比乔克斯。"

我按捺不住,说:"我今天去了萨利·迪欧家。"

"我认为那很蠢,如果你要问我的意见的话。"

"你知道克莱特斯·普赛尔是谁吗?"

"是的,他是你过去在凶杀组的搭档。我听说他多年前干掉了一个目击证人,看起来他找到了自己的位置。"

"他告诉我,迪欧被称做鸭子是因为他梳着鸭尾式发型,但我觉得他隐瞒了一些东西。"

"我敢打赌他肯定隐瞒了。迪欧曾在墨西哥湾一艘快艇上和一个墨西哥城的混血小子玩纸牌,他们玩的是两点,结果那个混血儿从我们朋友那儿赢走了六七千块钱,可迪欧发现他大腿下面藏了一张两点。萨利的父亲过去被称为'钳子弗兰克',我不知道为什么有这个绰号,但我猜萨利想延续这个传统。他让一个人把这个混血儿压在甲板上,用一把铁制大剪刀剪掉了那小子一大片耳朵。然后告诉那小子:'告诉所有人,是鸭子吃掉了你的耳朵。'这就是你今天拜访的人,这就是照顾你朋友迪克西·李的人。"

"他为什么要照顾迪克西·李?"

"他能得到好处。萨利不会做任何没有利益的事。"

"为他租地或买地?"

"也许吧,但是别再自寻烦恼了,回路易斯安那去吧。"

"你知道印第安运动组织的哪位成员已经从黑脚族保留地上消失了吗?"

"我现在怀疑你脑子是不是短路了。"

"这是个简单的问题。"

"如果你真的想踩进一堆狗屎,你已经找到捷径了。"

"听着,尼古斯基先生,我现在只能靠自己,也许我会被送到安哥拉监狱。毫不夸张地说,我的经济刚刚垮掉,唯一的辩护是我自己的证词,我的经历可能让陪审团发抖。告诉我,如果你落到这种境况,你会怎么办?我洗耳恭听。"

他沉默了一会儿,我听到他吸了一口气。

"我从没听说过印第安组织的人失踪的事,"他说,"你得去问问种族委员会或司法部门,或者联邦调查局,虽然他们对那些人没什么好感。你看,保留区是他们自己的世界,像一个农村的大贫民窟,孩子们吸毒,女人们在酒吧里胡闹,布朗宁监狱的周六晚上就是场恐怖表演。他们是一个极度混乱的民族。"

"我可能会去大瀑布城见你。"

"为什么?"

"因为迪欧搅在这件事里。哈瑞·玛珀斯去过他家,我想不仅仅是因为他认识迪克西·李。"

"迪欧还参与吸毒、嫖娼和赌博,我来帮你认识一下这个人。他不是教父那个级别的人物,相对来说,他只是个维加斯和塔霍的三流角色，他所得到的东西都有许可权。但他野心勃勃，想当大佬。所以想到这里来大展身手。好了，这是给你的全部信息，罗比乔克斯。离他远一点儿，这对你的案子不仅没有任何帮助，还可能让你受伤。如果我听说有印第安人失踪，我会告诉你的。"

"你有没有觉得自己一直盯着萨利·迪欧？"

"可能吧，我的朋友。我是在西弗吉尼亚州长大的，我不喜欢那些垃圾对这个美好的国家所做的事，可我同时是个联邦调查员，他们付我薪水，我就得做一些事，不过不包括提供信息给别人。我想我已经说得太多了，再见，罗比乔克斯先生。"

黄昏时分，我带着阿拉菲尔到市区散步，我们在河边一家餐厅里吃了炸鸡。然后走过希金斯桥，一些老人依着栏杆钓鱼，钓线长长地伸进桥下打着旋的黑色水波。西面的群山变成了紫色，夕阳的余晖柔和地勾勒出山的轮廓，阵阵冷风从桥上吹过，空气中飘着烟囱里冒出的烟味和纸浆的气味，以及火车驶过时留下的柴油味。我们一路走到公园，暮色里，一帮男孩正在公园里打棒球。华灯初上，风更冷了，灰尘在空中打转。终于，几滴雨水落在球员席的铁皮屋顶上。我们到家的时候，峡谷上空已经是一片漆黑。

柴火堆在房后的门廊上，我拿出壁炉里的一个橙木板条箱，敲碎，把它和几张旧报纸团在一起，塞进壁炉引火。柴火架上堆着三根圆木，我望着明亮的火焰蹿入烟囱。雨下得很大，雨水敲打着屋顶和窗户，一个锯木厂在河面上闪着光。

夜晚，刺眼的闪电印在卧室墙壁上，仿佛在柔软的绿色石膏墙上开出一扇窗。透过窗户，我看见安妮坐在溪边的一块石头上，她身后有一根圆柱形的岩石，高耸入云。她的头发和棉衬衫湿漉漉的，我能看见她乳房的轮廓。

我很担心，戴夫。她说。

为什么？

你很久没去戒酒互助会了，你是不是觉得自己有些走下坡路？

我没时间去。

她拉了一下湿漉漉的衣服，把衣服从皮肤上扯起来。

你能答应我今天去查一下电话黄页，然后找一个戒酒协会吗？她说。

我保证。

因为我觉得你正在悬崖边缘，也许比走下坡路更糟。

我不会的。

什么？

我是一个天主教徒。

我指的不是这件事，亲爱的，万一你控制不住自己，他们会把你带到精神治疗中心。

我依然走得稳稳的，我很清醒。

但你一直在呼唤我。我很累，宝贝。为了和你说话，我得走很长的路。

对不起。

她举起一根手指，压在嘴唇上。

我会再来的，过一阵子。不过你得信守诺言。

安妮。

我醒来的时候，正在梦游，双手按在卧室冰冷的绿色石膏墙上。

第六章

　　第二天早上，天还在下雨，外面很冷。壁炉里的木头已经变成了灰烬。外面的天空灰蒙蒙的，院子里的树在微弱的光线下显得又湿又黑。我打开火炉，往壁炉里添了圆木，点燃引火条和报纸，阿拉菲尔穿衣服准备上学，我在厨房做吐司。我脑袋里的蚊子在嗡嗡地叫。我穿着一件长袖法兰绒衬衫，不断擦去从前额流进眼睛里的汗水。

　　"你为什么发抖，戴夫？"阿拉菲尔说。

　　"我得了疟疾，有时候会发作，但不是很糟。"

　　"什么？"

　　"我在军队的时候得的。在菲律宾，由于蚊虫叮咬染上的，很快就会好的。"

　　"你病了就甭起来。我能自己做早饭，还能给你做饭。"

　　"不要说'甭'。"

　　她从我手里接过抹刀和煎锅的手柄，翻转吐司。她穿着松紧带牛仔裤，白衬衫外面套着一件紫色毛衣。黑发在厨房的灯光下闪闪发亮。

　　我感到非常虚弱，我坐在厨房餐桌旁，用一条干餐巾擦脸。说话之前，我必须先咽一口唾沫。

"你今天早上能不能穿上雨衣,自己走去学校?"我说。

"当然。"

"如果我下午没来接你,你就去保姆家,好吗?"

"好的。"

我看着她往午餐盒里装食物,穿上黄色雨衣和雨帽。

"等等,我开车送你。"我说。

"我能照顾自己,你病了,你。"

"阿拉菲尔,不要学巴提斯特那样说话。他是个好人,但他从来没有上过学。"

"你还是病了,戴夫。"

我摸了摸她的头,飞快地拥抱了她,然后穿上我的雨衣,戴上帽子。外面的风很冷,夹杂着河下游飘来的木浆场的气味。潮湿的空气中,木浆闻起来像污水。我把阿拉菲尔送到学校,让她在学校操场门口下车。回到家时,我浑身发抖,壁炉和火炉的热气根本不能温暖我的皮肤。我觉得屋子里又干又冷,碰到一个金属门把手时,居然产生了静电。我在厨房炉子上烧了一大壶水来加湿空气,然后披着一条毯子坐在壁炉前。我牙齿打战,看着面前的树脂融化,在圆木上噼啪作响,火焰扭动着冲进烟囱。

圆木开始变软,从柴火架上掉下去。我感到自己好像被送到了一个漆黑一片、没有空气的地方,在那里,某些记忆跳了出来,这些记忆每次都能剥掉我一层皮。我不知道为什么会这样,我永远无法解释这些时刻,心理医生也无法解释。这种情况第一次发生在我十岁的时候,当时我父亲在游乐室里打架,被再次关进教区监狱。我独自在家看一本宗教方面的书,书里有描述地狱里的灵魂的插图。突然间,我感到自己掉进了那幅图画,被永远关在了悔恨和绝望的湖底。我充满恐惧和负罪感,无论教区牧师向我做过多少次保证,我都无法解脱。

成年后,每当这种情况出现,我就去喝酒,喝得很猛,那种感觉就像站在一堆烧着湿树叶、快要熄灭的火堆后面,然后把满满一杯汽油浇在火焰上。我把占边威士忌和杰克丹尼威士忌混在一块儿,旁边再放一杯冰啤酒。早上起来喝一杯伏特加,把脑子里乱哄哄的东西扫光。中午的时候来一杯酒劲儿很大的波本威士忌,让脑子里那些怪物乖乖待在原地。直到下午,阳光照在橡树和棕榈树上,微风吹过湖面,我熟悉的世界才会回来。

但今天早上比我记忆中所有的早晨都糟,也许是因为疟疾,也许是我内心深处还想喝酒。这种渴望正在冲破束缚,企图让我回到过去的状态。不过,我想应该有别的原因,也许像安妮说的,我已经走到了悬崖边缘。

在那个边缘,你脱离了地球引力,摆脱了曾经的你和现在的你,你在地球边缘燃烧起来,太阳和月亮都黯然失色。脚下的世界毫无生机,遥远而无趣,仿佛一块冰,闪着寒光。

它就这样出现了吗?一点儿都不带戏剧性,没有之前连续三天的狂欢,没有在拘留所里因醉酒而发抖,没有镇静剂,也没有忧心忡忡的心理医生关切地盯着你的脸。你只是盯着壁炉里的火焰,对自己的想法感到恐惧,就像个受惊的孩子。我闭上眼睛,用毯子捂住脸,我能感到胡子摩擦着毛毯,衣服里汗如雨下,我能闻到自己身上的气味。风吹着房子,一根潮湿的枫树枝划过窗户。

稍后,我听到一辆车停在外面的雨中,一个人朝走廊跑过来。有人在敲门,透过布满蒸汽的玻璃窗,我看到一个女人的脸,但没法从椅子上站起来。她戴着圆顶平檐儿的黑色牛仔帽,头发和脸上都沾满雨水。她更用力地敲门，紧张地从玻璃窗外看着我，接着，她打开门探进头来。

"出什么事了？"她问道。

"一切都很好，请原谅我不能站起来。"

"有东西烧焦了。"

"我点了火，今天早上点的，克莱特斯在外面吗？"

"不在，你屋子里有东西烧着了。"

"我刚才说了，后院里有些柴火，火炉有点儿不对劲。"

她绿宝石色的眼睛奇怪地盯着我，她从我身边走过，走进厨房。我听到炉子上传来"咔嗒"一声，接着是水槽里的声音。她打开水龙头，水浇在滚烫的东西上，咝咝地变成蒸汽。她走回客厅，还是用怪异的目光看着我。她穿着雨靴，牛仔裤上系着一条男士宽皮带，红色的衬衫外面罩着一件带一等兵臂章的军用夹克。

"水壶底中间烧漏了，"她说，"我把它放到水槽里，这样煳味就不会飘进屋里来了。"

"谢谢你。"

她把帽子拿下来，在我对面坐下。嘴角的三颗小痣在火光下有些发暗。

"你还好吗？"她说。

"是的，我得了疟疾，时常发作。只不过是在血管里闹腾一会儿罢了，不是很糟，总之，现在好多了。"

"我觉得你不该一个人待在这儿。"

"我不是一个人，有个小女孩和我住在一起。你从哪儿弄来的夹克？"

"是我哥哥的。"她向前倾，手放在我额头上，然后拿起我的一只手握了一会儿,"我感觉不出来,你离火太近了。不过你应该躺在床上,起来。"

"我很感激你,不过难受的感觉马上要过去了。"

"对,我能看出你这会儿是最难受的。你知道炉子上在烧吗?"

她抬起我的一只胳膊帮我站起来,把我扶进卧室。我坐在床边,麻木地看着窗外潮湿的树木和河上的雨水。我闭上眼睛,脑子里一片晕眩,我看见很多灰色小虫子在我眼皮底下游动。她把毯子从我肩上拿开,帮我脱掉衣服,把我的头放在枕头上,又替我盖上被单和床罩。我听到她在卫生间里放水,打开衣柜抽屉。接着,她坐到床边,用一条温暖湿润的毛巾擦拭我的脸和胸口。最后,在我头上套了一件干净的 T 恤。

她又摸了摸我的额头,俯视我的脸。

"我想你没把自己照顾好,"她说,"我还觉得你是个不明智的人。"

"你为什么到这儿来?"

"不要去惹萨利·迪欧和他父亲。这对你不好,对克莱特斯也不好。"

"克莱斯特是自找的。"我吐了一口气,睁开眼睛又闭上。我感到房间在旋转,就像酒醉后躺在床上一般。为了让血液回流到头上,我必须把头悬在床外,那时就有这种眩晕感。

"他是做了些坏事,但他不是个坏人,"她说,"他敬重你,希望你仍当他是朋友。"

"在我需要他的时候,他背叛了我。"

"也许他也付出了代价,你睡吧,我会待在这儿,等你醒来后给你做午饭。"

她给我盖上一条毯子，并拉到我的下巴处。她的手碰到我的手，我不由自主地握住她的手，她的手很宽，上面都是老趼，皮肤下的关节像钱币一样硬。我不记得上一次摸女人的手是什么时候，我握住她的手指，大拇指感觉着她粗糙的皮肤。我把她的手放在胸口，似乎此刻享有一些现实生活中没有的特权。但她没把手抽走，她面容慈祥，用毛巾擦去我头发上的汗水，一直坐在床边。此刻，外面的雨扫过院子和屋顶，我感到自己昏昏沉沉地往下滑，到了一个凉爽、干净、安全的地方，那里没有火在燃烧。灰色的清晨不会带来任何伤害，就像把头靠在她大腿上一样安全。

当我再次醒来时，已经是下午了。太阳出来了，天空碧蓝如洗，院子里一片深绿。我感到浑身虚弱，但侵入我身体的东西似乎终于待腻了，此刻已经消失无踪。我光着脚下床，打开前门，空气很凉爽，阳光灿烂。南边是比特鲁山脉，高低不齐的山顶上覆盖着一层刚下的白雪。外面的河里面，一根巨大的树根从水波中冒出来，闪着水光。我听到她在我身后的厨房里忙碌，想起我此前的行为，就像是醉梦中的记忆碎片。

她从我脸上也看出了这一点。

"我打电话给克莱特斯了，告诉他我在这儿，他不会介意的。"她说。

"我要感谢你的善良。"

她的目光很柔和，在我脸上移动。我感到很不自在。

"我生活中有些奇怪的时刻，我无法解释。"我说，"所以我告诉别人这是疟疾。也许真的是，但我不知道。也许是别的什么，有时候戒酒协会的人称之为干醉，你拿它毫无办法。"

我从冰柜里拿出一瓶牛奶，坐在厨房桌边。透过后窗，我看见一位老妇人在她的菜园里锄地。隔壁有个人手持剪刀修剪草地，达莲娜的目光没有离开我的脸。

"克莱特斯说你失去了妻子。"她说。

"是的。"

"他说她被两个人杀死了。"

"是这样的。"

"怎么会发生这种事？"她关掉汤锅下烧着的火。

"我惹了一些不该惹的人。"

"我明白了。"她从碗橱里拿出两个碗，和汤勺一起放在桌子上，"这常常困扰你吗？"

"有时候会。"

"我丈夫丧生的时候，我常常责怪我自己。出事前一晚，我把他锁在门外，因为我发现他和一个路边小饭馆里的白人女孩有染。他不得不整夜待在气温只有零度的汽车里。第二天他就那样去工作了，一辆推土机从他背后碾过去。他就像个小男孩，总是做错事。他被抓过好几次，一次因为在鱼饵店里偷肉，在迪尔洛奇监狱待了一年。他以前常常骗人说，他进监狱是因为持枪抢劫。"

"你为什么对我说这些？"

"你不该为了你妻子身上发生的事而伤害自己。你不知道你昨天都干了什么，萨利·迪欧气疯了。"

"不，他没有，他只是希望别人以为他气疯了。这种人就喜欢哗众取宠。"

她盛了两碗汤，在我对面坐下。

"你不了解萨利。克莱特斯说你让萨利在他朋友面前很难堪。你走了以后,他来我们家,他们俩坐在阳台上。我能听到玻璃门外的萨利大喊大叫。我想克莱特斯从来不会允许谁这么跟他说话。"

"为萨利·迪欧那样的人工作,是要付点儿代价的。"

"他羞辱了克莱特斯。"

"听着,在油田有一个说法——'我找到这份工作时,我还在找工作。'你把这句话告诉克莱特斯。"

"萨利还说了些别的,关于你。"

"什么?"

"'不要再把他带到这里来,也不要让他和迪克西·李说话。他要是敢这么做,我就割了他的命根子。'"

我又看了看门外,对面那个老妇人还在锄地。她的脸是粉色的,头发是白色的,胳膊像男人一样粗壮。

"这就是那家伙说的?"

"克莱特斯和迪克西·李违心答应了他,因为他们必须这么做。他很残忍,他让我害怕。"

"你应该从他那儿离开。"

她把汤勺放进碗里,垂下眼睛。

"你是个聪明的女人,"我说,"你也是个好人,你不属于那群人。"

"我和克莱特斯在一起。"

"克莱特斯和那个家伙在一起会倒大霉的,要不就是替他受罪,二者必居其一。他内心深处也明白。在他毁掉自己的生活之前,他是我所有搭档中最好的。有一次,一个家伙拿着点二二手枪,朝他背后开了两枪,他背着我从防火梯逃走了。他常令那些自作聪明的家伙害怕,他们在马路上看见他都得绕着走。"

"他对我很好。从本质上说,他是个好人,有一天他会明白的。"

她对他的态度让我觉得陌生。这不像是爱,更像是袒护。不过也许她就是那样的女人,或者是我想让自己这么认为。

"我不知道你是否愿意帮我个忙?"我说。

"什么事?"

"克莱特斯有没有告诉你我在路易斯安那遇到的麻烦?"

"说了。"

"哈瑞·玛珀斯是我摆脱困境的唯一出路。我想他在这儿杀了两个人,也许是两个印第安人,印第安运动组织的成员。"

她又低下头看着食物,但我发现她眼睛眯了起来,目光变得尖锐。

"为什么你会这么想?认为是印第安人?"她说。

"玛珀斯之所以杀他们,是因为这些人妨碍了他的石油生意。迪克西·李说这些印第安运动组织的人能绕过十九世纪的条约,把石油公司告上法庭。"

"这是一场在落基山脉前部地区展开的搏斗。"

"什么?"

"那是在大分水岭东面,黑脚族称为世界之脊。石油公司想穿过冰川公园,进入这片没有路的原始地区。那是黑脚族的土地,政府没付出任何东西就把土地夺走了。"

"你有没有听说印第安组织的人失踪的事?"

"你怎么不去保留地问一问?"

"我正打算去问,你为什么生气?"

"这和你没关系。"

"好像有关系。"

"你不了解保留地。"

她沉默了,显然很后悔自己的唐突。她舔了舔嘴唇,又开始说话。但是声音平静又紧张,像是夹杂着一点点私人的不满。

"白人总是掠夺黑脚族。他们在马利亚河上屠杀印第安人,让他们挨饿,然后给了他们一片乡下的贫民窟。现在他们又在我们这儿建导弹发射场。政府承认,一旦战争爆发,所有住在山东面的人都会被杀死。不过白人不理解的是,印第安人相信地球上有灵魂存在。那些掠夺我们土地的条约和契约其实毫无意义。有时人们会听到风吹来马利亚河上的孩子和女人的哭声。导弹发射井里曾出现一个身穿白衣的印第安妇女,空军的人见过她。你可以和他们谈谈。"

"你相信这些灵魂吗?"

"我晚上去过马利亚河,听到了那种哭声,就从河边传过来,那里曾是营地。一八七〇年的冬天,一个名叫贝克的军官袭击了哈维朗那群无辜的黑脚族人,他们杀死了一百三十人,烧了他们的衣服和窝棚,没被杀死的人就在雪地里冻死了。你能听到有人在哭泣。"

"我想我不知道这些事,也不了解你们民族的历史。"

她没有回答,继续吃饭。

"但我想,也许你不该把这些事记得这么清楚。"我说。

她还是没说话,低着头,我也就不再说话。

"瞧,你能帮我给克莱特斯带个口信吗?"我说。

"什么口信?"

"告诉他,他并不欠我什么,不需要对任何事感到内疚,我也不怕萨利·迪欧那种人。你再告诉他,让他带着一个好女孩一起去新奥尔良,那里才是好人待的地方。"

她笑了。我凝视她的眼睛和嘴巴，好一阵才回过神来，眼光看向别处。

"我得走了，"她说，"我希望你感觉好些了。"

"的确好多了。你是一个真正的朋友，达莲娜。克莱特斯是个幸运的人。"

"谢谢，不过他不幸运，一点儿也不。"

我不想再谈克莱特斯遇到的问题，也不想承受他的压力。我送她出门，走到她的丰田吉普车边，替她打开车门。阳光照射下的人行道依然干燥，在蓝天的映衬下，山上尖尖的松树显出一片墨绿。

"也许哪天晚上你们愿意进城来吃晚饭，或是沿着比特鲁山的某个峡谷走上去，尝尝鳟鱼。"我说。

"也许吧，回头我问问他。"她说着又笑了笑。

我看着她驾车驶过学校，转向州际公路。这种时刻，我不在乎暴露真实的自己，也不在乎弄明白自己真正的想法。

我洗了碗，穿上跑鞋、短裤和运动衫，沿着河岸跑了两英里，绕了一个圈往回跑，路过一幢本世纪初建成的、橙黄色砖头砌成的房子。院子里种着几棵云杉、冷杉、枫树、桦树和柳树。空气凉爽，我却汗流浃背。通过一个十字路口的时候，我努力加速，呼吸平稳，大腿和后背上的肌肉紧绷，头脑清醒。这一天的剩余时光将是欢快的，不会包裹在阴暗、忧郁和空洞的声音里。

啊，声音，我想，她相信那些声音。任何一个心理学专业的学生都会告诉你，那是精神分裂症的主要症状。但是我并不相信这些关于古怪的精神病症的定义。回顾这些年所拥有的友谊，我发现最有趣的人都有严重的人格缺陷——小丑型的、醉鬼型的，还有头脑不清楚的，那些人每天早晨都神经衰弱，那些人挂在地球边缘。

我在河边的街角转弯，听到小学传来下课铃声，看见孩子们冲出学校大门，跑到马路上。阿拉菲尔提着饭盒走在三个孩子中间，我从她身边经过时转过身，倒着跑。

"家里见，小家伙。"我说。

我刮了胡子，洗了澡，带着阿拉菲尔去了离家三条街的一个戒酒协会。她喝了一罐汽水，待在咖啡屋里做作业。我坐在非吸烟区听大家发言。这里的成员大多数是工厂工人、伐木工、印第安人、服务员，还有暴躁的年轻工薪族，他们喜欢大谈酒精和兴奋剂。此外还有个满脸皱纹的贫民窟里的老人，他每次能喝一杯烈酒。轮到我时，我只说了自己的名字，然后就让下一个人说了。我应该谈谈我的噩梦，谈谈那种毫无理性的消沉，这种消沉让我麻木地盯着即将熄灭的火。但是对于他们中的大部分人来说，最亟待解决的问题不是心理上的，也不是酗酒本身——而是他们失业了，在领救济。我自己的那些问题在这里似乎不值一提。

阿拉菲尔和我早早吃了晚饭，然后沿着弯弯曲曲的小路，来到山上的白色水泥 M 标志处，在此俯瞰整个校园。我们能看到整个峡谷：黄色的克拉克福克河蜿蜒穿过整座城市，浪尖扬起白色的泡沫，河边绿树环绕，一束阳光从峡谷西面照下来，纸浆厂里冒出的青烟平行飘过河面，山底大学里骑车跑步的人就像蚂蚁一样小。太阳在山峰后慢慢黯淡，空气变得更加寒冷，峡谷笼罩着紫色的烟雾。小城里的各处房屋、街道和霓虹灯都亮了起来。南边，我们看到夕阳的余晖照在比特鲁山上的松林中。

阿拉菲尔靠着我坐在水泥 M 字母上，她把膝盖上的灰尘拍掉，我看见她皱着眉。

"戴夫,那是谁的帽子?"她说。

"什么?"

"在椅子上,壁炉旁边,那个黑色的帽子。"

"哦,"我说,"我想一定是有位女士把它落在那里了。"

"我不小心坐在上面了,我忘记告诉你了。"

"不要担心。"

"她不会生气吗?"

"不,当然不会。不用担心这事,小家伙。"

第二天,我安顿好阿拉菲尔,和她约定,如果晚上赶不回城里,她就待在保姆家。之后便动身前往大分水岭另一侧、冰川公园东面的黑脚族保留地。在清晨的阳光中,我沿着黑脚河穿过布满粉红色岩石和松树林的溪谷。山坡后面小屋里飘出的烟雾在林间飘荡。积雪融化,变成一条小溪从高高的山上缓缓流下。水流漫过河中的巨石。接着,眼前出现了一片更加宽广的峡谷和牧场,那里有一座座绿色的小山和更加浓密的树林,陡峭的山壁一直延伸到路边。在阴影中,峡谷和树林看起来显现一片黑色。当我到达林肯伐木小镇时,空气变冷了,车窗被雾打湿。我开进罗杰斯山口的云雾,耳朵震得生疼。融化的雪水从山上的松林中流下,穿过公路,把路边的泥土带入远处一条白色的小溪。松树林看起来几乎是一片黑色,亮晶晶地闪着水光。

我向前开,驶进阳光,来到山脉东侧,除了反光镜中的落基山脉,那里只有一望无际的小麦和成群的牛羊。我加速驶进肖托和德普耶,没过多久，就进入了黑脚族印第安人保留地。

我去过好几个印第安保留地，没有一处是好地方，这里也不例外。海明威曾经写过，没有比打败仗更惨的事了。如果哪个读者不同意这句话，他们只要来其中一个保留地看看，这里就是美国政府安置美国原住民的地方。我们把他们的一切夺走，作为回报，给他们送来了天花、威士忌、福利救济、联邦政府寄宿学校和收容所。

在一个破旧的加油站，我打听到了部落主席办公室的地址，然后穿过几个小窝棚区，那里的土院子里堆着破汽车的生锈零件，走廊里、鸡场里和厕所里都堆着旧洗衣机，后面的菜地里竖着一包包种子。

部落主席是个和善的人，编着辫子，戴着珠宝，穿着西式马甲和绿色条纹长裤，脚上穿着黄色牛仔靴。他办公室的墙上挂着一家社区学院的文科学士学位。他很有礼貌，认真听我说话，在我说话时专注地盯着我的脸。但是很明显，他不愿意和一个陌生的白人谈论印第安运动组织和石油公司。

"你认识哈瑞·玛珀斯吗？"我说。

这一次，他没有看我，而是转头看向窗外的马路。街上有三个印第安人站在台球室前聊天，门上的霓虹灯只闪出"台球"两个字。

"他是一个租赁土地的人。有时候会到这儿来，"他说，"大多数时候，他在保留地边上工作。"

"关于他，你还知道些什么？"

他撕开一盒廉价香烟。

"我从来没和他打过交道，你得去问问别人了。"

"你觉得他是个不受欢迎的人吗？"

"我不知道他是什么样的人。"他想缓和气氛，微笑着点燃了香烟。

"他在路易斯安那把他搭档杀了,达尔顿·魏德林。"

"我不知道这件事,罗比乔克斯先生。"

"我认为他还杀了你们的两个人。"

"我不知道该对你说什么,先生。"

"你有没有听说,组织里有两个人失踪了?"

"在保留地里没听说,我被选举出来,只是为了管理这里——保留地。"

"你说'在保留地里没听说'是什么意思?"

"我不是印第安运动组织的成员,我不插手他们的事。"

"但你听说了有人失踪,是不是?"

他又转头看向窗外那几个人,鼻子和嘴巴里呼出烟雾。

"就在南边,提顿村,克莱顿·德马尔托和他表弟,"他说,"我不记得他表弟的名字了。"

"发生了什么事?"

"我听说他们有天晚上没回家,也许只是去了别处,这是常有的事。你可以和提顿的司法长官谈谈,和克莱顿的妈妈谈谈,她就住在保留地外面。来,我给你画张地图。"

半小时后,我离开保留地往回开,沿着溪边一条狭窄的灰色土路行驶。沿岸长满了棉白杨,汽车向上驶入一片茂密的黑松林。我看到前面的平原连着山脉,到了尽头。山峰拔地而起,像一大片断层,参差不齐地垂直矗立在蓝天下。崖壁是粉色的,阳光在上面投下一道道阴影。山上的黄松密密麻麻,我简直怀疑熊是不是能从树干中间穿过去。

我找到部落主席说的那幢屋子,屋子是用圆木和奇形怪状的木板搭起来的,建在一个小土墩上。木瓦屋顶,走廊松垮得快要塌陷了,窗户上钉着用于保温的塑料布。走廊栏杆和阶梯上放着一排咖啡罐,里面种着牵牛花。住在这里的女人看上去很老了,白发中夹着少许黑发,粗糙的皮肤上刻着深深的皱纹,眼睛和嘴巴周围细纹密布。

我坐在她家客厅里,尝试向她解释我是谁,说我想知道她儿子克莱顿·德马尔托和他表弟发生了什么事。但她脸上没有表情,每当我直视她的眼睛,她就看向别处。小壁炉边的桌子上摆着一张年轻的印第安士兵的照片。照片前面是个打开的盒子,里面有一枚紫心勋章和一枚银星奖章。

"部落主席说,您儿子也许只是暂时离开这里,"我说,"也许他去别的地方找工作了。"

这一次,她看着我。

"克莱顿哪儿也没去,"她说,"他在镇上的加油站有份工作,每天晚上都回家。他们在离这儿两英里的壕沟里发现了他的汽车,他是不会丢下车就走的。一定是他们对他干了些什么。"

"谁?"

"那些想危害组织的人。"

"印第安运动组织?"

"有一次他被人痛打了一顿,他们总想伤害他。"

"是谁痛打他的?"

"那些不好的人。"

"德马尔托夫人,我想帮您查出克莱顿到底出了什么事。他有没有提过什么人,找他麻烦的人?"

"联邦调查局。他们到加油站附近,打电话召集人打他。"

"他有没有提到哈瑞·玛珀斯或达尔顿·魏德林？你记不记得他说过这两个名字？"

她没有回答，只是望着窗外的天空，从一个铁盒里拿出一小撮鼻烟，擦在唇齿之间。尘埃在窗外照进来的光线中飞舞旋转。我谢过她，沿着通往乡间小屋的土路向回走。棉白杨的影子一路在我挡风玻璃前闪过。

治安长官不在镇上，我去了政府大楼，和我谈话的警官很快让我产生这样一种感觉——我是一个善良但很迟钝的外来人，对蒙大拿乡村和保留地的认识少得可怜，和那些旺季来此旅行的游客没什么区别。

"四个月前，我们调查过那个案子。"他说。这是个高大、消瘦的男人，穿着卡其色工作服，注意力似乎集中在香烟上，而不是和我的谈话。他桌上堆满了纸张和文件夹。"他母亲和妹妹过来填了一份失踪人员报告，我们在壕沟里找到了他的汽车，轴承都坏了。钥匙不见了，备用轮胎不见了，收音机不见了，有人从仪表盘上把钟拆走了。这说明了什么？"

"有人把车给拆了。"

"没错，是克莱顿·德马尔托干的。那辆车将被回收。他和他表弟在三英里外的一个酒吧里喝得烂醉，他们开车翻出了马路。这就是我们的结论。"

"之后他就没回过家？"

"你刚才说你从哪儿来？"

"路易斯安那的新伊伯利亚。"

他将烟雾喷进窗前的一道阳光里。他头顶的头发很稀少。

"不管你信不信，这种事在这里并不常见，"他的声音变了，变成了一种慵懒而疲惫的语调,"我们谈论的是印第安运动组织里的两个人。他们其中之一,即克莱顿的表弟,在南达科他蹲过牢房,现在仍因为不履行赡养义务而受到通缉。克莱顿也有自己的麻烦。"

"什么样的麻烦?"

"打架,非法携带武器,侮辱他人等等。"

"他之前有没有从家里或工作的地方消失过?"

"瞧,现在的情况就是这样。路上有家酒吧,他们俩在那里一直待到半夜。酒吧离克莱顿的家有五英里,他们上路开了三英里后翻了车。也许他们俩步行回家,没有吵醒那位老太太,在她醒来之前又离开了,也许那个老太太不记得他们干了什么,也许他们翻车后搭了别人的便车。我不知道他们到底干了什么,你觉得他们俩会不会被熊吃了?"

"不,我觉得你想说德马尔托是个不负责任的人。但他母亲并不这么认为。他还获得过一枚银星奖章。你怎么看?"

"我想我们俩的谈话进行得并不顺利。你不明白这里某些人的生活方式。挑个周六晚上再过来看看就知道了。呃,如果一个白人雇了六个印第安人为他工作,第二天早上可能只有三个人来上班。他们会在婚礼上砍伤自己的亲戚,在监狱里上吊自杀,开着车加速从侧面往火车上撞。去年冬天,三个小伙子带着劣质红酒和航模黏合胶爬上了一辆货车,火车一路开往加拿大。在大雪中,车停在铁轨上,我和他们的家人一起去把他们的尸体取回来。加拿大皇家骑警队的人说,他们冻得太硬了,你简直能用锤子把他们的身体敲碎。"

我让他带我去看克莱顿·德马尔托翻车的地方。他很不高兴,但还是同意了,开车带我驶过我早些时候经过的土路。我们经过那个克莱顿·德马尔托和他表弟最后一次出现的酒吧,那是幢扁平的圆木建筑，霓虹灯打出啤酒的牌子，窗户上有大瀑布啤酒的标志。接着，我们一路蜿蜒向上，穿过贫瘠坚硬的旷野，终于看到了小溪，白杨林和远处岸边斜坡上的黑松林。警官在路肩上停下车，把出事地点指给我看。

"就在那边的壕沟里，"他说，"一个轮子钩在侧壁上，汽车掉进去，车轴像棍子一样啪的一声折断了。没什么奇怪的，朋友，这就是一种生活。"

回到密苏拉时已经很晚了，但我还是赶在阿拉菲尔睡觉前及时去保姆家接回了她。保姆出去办了点儿事，她的一个朋友里根小姐过来陪阿拉菲尔，里根小姐是学校的三年级教师，也是校长助理。她们俩在封闭的门廊里看电视，从一个碗里抓爆米花吃。里根小姐是位漂亮的女士，大约三十岁，赤褐色的头发，绿色的眼睛。尽管现在是冬季，她的肤色很苍白，但我能看到她肩膀和脖子下面太阳晒出的小雀斑。

"过来看，戴夫，"阿拉菲尔说，"里根小姐画了一幅得克斯的画，可她都没咋见过它。"

"不要说'咋'，小家伙。"我说。

"看。"阿拉菲尔说着，举起一张绘图纸，上面用彩色蜡笔画了一匹阿帕卢萨马。

"里根小姐画得非常好。"我说。

"我叫苔丝。"她微笑着说。

"哦，谢谢你照看阿拉菲尔，很高兴见到你。"

"她是个很可爱的小女孩，我们在一起很开心。"她说。

"你住在这附近吗？"

"是的，离学校只有两条街。"

"那么，我希望下次能再见到你，谢谢你的帮助，晚安。"

"晚安。"她说。

我们在夜色中走回家，空气很温暖，枫树在月光下看起来黝黑而粗壮。桥上的灯光映在打着旋涡的褐色河面上。

"每个人都说她是学校里最好的老师。"阿拉菲尔说。

"我想她肯定是。"

"我告诉她来新伊伯利亚看我们。"

"那很好呀。"

"因为她都没个丈夫。"

"要说'没有'丈夫。"

"她都没有丈夫。为什么会这样，戴夫？"

"我不知道，有些人就是不想结婚。"

"为什么？"

"你难住我了。"

我们吃了一张饼，关灯上床睡觉。我们的卧室相通，卧室门也是敞着的。外面传来货车的汽笛声。

"戴夫？"

"什么事？"

"你为什么不和里根小姐结婚呢？"

"我会考虑考虑的。明天见，小家伙。"

"好吧，大家伙。"

"晚安，小家伙。"

"晚安，大家伙。"

* * *

第二天早上,我给巴提斯特、保证人还有我的律师打了长途电话。巴提斯特把鱼饵店经营得很好。我告诉保证人,我会在审判日之前赶回路易斯安那,他很放心。至于律师,他没能争取到延期,因此很担心。

"你在路易斯安那发现什么了吗?"他问。

"没有什么实际发现。但我认为关于玛珀斯,迪克西·李说的是实话,他在这儿杀了几个人,可能是印第安人。"

"告诉你,戴夫,这可能是我们唯一的出路。如果你能让他在蒙大拿被抓起来,他就不能作为证人在路易斯安那出庭,来和我们做对。"

"还没到最后关头呢。"

"也许没到,但到现在我们都没有辩护方案,就这么简单。我雇了一个私家侦探调查玛珀斯的背景,他十七岁时在得克萨斯州的马歇尔,用一根高尔夫球杆把一个家伙打得屁滚尿流,但那是他遇到的唯一麻烦。他毕业于得克萨斯大学,在越战时开过军用直升机。剩下的人生是一片空白。很难让人相信他是个杀人狂。"

"我会看着办的。"我说。我不想承认他说的是事实,却感到自己的心在狂跳。

"原告律师说可以谈笔交易。"他说。

我没说话,听着长途电话里传来的嗡嗡声。透过窗户,我看见院子里的枫树在微风中轻轻摆动。

"戴夫,以我们现在的境况,只能同意他提出的条件。"

"他提出什么交易?"

"判你二级谋杀。我们提出无罪,不过他不会和我们纠缠,你会被判五年。不过三年或者更短的时间内就会被释放。"

"我不同意。"

"这可能是唯一的办法了。"

"简直是胡扯。"

"可能吧,不过我还要告诉你一件事,我们对抗的是马汀法官。据我所知,他已经把六个犯人送上了电椅。我希望他这次不会这么做,但他是个古怪的臭老头,让人无法预料。"

挂了电话以后,我端着一杯咖啡坐在前廊,试着读报纸,但精神无法集中在文字上面。

我洗了碗,打扫了厨房,给卡车换油。我不愿去想和律师的谈话。我对自己说,一步一步来,别着急。不要活在明天的麻烦里。明天不会比昨天与今天更不同,但你总是能掌控现在。我们生活在一系列的"现在"中,想想现在吧。

但是萦绕心头的恶心总挥之不去。我钻到卡车下面,认真工作,把新月形的扳手固定在油盘的螺母上,双手使劲儿拧,干硬的灰土落进我眼睛里。扳手滑掉了,我的指关节划过油盘。这时,我听到屋里的电话响了。

我从车底下爬出来,走进屋拿起话筒。两个指节的皮蹭掉了。

"发生什么事了,戴夫?"

"迪克西?"

"是的,发生什么事了?"

"没什么大事,怎么了?"

"你早上总是这么开心吗?"

"你到底想说什么，迪克西？"

"没什么，我在布鲁克斯休闲中心的休息室里，快点儿过来。"

"干什么？"

"聊天，放松，听听歌。他们这儿有架钢琴。"

"听起来你的小船已经离开码头了。"

"所以呢？"

"现在是上午九点钟。"

"那又怎么样，其他地方现在已经是十二点了。过来吧。"

"不了，谢谢。"

"达莲娜把我撂这儿，自己跑到镇上转悠去了。我不想一个人待在这儿，很无聊啊，你就动动腿过来吧。"

"我忙着考虑很多事情。"

"这正是我想和你说的。戴夫，你以为只有你一个人明白这种麻烦吗？告诉你，老兄，我每天都在那一小片地上捡棉花。"

"你在说什么？"

"有些人生来就与众不同，这就是我们的性格。你不屈从于自己的性格，就会碰到一大堆不顺心的事。就像汉克·朱尼尔说的，有些人生来就是跳艳舞的，老兄。他们就得心甘情愿地付出代价。"

"我很感激你这番话，不过我现在得挂电话了。"

"哦，不，你别挂。你听我说，因为我的确经历过这种处境，就像你现在这样。当我从县里的监狱转到亨茨维尔时，整整六周没喝酒。我感到脑子里有一大堆火蚁在爬。我知道有人能在监狱里弄到外面的任何东西。那儿有个墨西哥人，他出售小瓶黑樱桃酒，一瓶要五美元。我们得把它和果汁、水还有外用酒精混起来喝，感觉就像把头伸进鼓风箱一样爽。

"所以我们把整坛这种美味的黑樱桃酒藏在工具房里。有一回，管理员在远处的路上指挥人干活，我们安排一个家伙在门口放哨，剩下的人都偷偷溜进工具房，准备凉快一下脑子。大概过了一个小时，我们都喝得两眼发蒙了，门外放哨的家伙跑进门来大叫'来人了，来人了。'

"管理员是个来自休斯敦东北部的大块头红脖子，名叫巴斯特·希金斯。他可以举起一大堆干草，从卡车后面一直扔进驾驶室里。他尿尿时，务必要让所有人都看到他鸡巴的大小。这可不是胡说，老兄。接下来我知道的是，他站在工具房门口，汗水从帽子里淌下来，他的脸大得像个南瓜。这个人一点儿意思也没有，他认为摇滚是给黑鬼和信仰撒旦的人听的。他低头看着我，说：'李，你父母没有足够的钱吗？'

"我说：'你是指什么，希金斯先生？'

"他说：'他们都没有钱去买个质量好点儿的避孕套。'然后他摘下帽子，把我抽得屁滚尿流。接下来是一个月的隔离，朋友，就是说我得和一群疯子待在一起，有人一天到晚尖叫，有人臭得长蛆，工作人员不得不用大水管子冲他。有两天时间，我得了震颤性妄想症，脑袋里总有奇怪的声音。我一闭眼就看见火箭爆炸，阴茎发硬，还有各种各样病态的性幻想。你知道我在说什么，老兄。牢房里一定有九十度，我抖得连水都端不稳。

"我熬过了两天，心想这下可好了。但是过了一个星期，我心里又产生各种各样的罪恶感，我想到车祸中丧生的小男孩，想到我自己葬身火海的儿子。我受不了，老兄。那间小小的隔离室，从食物孔里透进来的光，还有那些可怕的记忆。如果有人能给我点儿汽油，我一定会喝下去。你知道我是怎么做的吗？我没想过把那些罪恶感驱走,它们让我感觉很过瘾。我让自己痛苦不堪,这样就又一次醉了。当我闭上眼睛咽口水的时候,甚至能尝到黑樱桃酒的味道。那时我就知道这永远没什么不同。我总会醉,无论有酒还是没酒。

"所以,我在脑子里写了一首歌。我能听见所有的旋律、副歌,一台竖式贝斯在后面为我伴奏。我还为这首歌写了歌词——

> 你可以吸点儿大麻,你也可以吸点儿毒
> 喝点儿吧,用点儿吧
> 这没有关系,爸爸
> 因为你永远不会迷失
> 我指的是监狱
> 黑樱桃布鲁斯"

我摸了摸额头,不知道该对他说什么。

"你会还在吗?"他说。

"是的。"

"你会来这儿吧?"

"也许我会找个别的时间来见你,谢谢你的邀请。"

"见鬼,好,我随时有空。抱歉浪费了你的时间。"

"并没有。我们在学校时是好朋友,记得吗?"

"在学校里所有人都是好朋友。可那些都随着烈士和冬青树一起死掉了。我得去另找个酒吧了,这地方让人厌烦。放松点儿,戴夫。"

他挂了电话,我无精打采地看着外面的阳光,过了一会儿,我走出门,继续给车换油。

* * *

一个半小时后，她开着红色丰田吉普车来了。我想我早知道她会来，而且会在阿拉菲尔上学的时候过来。这种感觉就像看着别人的眼睛，看到了里面的秘密，你们有一个共识，这让你对自己的想法感到羞愧。她穿着一件黄色太阳裙，涂了口红，擦了眼影，戴着耳环。车后面塞了几袋子食物和杂物，好像只是碰巧放在那儿的。

她的唇膏是深红色的，笑起来露出雪白的牙齿。

"你的帽子。"我说。

"是的，你找到的？"

"在客厅里，请进来，我炉子上煮了些南路易斯安那的咖啡。"

她走在我前面，浓密的黑发盖在她脖子上，裙子在小腿上摆动。为她打开窗户时，我闻到她耳后和肩膀上的香水味。

我走进厨房，她在客厅里找到了她的帽子。我摆弄着杯子、碟子、勺子，拿出一碗糖，从冰柜里拿出牛奶，但思绪仍是一团乱麻，就像用力摇一个玩具盒。

"我是想来密苏拉买点儿东西，这里比波尔森便宜。"她说。

"是的，这里吃的东西很便宜。"

"迪克西·李和我一起来的，他在酒吧里。"

"他给我打电话了。你应该用条链子把他从那地方拖出来。"

"他没事的，只有萨利让他吸可卡因的时候，他才会感觉糟糕。"她停了一会儿，"我以为你不会在家呢。"

"今天我起得很晚，接了一大堆电话。"

她伸手去拿沥水架上的杯子和碟子，她的胳膊拂过我的手臂。她看着我的眼睛，噘起嘴唇，我伸手搂住她的肩膀，吻了她。她走近我，肚子紧紧贴着我的腰，双手在我背后抚摸。当她抱着我亲吻的时候，嘴唇张开又合上，舌头放进我嘴里。我感到她的身体靠着我倒下，我的手抚摸着她的臀部和大腿，她的小腿缠绕着我的腿，我温柔地亲吻她的肩膀，脸颊摩擦着她的头发。

我们拉上卧室窗帘，一言不发地脱去衣服，似乎语言会让我们意识到道德和背叛。而此时，当我们触摸对方滚烫的身体，听到喉咙里吞咽的声音，彼此都默然不语，我们都不在乎道德和背叛了。

自从我妻子死了以后，我生命里只出现过一个女人，禁欲的生活持续了近一年。她躺下去，让我进入她的身体，张开双腿，手沿着我的腰背向下抚摸到大腿。微风吹拂着窗户上的树荫，房间里阴暗凉爽，我的身体坚硬而热烈，脖子上冒出一层薄薄的汗水。我感觉自己像个笨拙的类人猿在她身上忙碌着。她停下动作，亲吻我的脸颊，微笑着。我看着身下的她气喘吁吁，感到很诧异，自己对于和女人相处的知识为何总是很贫乏。

"不用急，"她轻轻说，几乎像是耳语，"什么也不用担心。"

然后她说："来吧。"她握着我的手臂，把我推开。她拂开眼睛上的头发，坐在我身上，亲吻我的嘴，跪起身，再一次让我进入她体内。她的眼睛闭上又睁开，大腿紧紧夹着我，用手支撑着自己，平静地、充满爱意地看着我的脸。

她比我先到高潮，她的脸变得小而紧绷，嘴巴突然像花朵一样张开。我感到自己所有夜里的性梦，我的恐惧，我单身生活的痛苦，都在我腰间上升、膨胀，突然从我体内爆发，就像一团波浪无声无息地消退在海边的洞穴里。

她紧靠着我躺在被单下，手指抚摸着我脑后的头发。后院里的一棵柳树在窗帘上投下阴影。

"你感觉很糟，是吗？"她说。

"不。"

"你觉得你这么做不对,是吗?"

我没有回答。

"克莱特斯是性无能,戴夫。"她说。

"什么?"

"他去看了医生,但无济于事。"

"他什么时候变成性无能的?"

"不知道,在我认识他之前。他说是在危地马拉时得的一次热病导致的,他说他最终会好起来的,假装这不是什么问题。"

我用胳膊肘支起身,看着她的脸。

"我不太明白,"我说,"你和一个性无能的男人住在一起?"

"他对这种情况无能为力,在其他方面对我都很好。他很慷慨,尊重我,带我去印第安人不能去的地方。你为什么这副表情?"

"对不起,我不是有意的。"我说。

"你在想什么?"

"没什么,只是不太理解。"

"理解什么?"

"你们的关系,因为这没什么意义。"

"也许你不用操心这个。"

"他曾经是我的搭档,我却和他女朋友睡觉,你不觉得这事和我有点儿关系吗?"

"我不喜欢你和我说话的方式。"

我知道我说什么都不对,我背对着她睡在床边。风吹着窗帘,往屋里投进一缕明媚的阳光。我转过头看着她,她已经把床单拉到了胸部上面。

"我努力不对别人评头论足,我道歉,"我说,"但他和我曾是好朋友，你说他是性无能，意思就是说我无须对所做的事感到不安。这个等式中有些地方不对，不要假装这些错误不存在。"

"请从其他角度看这件事。"她说着把被单绕在身上，拿起椅子上的衣服走进浴室。几分钟后，她穿着黄裙子从里面走出来，盖上口红盖子，抿了抿双唇。

"我还是一样喜欢你。"我说。

"你什么也不知道。"她说。

她离开了我，在我床上留下一块潮湿的印记，还留给我一个大问号：在我生命的第五十个年头里，我是否拥有一点点谨慎和明智？

第七章

我需要回到大分水岭东面，去找更多人了解关于克莱顿·德马尔托和他表弟失踪的事。但那天我出发得太晚了，于是改变主意，开车去了平头湖，并花了两个小时在县书记员办公室里翻阅财产登记档案。我仍然坚信萨利·迪欧、迪克西·李、哈瑞·玛珀斯和明星钻探公司之间有某种联系。我不相信萨利·迪欧把迪克西·李留在身边，是为了单纯的地产交易，或仅仅是喜欢这个老掉牙的摇滚歌手。我在新奥尔良见过太多这样的人，他们喜欢女人，但不认为女人很重要；他们喜欢权力，但必要时愿意分享权力；他们有时表现得残忍而暴力，但通常比较务实。不过，他们喜欢金钱。在他们生活中，金钱是衡量成功的最终尺度，是他们唯一感兴趣的话题。他们去酒店消费从不刷卡，而是用现金付款，他们所付的高昂小费也是财大气粗的表现，就如他们紫色的凯迪拉克和价值八百美元的西服一样。

我在法院里找到的有关迪克西·李和萨利·迪欧的记录只有房屋地皮的买卖契约、租契、垄断交易所有权，还有几艘游艇以及船坞，没有任何让我意外的信息。除了本地的房产信息之外，也没有其他线索。

我开到湖东岸，穿过樱桃果园，路过水上餐厅和白沙密林环绕的蓝色湖泊，最终到了萨利·迪欧的分体式红木房子入口处，他的房子建在一块突起的崖壁上，俯瞰丝绸般波光粼粼的湖面。我绕到下一个弯道，将卡车停在路边，在松林中往回走，松林一直延伸到崖壁边上。湖底长满青苔的绿色岩石在阳光下显得沉闷而笨重。

我能看到湖对面萨利·迪欧的房子，还有下面克莱特斯和达莲娜住的小别墅。我在松针上单膝跪下，把二战版日本小型望远镜固定在树干上。萨利家阳台上那面美国国旗在风中飘荡，他的花箱非常鲜艳，里面种着粉红色、蓝色和深红色的矮牵牛，一辆米色水星汽车和挂着内华达州牌照的黑色保时捷停在草坪边的碎石路上。我把车牌号记在小本子上，放进上衣口袋。这时，我看到一辆带透明侧窗的大篷车驶到沙滩上，后面跟着一辆丰田吉普。刷成热带落日色的侧门滑开，一群穿泳装的人跳到沙滩上，开始脚踩气泵给一个巨大的黄色橡皮艇充气。

我重新调整焦距，看清了那些人的脸，他们是萨利·迪欧和克莱特斯说过的塔霍的乐队。迪欧穿着衬衫和凉拖，发光的紫色泳裤紧紧地绷在臀部，勾勒出生殖器的线条。他心情很好，正指着一架乳白色的双引擎水陆两用飞机，指挥大家比赛。那架飞机在远处的小山上低低地飞行。他把他父亲的轮椅从篷车门口伸下的机械平台上解下来，将父亲推到沙滩上。克莱特斯从丰田车里走出来，推着迪欧的父亲来到一个野餐坑旁，点燃一袋木炭，把一箱牛排用叉子放到烤架上。他戴着那顶压扁的渔夫帽，我能看见他衣服下面肩膀上的枪套和左轮手枪。

那架水陆两用飞机在沙滩上飞过，马达轰轰作响，在我头顶转弯掉头，飞入万里无云的天空。之后又做了一个大回转，飞到樱桃果园和一个帆船码头上空。接着，飞机开始水平飞行，腹部和机翼浮筒掠过水面，螺旋桨的气流喷溅起一片白色泡沫和薄雾。

克莱特斯一边烤肉一边照看老迪欧，老头儿闷闷不乐地坐着，身上裹着一条大围巾，手里拿着一杯红酒。这时，其他人都坐进飞机。飞行员的粗心程度和同伴对他的信任让我感到很吃惊。他们从水面上起飞，从距离松树林不到三十英尺的高处掠过，然后爬高朝着太阳飞去，接着来了个急转弯，回到山中间的一个切口，咆哮着从海边的房顶飞过，轰隆声吓得船上渔夫拉起锚转到岸上。

我观察了他们两个小时。在这段时间里，他们在篷车里背着风吸白粉，从一个装满碎冰的洗衣盆里拿出红酒和罐装啤酒，吃着带血的牛排，一口气吃光了纸盘里的沙拉，他们气喘吁吁地在湖里游泳，大笑着爬上他们的黄色橡皮艇，身体冻得发僵。这些女孩很漂亮，古铜色的肤色很养眼。也许除了克莱特斯和老迪欧以外，每个人都很快乐。那群塔霍的人是到哪儿都能混下去的人。

太阳已经挪到西边，在绿色的山坡上空，天空碧蓝如洗。我想我的望远镜一定反射了太阳光，因为我看到萨利·迪欧突然抬起头，半眯着眼朝我所在的松林看过来。我退到阴影里，在树枝上调好望远镜。迪欧站在克莱特斯和他父亲身边，伸手指着我所在的方向。克莱特斯在收拾野餐桌上的纸盘，他停下手里的活儿，扫了一眼悬崖，然后继续工作。但是萨利·迪欧和他父亲的表情就像看着一只快要挣断铁链的凶猛狼狗，老迪欧再次和克莱特斯说话的时候，嘴张得很大，克拉特斯把野餐残渣倒进垃圾桶，走到湖边。游泳的人已经离开了橡皮艇，他把皮艇拖到沙滩上，拔掉气塞。然后把食物篮，一盆子啤酒和果酒，以及老迪欧，都搬进了篷车。

我本可以马上离开，那样的话没人会看到我。但有时自尊心就是要让你迎面较量。我走出树林，回到马路上，树荫下空气凉爽，充满浓浓的松针味。在树顶烟雾弥漫的光线中,长着黄色翅膀的蓝色鸟儿在林间飞舞。我走到路边,钻进卡车,把战地望远镜装回盒子里,又把盒子装回工具箱。我刚发动汽车,迪欧的篷车和克莱特斯的吉普车就转出公共沙滩的入口,朝我驶来。

我从篷车挡风玻璃里看到萨利·迪欧的脸,他看到我后放慢了车速,认出我后,脸上出现愤怒的表情。克莱特斯在他后面同时慢下来。

迪欧在我对面停下车,盯着我。

"你他妈的以为你自己在干什么?"他说。

透过篷车车窗,我看见里面的人都坐在皮质转椅上,他们的脸都挤在窗户前,好像是从一个玻璃鱼缸里往外看。

"天气真不错。"我说。

"他妈的你在那个林子里干什么?"

"你在乎吗?你又不怕羞。得了吧,迪欧,那个飞行表演可是一流的。"

他气得鼻孔发白。

"那天我告诉过你,叫你以后不许再来,"他说,"你不再是一个警察了,似乎你还不清楚这一点。"

我熄了火,指甲敲着玻璃窗,他也关掉引擎。路上很安静,只有风在松林间沙沙作响。西边湖上的阳光照着他打过蜡的黑色篷车,看起来像罩着一圈光环。

"我听说你喜欢拿走人身上的某些部位。"我说。

"你听说什么?"

"鸭子萨利的故事。缉毒局里的人都津津乐道。这让一个家伙的档案熠熠生辉。"

他打开车门，走到马路上。他父亲身子向前倾，想抓住他的肩膀，嘴唇在灰色的脸孔上显得略微发紫。当他说话时，甲状腺肿瘤在喉咙上颤动，两眼漆黑而强硬。但萨利·迪欧没听他父亲的警告，他滑下座位，走到马路上。

我将太阳镜放到仪表盘上，走出卡车，余光看到克莱特斯站在他的吉普车旁边。迪欧在泳裤外面套了一条牛仔裤，衬衫敞着，腹部平坦，肌肉隆起。篷车那一侧的门滑开了，一个晒得黑黑的男孩和一个女孩从后面绕过来看我，很显然，他们只是想当观众。透过树丛，我看到阳光照在波光粼粼的深蓝色湖面上。

"你有严重的毛病。"萨利·迪欧说。

"怎么会呢？"我微笑着说。

"你听别人说了一个意大利人的名字，就以为自己能随便侮辱他。一个人曾经坐过牢，你就认为随便什么人都能嘲弄他。"

"你可不像个受害者，迪欧。"

"所以你就一直往这儿跑，激怒别人，打搅他的家人，打搅他的朋友。"他用三根僵硬的手指轻轻点了点我的胸口，嘴角冒出些白沫。斜阳下，他的鸭尾形头发就像烧过的铜一样。

"你该退后一点儿，老兄。"我说着又冲他笑了笑。

"你不顾别人的警告，妨碍别人，不尊重老人，不尊重别人的隐私，你是个怪胎，老兄。"他又用三根僵硬的手指戳了戳我胸口，这次更重了，"你总在有头有脸的人周围晃荡，那是因为你自己什么也没有。"

他的脸凑上来，又戳了戳我的胸口。右眼下的环形疤痕就像压在皮肤上的一根扁平的绳子。我两手插在裤子后面的口袋里，气定神闲，转过脸看着阳光在松林间闪烁。

"我来告诉你一些事吧，萨利。"我说，"你有没有问过自己，为什么身边老是围着一圈人？雇来的帮手，醉醺醺的歌手，脑子进水的沙滩男孩。你以为，一群废物围在你身边，这仅仅是偶然吗？上一次有人对你说你是一坨屎，那是什么时候？"

我听见他在喘粗气。

"你不想活了，老兄，你脑子出问题了。"他说。

"咱们面对现实吧，萨利，我可不会在我的车道上安装电门，你是不是认为有人要把你清理掉？"

他舔了舔嘴唇，准备说话，突然侧脸一紧，挥拳朝我打来。我闪向一侧，感觉一枚戒指擦过我的耳朵和头皮。接着我冲他狠狠来了一记勾拳，打在他鼻子和嘴巴之间。他的脑袋被撞了回去，长发在耳边散开。他朝我扑过来，疯狂地挥着两只拳头，就像一个被激怒的孩子。我还没来得及再结实地给他一拳，他已经用两只胳膊牢牢地抱住我，在我耳边呼呼地喘着气。我闻到他头上发胶的气味，身上的香水味和衣服上大麻的烟味。他松开一只胳膊，屈膝向我下身撞过来。

但他的目标并不像预计得那么完美。他撞到我大腿内侧，我则用胳膊肘狠狠地朝他鼻子顶去，我感到他的鼻子像鸡骨头一样碎了，看到他眼中的震惊和痛楚，接着又给了他一拳，这次打在他嘴上。他撞到篷车侧板，又被弹起来，我再一次狠狠打在他脸上。他试着举起手挡在面前，但无济于事。我听到他的后脑勺再一次撞到车上，看到他眼中真实的恐惧，他的血溅在汽车玻璃上，我出拳时下手应该很重，他的脸似乎都被打变形了。

这时，克莱特斯站到我们中间，他拔出左轮手枪，朝我直直地伸出一只胳膊，睁大眼睛，对我怒目而视。

"退后,戴夫!我会开枪打你的脚!我对天发誓我会的!"他说。

我用余光看到周围各个方向都停满了车。克莱特斯张嘴喘着气,紧紧盯着我的眼睛。萨利·迪欧两手捂着脸,他的手指被林间透过来的夕阳照得发红。远处传来警笛声。我胸口积聚的热量散去了,就像红了眼睛的鹰嘴大乌鸦飞出了鸟笼。

"当然。"我说。

"我是说真的,到马路对面去。"他说。

我举起双手。

"没问题,"我说,"你不想让我把车也开走吗?我们堵住了很多辆车。"

黝黑的男孩和女孩扶着萨利·迪欧走到篷车那一边。一辆警车绕过堵塞的车辆从路边开过来。克莱特斯把枪放回枪套里。

"你这个疯子。"他说。

县监狱的拘留室是白色的,很小,带栏杆的门通向一间很小的办公室,里面有两个穿着制服的警官正在做文书工作。拘留室里没有能坐或躺的地方,只有墙上钉着的一条木头凳子。屋里没有水龙头,水泥地中间有一个排水孔。我已经用过一次电话了,打给阿拉菲尔的保姆,告诉她我今晚可能回不去了。

其中一个警官是个大个子印第安人,衬衫口袋里塞着一管口嚼烟草。他冲着桌子边的痰盂里吐了一口痰,几分钟前,他刚进办公室。

"迪欧不打算起诉你,他们已经告诉你了吧?"他问。

"是的。"

"那么这次只判你妨碍治安,你的保证金是一百美元。"

"我没有钱。"

"写张支票。"

"我没有支票。"

"你需要再打一个电话吗?"

"我谁都不认识,不可能打。"

"听着,如果审判的话,可不是两天就能结束的。"

"我也没有办法,警官。"

"法官已经回家了,如果他在,只要你写了保证书,治安长官可以让他放你走。现在我们只能看看明天能怎么办了。"

"我很感激。"

"你从路易斯安那大老远跑来,就为了踢萨利·迪欧两脚?"

"这么做似乎是个好办法。"

"你的确惹怒了那个浑蛋,但是我想,你要是把他的头打掉,反而更容易脱身。"

晚餐我吃了一盘泡得软软的利马豆,一块冷火腿三明治,喝了一罐可乐。窗外已经很黑了,另一名警官回家了。黑暗中,我坐在木头凳子上,张开又握紧双手。我感到双手坚硬粗糙,指节酸痛。最后,印第安人看了看他的手表。

"我给法官家里留了个口信,他还没打电话来,"他说,"我得带你上楼去了。"

"好的。"

正当他打开抽屉拿钥匙的时候,电话响了。他一边听一边点头,然后挂了电话。

"你找对女朋友了。"

"什么？"

"你被释放了，保证金也交过了，你不用再回来，除非想做无罪申请。"

他转动铁锁上的钥匙，我走下铺着木地板的过道，朝通往停车场的大门走去。她站在路灯下，穿着蓝色牛仔裤和一件绣着银色花朵的栗色衬衫，黑发在灯光下闪闪发光，肩上挎着一个鹿皮单肩包。

"我开车送你到卡车那儿去。"她说。

"克莱特斯在哪儿？"

"在山上和迪欧在一起。"

"他知道你去哪儿了吗？"

"我想他知道，我什么事都不瞒他。"

"什么事都不瞒？"我说。

她看了我一眼，没有回答。我们朝她停在停车场里的吉普车走去，她头发闪出的光泽就像乌鸦羽翼上黑紫色的光。我们上了车，她发动引擎。

"什么叫中国珍珠？"她问。

"一种高级东方海洛因。为什么问这个？"

"你把萨利的一颗牙打掉了，他们给他打了一剂中国珍珠止痛。你当时肯定是想打死他。"

"不。"

"哦？我看到他的脸了，他客厅的地毯上全是沾了血的毛巾。"

"他活该。达莲娜，他是个暴力的家伙，总有一天会被人打死。"

"他是个暴力的家伙？你这么说有点儿过分了。"

"听着，你和这些人之间有种奇怪的平衡关系，我不知道到底是什么，但我想肯定很疯狂。克莱特斯说他第一次见到你，是因为你从印第安酒馆开车把迪克西·李送回平头湖。你为什么要送迪克西·李?"

"他是个人啊,不是吗?"

"他还是个酒桶,漂亮的印第安女孩通常是不会翻山越岭把他拖回去的。"

她没有回答,继续开车沿着湖东岸向前行驶。大齿杨和白桦树的树干在月光下发出银色的光芒。环绕湖水的群山则一片漆黑,我又试着问她。

"你要怎么样才能明白你不属于那里?"我说。

"我属于哪里?"

"我不知道,也许你该另找一个男人。"我咽了口唾沫。

在窗外月亮和星光的照耀下,她手背上的疤痕看起来又细又白。

"你想不想和我还有我小女儿一起生活?"我说。

她沉默了一会儿,把脸转向我,嘴唇看上去是紫红色的,很柔软。

"我不会一直陷在这个麻烦里的,以前有过更糟的时候,总会过去的。"我说。

"你希望我和你住多久?"

"住到你想离开为止。"

她张开双手,又紧紧握住方向盘。

"你现在很孤独,"她说,"我们在一起之后,也许你的感觉就不一样了。"

"你不知道我的感觉。"

"我知道人们孤独的时候是什么样。就像你晚上想着某人的感觉,到了白天,感觉就完全不一样了。"

"你试试看又能有什么损失呢？"

在距离我的卡车几英尺的碎石路上，她放慢车速，然后停下车。浓密的松林里一片漆黑，湖面上方的夜空布满了星星。

"你是个好人，有一天，你会找到合适的女人。"她说。

"你今天早晨的感觉不是这样的，别这样拒绝我，达莲娜。"

我搂住她的肩膀，把她的脸转过来。黑暗中，她平静地看着我。我亲吻了她的嘴，当我离开她的嘴唇时，她还睁着眼睛。于是我再次吻她，这一次，她张开了双唇，手指插进我头发里。我亲吻了她的眼睛和嘴角的小黑痣，把手放在她胸口，亲吻了她的喉咙，笨手笨脚地想要脱去她的衬衫，亲吻她的酥胸。

接着，我感到她屏住了呼吸，重重地吐了口气，僵硬地推开我，把脸转向黑暗中。

"到此为止。"她说。

"什么——"

"这是个错误，就此结束了，戴夫。"

"人的感觉可不是那样的。"

"我们是两个世界的人，今天早上你就知道这一点了。我让你进入我的世界，这是我的错，但它结束了。"

"你是要告诉我，克莱特斯和你是一个世界的？"

"这不重要，我们不会有结果的，也许在别的时间——"

"我不想听你说这些，达莲娜。"

"你必须相信我的话，我对发生的一切感到很抱歉，很抱歉伤害了你，我对克莱特斯感到很抱歉。但你得快点儿回去，否则你会被杀掉的。"

"我不会被萨利·迪欧那样的人杀死，不会。"

我再次伸出胳膊，搂住她的肩膀，想把她的头发拨到后面。

"对不起。"她说，但这次声音很平静，眼睛平视前方。她走出吉普车，面向湖水，抱着双臂站在黑暗里。水面是黑色的，风吹起斑斑点点的泡沫。我走到她身边，轻轻地把手放在她脖子上。

"这样做没用的。"她温柔地说。

在黑暗中，我看不见她的脸。我离开她，走向我的卡车，脚下的碎石被踩得咯咯作响，风冷冷地从松林间吹过来。

第二天是星期五，我返回大分水岭另一侧，在距离密苏拉东边十英里的黑脚河边，我的卡车水泵坏了。我把车拖到镇上的一个维修站，机械师告诉我，他到下周一中午才能把车修好。我只好等他两天，损失掉的这两天让我心急如焚。

周一早上，醒来时空气很凉爽，弥漫着树木的气味，太阳高高地挂在峡谷上方，山谷里覆盖着蓝色阴影。我给阿拉菲尔做了红薯饼，在明媚的阳光中步行送她去学校。回家后，我穿着一件长袖法兰绒衬衫坐在门前的走廊里，一边喝咖啡，一边读报纸。几分钟后，一辆多用路虎越野车在门前停下来，丹·尼古斯基从车里走出来，他穿着牛仔裤和军用毛衣，没系腰带，头上戴着一顶软帽，上面爬满了小苍蝇。

"我今天休息，开车带我去黑脚河逛逛吧。"他说。

"我等会儿要去修车厂取我的汽车。"

"我一会儿送你到那儿去，来吧，你有钓竿儿吗？"

那张布满皱纹的脸对我笑着，他看上去能举起三百磅的重量，把一根棒球棍用膝盖折断。我邀请他进屋，从厨房里给他端来一杯咖啡，接着从衣橱里取出钓竿儿，穿上球鞋。

"你有什么对付苍蝇的好办法吗？"他问。

"没有，这些虫子嗡嗡乱叫。"

"我这儿有你需要的东西，兄弟，一副拳击手套，这能让他们发疯。"

"这个干什么用？"

他的嘴抽动了一下，脸侧和喉咙上的肌肉跳动着。

"我想，我该向你学学怎么对付萨利·迪欧，"他说，"我想你是第一个，之前还没有人这么揍过他呢。"

"你怎么听说这事的？"

"警长办公室一有萨利的消息就向我们报告。一个警员告诉我，你想拿萨利的脸刷他的车，我一直认为他的脸有这个实力。"

"他的房子里有海洛因和可卡因。"

"你怎么知道的？"

"一个朋友告诉我的。"

"普赛尔？"

"不。"

"啊，那个印第安女孩。"

"关于她，你知道些什么？"

"什么也不知道。她是普赛尔捡到的一个姑娘，他们在萨利·迪欧的房子里进进出出。对于他的可卡因和海洛因，你怎么看？"

"搞个搜查证，突击搜查那个地方。"

"如果我把萨利弄进监狱，必须确保那儿是他窝囊人生的后半段要待的地方，而不仅仅是因为鸡屎大的不当财产控告，进去蹲几天的地方。总之，他会从那些沙滩男孩中找一个人替他坐牢的。"

"我去过平头湖检察院查资料,他为什么要购买租赁湖周围的房产?"

尼古斯基把杯子放在碟子上,看向窗外的后院,阴影中的草地湿润碧绿,树顶上阳光灿烂。

"他认为立法机关即将通过娱乐城和赌博项目,"他说,"现在是投资的好时机,人们没有工作,已经花光了所有积蓄,农业也毫无起色。赌场能把平头湖变成另一个塔霍。那时萨利就会因为及时出手而赚到利润。"

"真的那么简单?"

"是的,差不多吧。但我想这不会发生,这里的人不喜欢外来者,尤其是意大利人和加利福尼亚人。"

"你到这儿来到底是想告诉我什么?"

"别担心,放松点儿。来吧,我还要去尝尝这儿的大鳟鱼呢。"

我们驾车驶过黑脚河峡谷,那里依然阴暗凉爽,空气中弥漫着从造纸厂飘来的树味。我们突然驶进草地、牧场,又回到阳光下,转入公路,从木板桥上过了河,沿着一条土路爬行,驶过小山、松林和灌木丛,惊得那里的白尾鹿抬头看向茂密的树林。接着又进了峡谷,来到我平生所见最美丽的一条河边,那里的崖壁是红色的,泛着光拔地而起,足有三百英尺高。山顶上长满了北美黄松,蓝绿色的河水流入深深的湖泊。在那里,水流在悬崖底部被吞没。岸边的岩石是骨白色的,晒干的昆虫钉在上面。在远处峡谷的阴影以外,河流中央的巨大圆石在阳光下冒着水汽,无数苍蝇在灰色的薄雾中破卵而出。

我把一个小飞蝇系在鱼钩上,跟着尼古斯基走进浅水。河水冰冷刺骨,我的鞋和裤子都湿了,骨头像被一把冰锥砸过一样。我把鱼饵举过头顶，逆着水流将鱼线抛入水中，小飞蝇在石头周围的旋涡里打着转。我把线拽上来，在耳边轻啸的风中把它吹干，再远远抛入水中，鱼饵越过一棵被海狸推倒在水里的棉白杨。那棵树已经被太阳晒得发白了，水流在树根周围泛起一层脏兮兮的泡沫。当我的鱼钩流过深水时，一条虹鳟鱼从湖底游上来，就像一个从鹅卵石和石缝中冒出来的彩色气泡，鱼饵被猛地咬进飞溅的银光。

我右手把钓竿儿高高举起，放出鱼线让它咬着钩游，鳟鱼冲向河里，游向深水。钓竿儿弯成拱形，在我手中振动，几滴水在鱼线上闪光、颤抖。接着，它跳出水面，太阳照在它身上，现出斑斓的色彩，我只好跟着它走进下游的深水，水漫到我的胸口，我又放开一些线，以防线被挣断。我一直跟着它往水里走，它拽着钓竿儿拼命跳跃，试图将鱼线缠在水下的一块石头上。这时我已经走到了峡谷深处的阴影中，寒风吹在我的脖子上，空气中弥漫着一股浓浓的蕨草和潮湿石头的气味。

接下来，我绕了一个弯，又走到了浅水里，脚下的石子非常坚硬。这下它无路可逃了。我把它拉进一片浅水区，看着它无力地陷在淤泥里，背鳍露出水面。我湿了湿手，跪在水里，握着它的肚子把它捧起来。它又冷又黏，嘴和鳃拼命地一开一合，想要更多的氧气。我把鱼钩从它嘴角卸下来，把它放回水中。它立刻在碎石子上盘旋游动，尾巴在明亮的水流中不停摆动着找回平衡。最后，它游下一块礁石，消失在水流中。

尼古斯基还在远处的上游钓鱼，我把一堆浮木踢到一起，堆在阳光下，在石头上点了一堆火，从他的旅行包里拿出一罐咖啡。太阳底下很温暖，我坐在一根枯木上，用他的铁杯子喝清咖啡，看着他钓鱼。远处的河流上游是一片牧场，长相奇特的安格斯牛在没有护栏的草场上游荡，不停在柳树间嗅着，踩着河边的碎石走进浅水。我看见尼古斯基的飞钓脑线被扯断了，他回头懊恼地看着我。我指了指手表。

他把钓竿儿扛在肩上，走到岸边，身上的牛仔裤一直湿到了大腿处。他把草编的鱼篓从肩上滑下来，拿出三条鳟鱼，剖开鱼腹，取出内脏，扔到柳树下，走到河边洗掉鱼血，用指甲刮掉鱼肚子里的黑膜。

"我看到你把那条大鳟鱼放了。"他说。

"我现在不想抓鱼了，再说，我没有蒙大拿的钓鱼许可证。"

"你打猎吗？"

"以前打，现在不了。"

"你是在军队的时候放弃打猎的？"

"差不多那个时候吧。"

他给自己倒了一杯咖啡，又从旅行包里拿出两个蜡纸包的猪排三明治，递给我一个，然后坐在我身边的圆木上。他咀嚼的时候，粗粗的脖子上的血管鼓起，像绳子编的网一样。

"你用什么枪？"

"一把军用点四五自动手枪。"

"你有持枪许可证吗？"

"在路易斯安那有，这里没有。"

"在蒙大拿，有没有持枪证并不重要。不管怎么说，我还是给你弄一个吧。"

"你想说什么？"

"我们在萨利·迪欧的电话上装了窃听器，他也知道。"

"所以呢？"

"他不知道的是，我们在他家旁边沙滩上的付费电话上也装了窃听器。他有时会用那部电话打长途。"

我捡起一小块扁平的灰石头，在水上打了个水漂。

"他打电话给维加斯的一个酒吧，"尼古斯基说，"他对接电话的家伙说：'告诉查理，我这儿有个打扫院子的工作需要他过来。'你知道这是什么意思吗？"

"不知道，这是个新词。"

"我已经听到好几个黑帮的人说过这词了。当他们要在某个人自己家里干掉他时，就会用这个词。上次我们听到萨利说这种话时，一个指控他的目击证人被人用点二二手枪从耳朵后面打了个洞。不过我们不知道谁是查理。"

我把另一颗小石子抛进水中，它划出一道优美的弧线，像跃出水面的鳟鱼一样激起一圈涟漪，漂在水上，然后慢慢沉入水中。

"也许这和你没有关系，"他说，"迪欧有很多敌人。"

我拍掉手上的碎石，沉默了一会儿。太阳现在很热，飞蝇在柔荑花丛外产卵，鳟鱼在崖壁的阴影里跳起来，捕食飞蝇。

"你觉得我该怎么做？"我最后说。

"也许你该回新伊伯利亚了。"

"你认为他们会仅仅为了面子，找来一个杀手，拿他的全部生意去冒险？"

"听着，身为弗兰克·迪欧的儿子，他在暴徒中已经小有名气了，但从本质上说，他还是个窝囊废。他是个糟糕的音乐人，因为偷信用卡而坐牢，他妻子的鼻子被他打断，然后离开了他，他的朋友是一群花钱雇来的无赖和瘾君子。这时你出现了，在众目睽睽之下把他打得脸都变形了。你认为那样一个人此时对你是什么感觉？"

"那么，这和我是否应该回路易斯安那就没什么关系了。"

"也许没关系。"

我看了看手表，在河对面，一只鹰突然扑向牧场，爪子钩住一只田鼠。

"谢谢你带我来钓鱼，我现在需要去取我的卡车了。"我说。

"我很遗憾来告诉你这个消息。"

"不用担心。"

"看在上帝分上，告诉我，罗比乔克斯，你为什么要这么做？"

那晚我没有睡着，就像我们在戒酒协会里说的那样，现在我脑子里左右摇摆，拿不定主意。我想把阿拉菲尔送回路易斯安那，让她和我表姐或是巴提斯特夫妇待在一起，但这样一来，我就无法掌握她的情况了。只要我的判决还没下来，哈瑞·玛珀斯就可能继续对我们俩不利，而且，我似乎注定要背上谋杀达尔顿·魏德林的黑锅了。你不可能知道一个精神变态的人会做出什么事，我相信玛珀斯就是这种变态。

我还是不太相信丹·尼古斯基的话，萨利·迪欧会从维加斯找来一个职业杀手。那些暴徒——至少我所知道的那些他在新奥尔良的打手——看起来不像会那么做。他们会干掉目击证人，对手，或自相残杀，但不会因为个人恩怨而对普通老百姓下手。他们的首领不会允许他们这么做，这会大大影响他们的生意，危及他们和政客、警察局以及法官好不容易建立起来的关系。萨利·迪欧是个残暴的流氓，但他父亲既精明又谨慎，从黑帮火并和黑手党的权力斗争中活了下来。我真的无法相信，他们会因为被打掉了一颗牙就这么做。

所以我整晚辗转难眠，无法作出决定，直到破晓，我还是一无所得。像往常一样，我因为无力解决自己的问题而感到虚弱，筋疲力尽，于是转而向上帝求助。我起来准备早餐，做了香肠和鸡蛋，步行送阿拉菲尔去学校，安排她和保姆待在一起。我将点四五手枪和一个备用子弹夹放在卡车座位下面，启程前往大分水岭东面的黑脚族保留地。

我的卡车风扇皮带在距离保留地南部边界十英里的地方坏了，我便搭了一个印第安农夫的车，来到四英里外一个十字路口上的加油站。我买了一个新风扇皮带，回头沿着来时的路朝我的卡车走回去。我犯了个错误。雨云从低矮的绿色山丘向东飘过来，遮住了田野、沼泽、柳树丛和杨树林。天空突然裂开，一阵倾盆大雨打得我皮肤生疼，很快，我的衣服都湿透了。我躲到路旁的一块岩石下避雨，看着暴雨横扫大地。这时，一辆没有涂漆的破校车从转弯处高速驶来，窗户的裂缝上贴满了胶布，车身和车顶上绑满了自行车、折叠帐篷、铲子，还有两条独木舟，看起来就像来自本世纪六十年代的高速公路上的幽灵车。

司机看到我，停了下来，我听到刹车片摩擦的声音，弯曲的排气管敲打着车身，发动机轰鸣着，好像所有的火花塞导线都缠在了一起。司机用一根长杆打开折叠门，我上车后感觉自己到了一个文物储藏库。坐椅全部被扯下，取而代之的是吊床、铺位、睡袋、一个灌装煤气炉、一个浴缸和一个塞满衣服的纸板箱。一个女人正在给孩子喂奶。一个梳着印第安辫子的白人坐在地板上，正用一块肥皂雕刻小动物。另一个女人在后座上给婴儿换尿布。一个梳着马尾辫的大胡子男人脸朝下睡在吊床上,这使他看起来像一条被网住的鱼,从天花板上悬挂下来。我闻到馊掉的牛奶、大麻烟和烧过的食物的气味。

司机长着一双肿泡泡的蓝眼睛,一脸红色大胡子,他戴着皮质护腕,军用夹克敞着,露出黑黝黝的胸膛和深蓝色的监狱文身。他让我坐在他旁边的一把木椅子上,然后用那根长杆用力甩上门,咔嚓一声挂上挡,在瓢泼大雨中往前疾冲。我告诉他我要去哪儿,并抓住一根金属杆,以防自己从座位上颠下去。

"你刚才站的地方很危险,老兄,"他说,"有些杂种拐弯时能开到每小时七十英里,那些开卡车的浑蛋以为这条路是他家的,有人应该拿块砖头去砸他们的窗户。你住在这附近吗?"

"不,我只是个游客。"

"你口音很奇怪,我想你大概是个加拿大人。"

"不,我来自路易斯安那。"

他古怪地打量着我的脸,车朝路边斜过去。

"嘿,马路右边有个咖啡馆,我想我还是下车去弄点儿吃的。"我说。

"我说过我们会把你送到你的车上。你会到那儿的,老兄,不用担心。"

喂奶的女人用衬衫擦着孩子的下巴,又把乳头放进孩子嘴里,呆呆地望着窗外。她没有化妆,深棕色长发的发梢黏在一起。

"你一直在看车后面,有什么不对吗?"司机说。

"没有。"

"你认为我们是钉树的人吗?"

"什么?"

"钉树的人,你认为我们到处往树上钉大铁钉?"

"不,我没那么认为。"

"因为我们从不那么做,老兄。一棵树是有生命的,我们不会伤害有生命的东西。你懂我的意思吗?"

"当然。"

"我们住在保留地上。我们是一个大家庭,我们过着顺应自然的生活。我们不打搅别人,唯一希望的就是没人来打搅我们,这要求不过分,对吧?"

我从折叠门上带条纹的玻璃窗向外望,乡村是一片潮湿的绿色,弥漫着灰色的薄雾。

"对吧?"他问。

"对,不过分。"

"很多人就是不让你安生,他们和地球作对,老兄。这是他们的问题。你不听他们的话,他们就踢得你屁滚尿流。"

这趟车坐得越来越难受了。我想现在离我的车还有三英里。

"你们认识保留地的一个叫达莲娜·亚美利亚·霍斯的女孩吗?"我说。

"我不认识她。"

"她来自保留地。"

"也许吧,老兄,但我不认识她。你去问问我老婆。"他回头朝喂奶的女人点点头。

我问她是否认识达莲娜。她戴着大大的金属框眼镜,安静地、面无表情地看着我。

"我不认识她。"她说。

"你们住在这里多久了?"

"一年。"

"我知道了。"

"这里是黑脚族保留地。"她说。她有一种看透一切的平静,就像一个女人知道自己无法逃脱命运后,表现出的波澜不惊。

"然后呢?"我说。

"他们都是黑脚族人,而苏族人生活在南达科塔那边。"

"我不明白你的意思。"

"亚美利亚·霍斯是个苏族人的姓氏,"她说,"他们和自己的首领一起对抗白人。"

我想,那一定是她结婚以后的姓。

"你知道他们是怎么输掉的吗?"司机说,"一个白人举着休战旗要求谈判,他们进入白人的堡垒后就被枪杀了。这就是你相信那帮杂种的下场。"

天哪,为什么我没想到这一点!

"嘿,你看起来有点儿不高兴。"司机说。

"什么?"

"你想吃点儿东西吗?我这里有。"他说。

"不了,谢谢。你们都认识一个叫克莱顿·德马尔托的人吧?"

"相信我,他和我一样,都是一等兵。"

"他曾经有一个妹妹是吗?"

"你说'曾经'是什么意思?"

"你们好久没见到他了,对吧?"

他想了一会儿。

"我想是的。"

"他是不是有个妹妹?"

"我对他家的情况一无所知。他不住在保留地里。他来过保留地，招纳印第安人运动组织的成员，对抗那些石油公司和天然气公司。那些公司想毁掉山的东面，他们想建管道、炼油厂和别的狗屁玩意儿。"

"他的眼睛是什么颜色的？"

"他的眼睛？"他转过脸来，浓密的大胡子下，那张嘴咧开冲我笑着，我看见他后面的牙齿掉了，"你看我像是会盯着别人眼睛看的人吗？"

"拜托你想一想，是绿宝石色的吗？"

"他妈的，我对一个人的眼睛能知道多少啊？你在找什么东西啊，老兄？"

"他是个警察。"抱着孩子的女人说。

"是真的吗？"司机问。

"不。"

"那你为什么问这些问题？你想给德马尔托家找麻烦吗？"他的汗毛像红色的铁丝一样堆在护腕边上。

"不。"

"印第安人不需要再被骚扰了。这些都是土生土长的人，老兄。我的意思是，这本来是他们的地盘，而两百年来，白人一直往他们身上泼垃圾。"

"我想就在这里下车。"我说。

"我说的话令你不舒服了吗？"

"根本不是，老兄，现在雨停了，我需要走动走动，我的卡车就在坡上。"

"因为我们在这里没有得罪任何人，所以我觉得我们能帮你的忙。你在这个州要当心很多人,我可不是胡说,这个时代就是这样。"他说。

太阳出来了,我站在路旁,空气潮湿,我身后是一片绿色的牧场。我看着大车开过山坡,我的卡车在前方一英里的地方。

老妇人正在屋后一个满是石砾的菜园里锄地。她穿着一双系带靴子,一条男式大码羊毛裤,卡其色的衬衫,头上裹着一条披肩。远处的湿地向着大分水岭的方向倾斜,山峰在那里拔地而起,陡峭的崖壁在阴影下呈现紫色。山的高处白雪覆盖,山顶和山脊上的松树一片雪白。我推开木门走进院子,那位老妇人斜眼瞥了我一下,然后继续砍草,好像我根本不存在。

"达莲娜·亚美利亚·霍斯是您女儿,对吗?"我问。

她没有回答,眯着眼睛聚精会神地干活,披肩下露出她的白发。

"德马尔托夫人,相信我,我是您的朋友。"我说,"我想查出您儿子到底出了什么事,如果可能,我希望帮助达莲娜。"

她的锄头在泥土和石头之间砰砰地敲着,砍出卷心菜中间的杂草,却丝毫没伤及菜叶。

"我想,达莲娜现在和一些坏人住在一起,我想让她离开他们。"我说。

她打开一个破旧的茅屋门,把锄头放进去,又拿出一把铁铲。在茅屋后面,一只花猫在一堆麻袋上给一群小猫喂奶。她把铁铲横放在一个装着肥料的手推车上,推着它朝菜地边上走去。我从她手中接过车,把车推过土院,然后在每排菜地的尽头施肥。山顶的云呈现紫色,峡谷边上的雪被吹了下来。在我身后,窗户上的挡风塑料布沙沙作响。

"她是您女儿,对吧?"我又问道。

"你是联邦调查局的人吗?"她说。

"不,我不是。我以前是个警察,现在不是了。我只是个遇到麻烦的人。"

她第一次直视我。

"如果你认识达莲娜,为什么还要问她是不是我女儿?"她说,"你为什么要到这儿来问这个问题,这说不通。"

我意识到自己也许低估了这个老妇人。就像大多数自认为受过教育的人一样,我大概认为一位老人——就像外国人和没上过学的人一样——不可能理解我的复杂生活和所思考的问题。

"我之前没将她的名字和您的联系起来,"我说,"我早该想到的,她穿着她哥哥的一等兵夹克,对吧?她的眼睛也是绿宝石色的。你们家的姓氏是法裔加拿大人的姓,不是印第安人的。达莲娜和克莱顿的父亲有一半白人血统,对不对?"

"你为什么说她和一群坏人住在一起?"

"和她在一起的男人并不坏,但他的老板很坏。我想她应该回家,不应该和那些人一起待在湖边。"

"你去过那儿吗?"

"是的。"

"他们是罪犯吗?"

"有些人是。"

她的手落到我的手上,接过我手中的铁铲。她的手掌很粗糙,边上有一圈老趼。她把铁铲靠在她的毛裤边,一动不动,眼睛凝望着远处天空下山峰锯齿般的轮廓。山峰上的云朵就像厚厚的雪。

"他们是杀了我儿子的那伙人吗?"她说。

"他们也许和这件事有些关系,我不知道。"

"她为什么要和他们在一起?"

"她觉得自己能查出克莱顿和他表弟出了什么事。她以前在一个酒吧工作,对吗?"

"在那条路上,离这儿五英里。你来的时候经过那里了。"

"你知道一个叫迪克西·李·普的人吗?"

"不。"

"你和达莲娜经常见面吗?"

"她每周来一天,带些吃的来。"

"德马尔托夫人,请告诉她,她是个好女孩,我们两人一起努力,一定能把她劝回家的。"

她张开嘴巴呼吸,似乎在无声地说着什么。

"什么?"我说。

"克莱顿从来没伤害过任何人,他们说他携带枪支。如果他真带着枪,那也是他们的原因。他们一直骚扰他,他们怕他,因为他很勇敢。"

空气变冷了。我帮她施完肥,然后和她道别,关上我身后的木门。天空乌云密布,灰蒙蒙的。风从世界之脊吹来,她握着锄头站在院子里,看起来非常瘦小。

我在土路上行驶,到了克莱顿和他表弟翻车的地方才停下来。玛珀斯和魏德林把他们绑去了某个地方,还是一切就发生在这里?我问自己。我跳过马路边上的小溪,走上斜坡,进入黑松林。地面上覆盖着厚厚一层松针,花栗鼠在岩石间嬉戏,红松鼠在树干间彼此追逐。我在树丛间走了大概四分之一英里,看到一条人们倒垃圾踩出来的路。这条路的尽头是一堆生锈的弹簧床垫、马口铁罐、床垫、啤酒和烈酒瓶,还有塑料肥皂盒。我又走了大约四百码,树木变得稀疏,能看到一条茶色的小溪,小溪在灰色的岩石上流淌,边上是一座低矮的小石头山。小山周围长着枫树、野蔷薇丛和茂密的树丛。我沿着岸边来来回回地走,绕过小鹿留下的蹄印,看见潮湿沙地上火鸡和松鸡留下的细微痕迹,发现了一个破船舱,船的木头已经腐烂、松软了,我差点儿被一个半埋在地下的木头炉子绊倒,还赶走了一头白尾鹿。但是,我没看见任何不寻常的地方,也没发现任何有助于查出克莱顿·德马尔托和他表弟命运的线索。

最后,我来到溪流对岸小山上的泉水旁。泉水顺着岩石往下流淌,冲掉泥土,露出小松树盘根错节的根部,流到一大片潮湿的松针和黑色树叶上。那里的地面很松软,冒出很多蘑菇和深色蕨类植物。我闻到水、冰冷的石头、潮湿腐烂的植物和树根的气味,树根像棕色的蜘蛛网一样在水中蔓延。这些气味和路易斯安那我家屋后山谷里的气味一样。我在想自己何时能回到那里,我到底还能不能再回去。因为我决定,如果不能找到比现在更好的辩护方案,就不回去参加审判,不去想将至的牢狱生涯。

我很疲惫。回到卡车上,在灰蒙蒙的光线中,行驶在田野间的马路上。这时,我从后视镜里瞥到后面跟着一辆黑色威利斯吉普斯塔旅行车,这是战后生产的经典车型的复刻版。因为路面潮湿,没有尘土,我能看到方向盘后面那个人高大的轮廓。他加速靠近我的后保险杠,似乎是想看到我的反应,或是看到我的小卡车的细节部分——经销商的名字,保险杠的贴纸上写着"路易斯安那,布罗布里奇，穆雷公司"。

前面就是克莱顿·德马尔托和他表弟生前最后一夜去的酒吧，达莲娜在这里当服务员，也许她就是在这里碰到了醉醺醺的迪克西·李·普，把他从被暴打的命运中解救出来，翻山越岭把他送到了平头湖的萨利·迪欧家里。这时，天上飘起薄雾，酒吧屋顶上紫色和橙色的霓虹灯闪烁在灰色的天空下。

我开进碎石路边的停车场，等着看吉普车司机的反应。他在我旁边减慢速度，长长的手指握着方向盘，从副驾驶窗口紧紧地盯着我。他的脸、前额和脖子上有一道道细细的伤疤，好像刚从一个铁锈色的蜘蛛网中走出来。

我希望他停下来，打开车门，带着伤痕和愤怒来和我交锋。想看到他手里拿着武器，希望他感到肾上腺素在涌动，感受到对暴力的渴望，让这一切点燃他的大脑，解决一切复杂的问题。

但哈瑞·玛珀斯手中握着所有好牌。他是越战时的直升机飞行员，他知道，当机关枪已经瞄准毫无防护能力的目标，你不必改变自己现在的状态。

他把车开进停车场，停在酒吧门口，三个穿着工作服的印第安人正在卡车边上喝罐装啤酒。他取出金色的打火机，点燃一支烟，下了吉普车，走进酒吧，没有回头看我一眼。

那一晚，我回到密苏拉的时候，阿拉菲尔已经在保姆家吃过晚饭了。我又带她去一个比萨店吃了点儿消夜。她穿着柔软的松紧腰牛仔裤，精致的皮鞋，在操场上玩耍之后，白色袜子已经变成灰色的了。她身上那件黄色T恤上面画着一只微笑的紫色鲸鱼，还印着

"小鲸鱼"的字样。她脸上沾着比萨酱。透过饭店的窗户,我看见山顶闪烁的星星。

"戴夫?"她说。

"怎么了,小家伙?"

"我们什么时候回家?"

"你不喜欢这里吗?"

"我想看看得克斯。也许巴提斯特店里需要我们呢,他不识字。"

"卖小虫子和小鱼不需要识字。"

"这里的所有东西都和家里的不一样。"

"但这里也有很多好东西,是不是?"

"我想三脚架了,我也想克拉瑞斯,这里晚上很冷。"

我摸了摸她黑亮的头发。

"不会待很久的,你看着吧。"我说。

但我的保证只是一个冲动的谎言。我不知道什么时候能回去,也不确定自己能否再回去。天黑以后,我从敞着的卧室门里听见她在床边念祷告词,念完后才爬进被窝。

"戴夫?"

"怎么?"

"是不是有人要伤害我们?所以我们才要搬家?"

我起床光着脚走到她的房间,坐在她的床边。在从窗户照进来的月光下,她小麦色的脸看起来圆圆的,被子一直拉到下巴。

"不要那么想,阿拉菲尔。没人会伤害我们这样的人,我们是好人。"我说,"想想那些爱你的人。巴提斯特,克拉瑞斯,还有你在学校的朋友和老师们。他们都很爱你,阿拉菲尔,还有我,爱你胜过一切。"

她笑起来，我看着她明亮的眼睛和有缝的牙齿。

但是她的想法和我的差不多。那晚我梦到了路易斯安那，蓝色的苍鹭站在柏树林间的水中，秋日的甘蔗地闪耀着紫色和金色的光芒，烤肉室里飘出木炭和熏肉的气味。清晨，一团团浓雾从沼泽地里飘出来。所有声音——鱼儿扑打水面，牛蛙从木头上跳进水中——好像都被裹在一个潮湿的气泡里。阳光下，鹈鹕在海湾的浪花中游弋，绿色的棕榈树错落有致，在微咸的风中发出沙沙的响声，那里全年都能吃到水煮螃蟹和小龙虾，还有炸小鱼，同一个季节永不结束，死亡永远不会走进我们的生活。最后是那首一九四五年最流行的歌《金发朱莉》，每次听都令我心碎。我们的院子里开满了木槿，还有蓝色和粉红色的八仙花，邻居们骑马来我们的大橡树下打盹。

第二天早上，我接到苔丝·里根的电话，她是阿拉菲尔学校的三年级老师兼助理校长。她说她在十一点有一小时的休息时间，问能否到我家来，和我谈谈。

"出什么事了？"我说。

"也许什么事也没有，我想最好还是到你家来谈谈。"

"当然，来吧。"

几分钟后，她敲响了门。她穿着一条淡绿色棉布裙子，赤褐色的头发用一条绿头巾扎在后面，长着雀斑的肩膀上擦了些爽身粉。

"我希望没有打扰你。"她说。

"不，当然没有，我做了些冰茶。今天天气很不错，我们去走廊上喝茶吧。"

"好的。"她眼睛里闪着温和的光芒，透露出一个教会小学教师的大方得体。

我把茶端到走廊，我们俩坐在两把旧铁椅子上。阳光照在草地和树上，大黄蜂在三叶草上嗡嗡地飞舞着。

"刚才有个男人打电话来，"她说，"他说自己是你在路易斯安那的朋友，想知道你和阿拉菲尔住在哪里。"

"他叫什么名字？"

"他不肯说。"

"你告诉他了吗？"

"没，当然没有。我们不会泄露别人的住址。我让他去打信息台询问，他说他打了，但你的名字不在上面。"

"的确不在，我的地址不在电话簿上，信息台通常也不会公布地址。这个电话为什么让你担忧？"我微微向前倾着身子。

"他很粗鲁，不，甚至更可怕。他的声音很恶心。"

"他还说什么了？"

"他一直说自己是你的一个朋友，有很重要的事要和你谈，我应该明白之类的话。"

"我明白了。"

"阿拉菲尔说你以前是个警察，和这事有关系吗？"

"也许有。你知道这是长途电话吗？"

"听起来不像。"

我努力思考。有谁知道阿拉菲尔去了密苏拉的一所教区学校呢？达莲娜，可能吧。或许我对克莱特斯说过些什么，或许这人打电话到新伊伯利亚，从巴提斯特或克拉瑞斯嘴里问出了些消息。然后，他可能给镇上所有教区学校打了电话，直到击中正确目标。

"这个人一开始说了什么？"我问道。

她把玻璃杯从嘴边拿开,嘴唇娇艳欲滴,绿眼睛若有所思地望着窗外的阳光。

"他说:'我找戴夫·罗比乔克斯。'我告诉他我不明白。于是他又说了一遍,'我找戴夫。'于是我说:'你是说要给他留个口信吗?'"

"这下他就知道他找对学校了。"

"什么?"

"他是个狡猾的家伙。"

"如果我说错话了,对不起。"她说。

"别担心,他可能只是个收账的,在全国各地追踪我。"我朝她笑笑,但她不相信。

她把茶杯放在走廊的栏杆上,并紧膝盖,双手交叠着放在大腿上。先垂下眼睛,然后又抬起眼看着我。

"我的问题也许冒昧了,但你现在是不是遇到什么麻烦了?"

"是的。"

"这个人是谁?"

"我不确定。但如果他再打电话来,麻烦你通知我。"

"他是个罪犯吗?"

我看着她的脸和眼睛,心想她究竟能承受什么程度的真相。我决定不去试探了。

"也许吧。"我说。

她的手指捏在一起。

"罗比乔克斯先生,如果他会威胁阿拉菲尔,我们需要了解真实情况。"她说,"我想你有义务告诉我们这些。"

"这人不是得州口音吧?"

"不，他没有口音。"

"几个人和我有仇，也许他为他们其中的一个工作。不过他们是和我个人有仇，不会对你的学校造成任何影响。"

"我明白了。"她看向院子里的阳光。

"对不起，我不想说得那么难听。"我说。

"你没有。很遗憾你碰上这个麻烦。"她起身准备离开，"我想你应该考虑找警察，你女儿是个漂亮的小姑娘。"

"没有法律规定不准人们打听他人的住址。"

"也许这种事你懂得比我多，那么，谢谢你的茶。"

"等一等，我很感激你的帮助。我真的很感激。阿拉菲尔非常喜欢你。但是如果我跟你解释我的情况，那估计得讲到明天早上。事情很乱，牵扯到很多坏人。我也没有找到答案，有时候警察根本帮不上你什么忙。那就是为什么我年纪越大，就越相信祈祷，至少让我感觉自己在和一些真正有权威的人打交道。"我又笑了笑，这次起作用了。

"我想你一定能处理好的。"她的眼睛眯了起来，握了一下我的手。她下了台阶，走到人行道上，走出走廊的阴影，走进阳光。在明亮的阳光下，她的小腿闪着光。

我走进厨房，冲了一碗谷物做午餐，一边吃，一边望着窗外。邻居家的黄猫爬上巷子外面的屋顶，两只鸽子站在房顶的电话线上。打电话的人是谁呢？我思考着。萨利·迪欧从维加斯找来的杀手？或许是和哈瑞·玛珀斯一起工作的某个人。为什么不是呢？对玛珀斯来说，这是一种最安全的方法，让我愤怒，方寸大乱。他曾经寄给我一支注射器，威胁过一个孩子。打电话到学校去很符合他的一向行径，至少警方的心理专家会这么说。

但我是一个即将接受审判的被告，而玛珀斯是指控我谋杀的目击证人。法律站在他那边，他是法庭的朋友，一个酗酒、威风不再的前警察铁链下的受害者。玛珀斯不需要冒险。

这又让我想起我最初的推断，还有尼古斯基的警告。这种情况是我真正不希望面对的：一个仅仅知道名字是查理的幕后杀手。

打电话给警察，她刚才说。受苦受难的主啊，我心想，为什么遇到麻烦时几乎所有人都求助于公理和社会援助，实际上那些东西谁也不相信。苔丝·里根是个好女孩，显然，由于懊恼，我刚才对她太凶了。但扪心自问，你有没有见过哪个人的婚姻是被婚姻顾问挽救的，酗酒问题是被心理专家解决的，儿子是因为社会工作者的帮助而离开感化院的？在一场野蛮的斗殴中，你希望自己是一个文质彬彬的学问人还是一个乡下莽汉？

我开车去鲍勃·伍德运动用品商店，这是一家出售登山用品、体育用品和枪支的商店，我在路易斯安那时就对它有所耳闻。我用信用卡买了一支点三八左轮手枪、一盒子弹、一个枪套、一支二手的点一二口径猎枪，还有一盒双筒猎枪子弹。回到家后，我把工具箱从卡车上扛到厨房，把柜子最顶上一层隔板拿下来，将点三八手枪固定在隔板底部，把隔板放回原处，在左轮手枪里装上五发子弹，把手枪滑进枪套，扣上皮绳。

之后，我从工具箱里取出一把钢锯，把猎枪放在后门廊的台阶上，膝盖紧紧压住枪托，锯掉散热板、瞄准器和十英寸以上的枪筒。我打开后膛，把双弹仓沉入枪膛，猛咬住后膛枪栓，上好保险。然后将猎枪放进前廊橱子的最上面一层。

我的点四五手枪放在卧室里,现在不管在屋子里的哪个房间,我都能第一时间拿到武器。这虽然不是万全之策,但只能做这么多了。我本该后悔自己在一帮人面前把萨利·迪欧打得满地找牙,但如果他和哈瑞·玛珀斯或明星钻探公司有牵连——我相信一定有牵连——那么我早晚会去找他麻烦,不过是时间问题。

我还没能从昨天的长途跋涉中缓过来,依然很累。不,这是一种更深的疲惫。我厌倦了追寻一个看似没有结果的东西,厌倦了在一场清醒的噩梦中徘徊,厌倦了感到这一切是我自作自受,是我自找的。我感觉自己是一个被宣告有罪的十七世纪罪犯,被关在一辆木头推车上,吱吱嘎嘎地穿过骚乱的人群,沿着鹅卵石街道走向一个高高的平台,一个戴着头罩的人正等在那里。

我穿上运动短裤、跑鞋和棒球衫,沿着河岸跑了四英里。天空万里无云,清爽蔚蓝,高山上的松树似乎在阳光中颤抖,南面嶙峋的比特鲁山脉如此锋利,就像用刀片削过一样。春天融化的雪水越来越少,圆圆的大石头两天前还没在水下,现在已经露出了水面,在太阳下烤着,美洲翅幼虫的骨头沾在上面。我一路跑到大学区,穿过一架废弃的铁路桥,看着一个渔民把鱼拉出水面,甩到碎石路上。岸边长着一排排棉白杨和柳树,风从赫尔盖特峡谷吹来,拂过新长出的树叶,这些树在棕色河水的映衬下,似乎一眨眼就变成了嫩绿色。

我转入街区,跑出一身大汗,皮肤深处都在接受太阳的热量。我在后院台阶上做了五十个俯卧撑,五十个仰卧起坐,一百个抬腿,在晾衣绳的撑竿上做了二十五个引体向上,邻居家的黄猫在屋顶上看着我。之后,我安静地坐在草地上,前臂压在膝盖上,呼吸着三叶草的清香,心跳正常而强劲,此时此刻跳动得像二十年前一样自信。

那晚月亮很低,藏到了比特鲁山脉后面,山顶的云层突然划出刺眼的闪电。透过纱门,我能嗅到闪电的气味和即将到来的大雨,道路两旁的树成了风中摇摆的黑影。九点钟,电话铃响了。

"你能到这儿来一趟吗,戴夫?"闪电使得电话里的声音很嘈杂。

"克莱特斯?"

"我需要你来一趟,老兄,情况很糟。"

"怎么啦?"

"达莲娜……见鬼,老兄。她死了。"

第八章

保姆不在家，我在电话簿上找到苔丝·里根的号码，给她打了电话，把阿拉菲尔送到她家。

一个半小时后，我沿着土路到了克莱特斯位于平头湖的小红木房子。所有的灯都大亮。外面下着雨，湖面一片漆黑，窗内的灯光照着瓢泼大雨。我继续向前开，穿过电控门，看见迪欧的屋子没亮灯。我敲了敲克莱特斯的房门，没人回应，我便走了进去。

后面传来马桶冲水的声音，他从卧室里走出来，用一条湿毛巾捂着嘴，面无血色，皮肤紧绷。他的领带拉松了，白色衬衫前面湿了一片。他在玻璃滑门边的桌子旁坐下来，咕咚咕咚地喝着咖啡，整只手握着杯子才能勉强拿稳。桌上放着一盒牛奶和小半瓶威士忌。他深深地吸了一口香烟，垂下手，仿佛刚才抽的是大麻似的。他喷出烟时重重地吐着气。外面的湖上，一艘小帆船亮着灯，在波浪里颠簸。

他又用毛巾擦了擦嘴和他粗粗的后颈。

"我一直在呕吐，我想我得了胃溃疡。"他说。

"她在哪儿？"

"在主卧浴室里。"他抬起那张像被水煮过一样的脸，看了我一眼，吞咽了一口。

"振作一点儿。"

"我从密苏拉回来,她就变成这样了。我无法接受这个事实。"

我没听他继续说,起身穿过大厅走进浴室,看到里面的情景时,我一只手不由抓紧了门框。安全剃刀掉在铺着瓷砖的地上,被她的血紧紧黏着。她全身赤裸,在浴缸里侧着滑了下去,脸只有一半露在红色的肥皂水上面,两只前臂内侧各有一个深深的刀口。

哦,天哪,我心里默念着,不得不深吸一口气,移开目光。

她一直在流血,直到全身几乎苍白。我坐在浴缸边上,指尖触摸着她柔软的、湿漉漉的头发,那感觉就像在抚摸潮湿的羽毛。

浴室镜子上用口红写着这几个字:

> C,
> 我要走了,
> 再见,亲爱的,
> 　　　　D

我的手插进头发里,木然地盯着她。我看到了细小的抓痕和红色印子,像未成熟的草莓一样的淤青像吻痕一样散布在她脖子和肩膀上。我从卧室拿出一张被单盖住她,然后回到客厅。

克莱特斯正把桌子上剩下的酒和牛奶倒进一个杯子,骆驼香烟的烟雾绕着他的手指。看到我的表情后,他眼睛周围的皮肤突然缩紧。

"嘿,别摆出那副表情,老兄。"他说。

"你到密苏拉干什么去了?"我说。

"去给萨利的爸爸买烟,只有密苏拉的一家店里有这种牌子的烟。"

"为什么是今晚？"

"他让我去的。"

"你为什么还不打电话给警察？"

"他们会为此搜查我的。"

"为了一起自杀案？"我盯着他的脸。

"这不是自杀，你知道这不是。"

"克莱特斯，如果是你做的——"

"你疯了吗？我正打算向她求婚。我正接受一位专家的治疗，因为之前把身体搞垮了。但等我把这一切处理完，我准备带她回新奥尔良，过普通人的生活，也许去开个酒吧，离开这些意大利佬。"

我定定地看着他的眼睛，他也瞪着我，双眼像绿色的大理石，好像没有眼睑一样。那条从鼻梁到眉毛的伤疤就像自行车胎补丁一样红。突然，他眼神涣散了，喝了一口牛奶和酒。

"我不在乎你怎么想，"他说，"如果你认为我是在嫉妒你和她的事。没错，但我不怪她，我对自己现在这种情况无能为力。专家说这是当初在新奥尔良造成的，也有现在为这群意大利佬工作的原因。我根本懒得朝他们吐口水，却还得假装自己喜欢干这个行当。但我不怪她，你明白吗？"

"她告诉你了？"

"告诉什么？一个男人从很多方面都能知道。别再打听我的私事了，老兄。"

"我在她身上盖了一条被单，警察来之前，不要再去那里了。"我拿起电话。湖对岸的山上，月亮从云层中露出脸，大风吹起水里的浪花。

"你看见那些淤痕了吗?"克莱特斯说。

"是的。"

"这里的大多数警察都不怎么高明,但等法医验完尸之后,他们就会来逮捕我。"

"也许吧。那又能怎么样呢?"

他又端起杯子喝了一口,吸了一口烟。吐气时微微发抖。

"你今晚并不怎么同情我,是吧?"他说。

"老实说,我不知道自己对你是什么感觉,克莱特斯。"

"是萨利,一定是他。我快要坐牢了,萨利准备和迪克西·李还有塔霍那群废物办个摇滚音乐会,我要去把那个杂种整死,我要把他打成残废,把他大卸八块。"

"他的动机是什么呢?"我放下电话听筒。

"他不需要什么动机,他是个精神病。"

"我不同意这个说法。"

"她发现了一些东西,也许和石油有关,也许和迪克西·李或是毒品有关,我不知道。她相信灵魂,她认为那些幽灵告诉了她一些事。昨天下午,她看到萨利为迪克西·李和几个塔霍女人剪开白粉,于是对他说,他是个恶心的毒瘤,总有一天,他这种人会下到地底的深渊里去的。你明白吗?地底的深渊。"

"迪欧一家现在在哪儿?"

"听说是去比格福克镇玩了。"

"你有没有听萨利·迪欧说起一个叫查理的人?"

"查理?没听过,他是谁?"

"从维加斯来的杀手。"

"等一下,他们昨天晚上去密苏拉机场接了一个人。我以为那只是又一个和萨利鬼混的人渣。我提出去机场接他,但萨利说我晚上需要休息。"

"他长什么模样?"

"不知道,我没见到他。"

湖上的云是银白色的,月亮从云缝中钻了出来,漆黑的湖水泛着光。

"我现在给警察打电话,然后就要离开了,"我说,"我不想让自己的名字在这件事里出现,好吗?"

"随便你。"他又说,"你很冷静,你是个冷静的操盘手,一直都是。没人能在戴夫头上撒野,他们能灼烧你的灵魂,却无法让你退缩。"

我没回应他,转身走进雨雾和残破的月光中,沿着湖滨地带向回驶向波尔森。我从车灯的光里看到果园里的樱桃树正在滴雨。小山一片漆黑,下面的沙滩上,一道白色浪花滑上沙地。由于关着窗,我在车里热得冒汗。我路过闪着霓虹灯的酒吧,挂满灯泡的码头,还有一个避风小港湾,那里的湖边上长着松树,之后又路过一幢小木屋,里面有人在开派对,还有人在黑暗的走廊里烧烤。接着,我在湖尽头向东转入波尔森,朝黑猩猩峡谷驶去。我知道我会没事的。但是突然间,云又遮住了月亮,天空像烧焦的金属一样黑,大风猛烈地吹着冰雪尚未消融的山顶。一阵倾盆大雨扫过草地、灌溉渠、沼泽地、防风林、一条两岸长满柳树的小溪。一道闪电从山顶跳出,划向漆黑的天空,峡谷间雷声滚动,豆大的冰雹锤子一样击打我的车窗。

我把车开到路边,汗水从脸上淌下来,车窗蒙上了厚厚一层雾气。卡车在风中剧烈地摇晃。我苍白的指关节在方向盘上鼓起,牙齿在打战。卡车的金属接头不堪重负，吱吱嘎嘎地响着。后挡板在颤抖，被钩链撞得直响。我全身战栗，张大了嘴巴，似乎有人朝我左右两边耳朵各打了一巴掌。我闭上眼睛，看见一条大雨滂沱的赤褐色小溪，一条棕色鳟鱼的嘴巴被撕裂了，血从鳃里一股股涌出来。

第二天早上，我步行来到阿拉菲尔学校旁边一座古老的教堂。山谷上天空湛蓝，阳光灿烂，赫尔盖特峡谷边的一座山上，马儿在树下啃着新长出的青草，河边的树被雨水冲刷成了墨绿色。太阳晒着露出河面的大石头，河水在石间流动，深邃而冰冷。教堂侧门边种了些花，黄玫瑰和留兰香在墙边绽放。我走进教堂，走过圣水坛，在靠近圣坛的椅子前跪下来。和所有天主教堂一样，这里有石头和水的气味，还有一股熏香和烧蜡的气味。天主教堂里都是这样的，我想，也许早期基督教徒聚集的地下墓穴里也有这股气味。

我为达莲娜、阿拉菲尔、父亲和弟弟祈祷，也为自己祈祷。一位身穿黑色长裤、旧牛仔靴和T恤衫，体格健壮的金发神父走出圣器室，把圣坛上的一个花瓶挪走。我走到圣餐栏里介绍自己，问他能否倾听我的忏悔。

"我们到外面的花园里去吧。"他说。

在住持的住处和教堂之间有一片封闭的草坪，阳光照着里面的花床、石椅、喂鸟器和一个小温室。神父和我并排坐在长椅上，我告诉他我和达莲娜的关系，以及她的死。我说话的时候，他在擦一盆彩叶芋叶子上的土。等我说完，他沉默了一会儿，然后说："我不知道你想忏悔什么，你是不是感觉自己利用了这个女人？"

"我不知道。"

"你认为是你导致了她的死亡吗?"

"我想不是的,不过我也不太确定。"

"我认为有其他事在困扰你,一些我们没谈过的事。"

我对他说了安妮。黑暗中,我们卧室里迸射的猎枪火焰;浸满鲜血的床单;当我把她的手指放进嘴里时,感觉到的冰冷。我可以听到他的呼吸声。我抬起头,看到他吞咽了一下。

"我为你感到难过。"他说。

"这些记忆挥之不去,神父。我想这些记忆永远不会消失。"

他拾起一块硬土在花草上擦拭,然后把土扔掉。

"我觉得给你提建议不太恰当,"他说,"不过我认为你是个好人,你正给自己造成不必要的伤害。遇到这个印第安女孩时,你很孤独,你肯定很喜欢她。有时我们无法判断自己的行为。你有没有试过这种办法——你对上帝诉说自己的处境,让他评判你的对错?我也不认为是你害死了你妻子。有时候,这样的恶魔闯进我们的生活,我们无法解释,所以会指责上帝或谴责我们自己,但这两种行为都不对。也许你该让自己从牢笼中解脱出来了。"

我没有回答他。

"你想要宗教赦免吗?"

"是的。"

"为了什么?"

"不知道。为我的缺点,我的失败,为我曾给无辜的人带来的痛苦和伤害。我只能说这些了。我不知道该怎么描述。"

他的胳膊交叠着放在大腿上,低头看着自己的靴子。我可以看到他眼中的悲哀。他深深呼了一口气。

"我希望能给你更多的帮助,"他说,"但我们并不经常碰到这种事，我们的经验很有限。"

"您已经非常仁慈了。"

"给它一点儿时间，罗比乔克斯先生，"他微笑着说，"通往大马士革的道路上，并不是每个人都会看到炫目的光芒。"

当我离开那片明媚的绿地时，他正跪在一个花床前，用泥铲为粉色和灰色相间的彩叶芋铲出一个洞。双眼专注于当下的工作，他的生活显然宁静、安详，既有条理也有规律。这是我在一九六四年走出飞机，到了南越新山的一个空军基地之后，再也不曾拥有过的生活。

我想回到昨天。我想那也并不总是很糟，有时候你仅仅需要走过脑海中的一扇门，丢掉三十年或四十年，就能记起自己是谁。也许这是自我欺骗，一种用来逃避自身问题的精神鸦片，但是我不在乎。我知道自己曾经做过什么、去过哪里，而且我真的相信，我小时候的世界在很多方面都比今天的世界更好。我把一本欧内斯特·盖恩斯的《关于爱情和金钱》的简装书塞进口袋，走进伯纳公园，坐在枫树下的长椅上阅读。喷泉和水池在阳光下干燥发白，远处的群山在白云间呈现一片深蓝。阴影中吹来凉爽的风，但是我已经进入小说里，回到了二十世纪四十年代，面前是南路易斯安纳热烘烘的甘蔗地和香甜的马铃薯种植园。不，不是那样，我回到了新伊伯利亚，那是大二的暑假，弟弟吉米和我在一个海滨的地震监测站打工，我们买了一辆四十六速的福特敞篷车，装了两个好莱坞消声器，降低了滑轮和挡泥板，涂上淡黄色油漆，打上蜡，车身有了黄油般柔和、深邃的光泽。那是我生命中的第一个夏天，我第一次认真地恋爱，和一个住在西班牙湖的女孩坠入情网,像所有人的初恋那样,我记得那个夏季发生的一切,仿佛之前从没有过夏天似的。有时候,回忆带着令我心碎的痛苦。她和我一样,是个法国血统的卡真人,褐色的头发被太阳晒得泛出一缕缕白光。每当被风吹动,她的头发就像深色蜂蜜。我们在拉斐特的沃里斯屋顶花园和圣马丁维尔街头跳舞,在新伊伯利亚酒吧的橡树下喝二十美分的长脖子杰克西啤酒,在盐沼上钓白色的鳟鱼,到赛普雷茅特角煮螃蟹、炸鱼。然后,在丁香花盛开的夜晚,沿着那条柏树和橡树之间的长长双车道柏油马路,开车回家。墨西哥湾吹来暖暖的风,地里冒出新绿的甘蔗,西边的天空映着一条条火般的彩霞,树上的知了拼命地叫着。

她是那种对心上人的一切都倾心爱恋的女孩。她从不争吵,只要我们在一起,她在任何地方、任何境况下都很快乐。我只要轻轻抚摸她的脸颊,她就会靠近我,紧紧抱着我,亲吻我的脖子,把手伸进我的衬衣。每天下午都会下雨,有时,天放晴后,天边出现粉红色和紫红色的云彩。我们会沿着堤坝开车去码头,我父亲的船停靠在那里。柏树上的雨水滴入湖中,在柔和的光线中,她的脸如刚刚绽放的花朵一般娇艳。

那年夏天,南路易斯安那的所有点唱机都播放着吉米·克兰顿的《仅仅一个梦想》。孟菲斯市的露天影院里,午夜时分,所有的汽车广播都调到《兰迪唱片行》节目,兰迪会在节目一开始播放一首《萨旺尼河布吉舞曲》。每天清晨都令人期待,我期待着卧室窗外山核桃树间雾气弥漫的阳光,带着纯真的渴望,相信再过几个小时我们就又能在一起了,相信没有什么能把我们分开。然而,由于一种年轻而不理性的担忧,一切都结束了。我无意间伤害了她,我无法对自己解释这一切,更无法对她解释。我的沉默让她更加受伤,以至于许多年之后，这件事偶尔还是会困扰我。

但我永远不会忘记那个夏天。当一切都失败时——当心灵中毒、地球遭受打击，当死亡的树叶像干燥的羊皮纸一样，吹过灵魂的窗口——我便时常去教堂。

我的经历已经那么悲伤了，曾经失去的似乎也不会随着时间的流逝，而变得容易接受。为记忆承担义务，无论对活着的还是死去的人，都毫无价值。第二天早晨，我回到了县法院。

司法长官像个木桶一样浑圆、健壮。深蓝色的制服沾着斑斑点点的烟灰，他正试着用湿纸巾把烟灰擦掉；灰色的头发剪得像个水手，白衬衫的领子烫得平平展展，让他的胸毛像一团铁丝一样扎眼。他是被选举出的法官之一，在被别人鼓动去竞选官员之前，也许是柴油机机械师或伐木卡车司机。他说话时没有坐在桌子后面，而是坐在桌子一角，吸着一支香烟，望着窗外的湖水，如此专注，以至于让我感到他已经知道了我们这次谈话的结果。他现在愿意和我谈话，不过是因为政府机关强加在他身上的公共义务罢了。

"你在新奥尔良是凶杀组的探员？"他说。

"是的。"

"然后在县长办公室做探员，是……那个地方叫什么名字？"

"新伊伯利亚。人们在那儿制作塔巴斯科辣椒酱。"我对他微笑着，但他的目光穿过烟雾，看着湖水中的蓝色波纹。

"你认识一个叫丹·尼古斯基的缉毒局官员？"

"是的。"

"他昨天到这里来了。他说你一定会来找我。"

"我知道。"

"他说我应该劝你回路易斯安那去,你对此怎么看?"

"遇到麻烦的不是他,提建议很容易。"

"你想知道验尸官的报告,是吗?"

我吐出一口气。"是的,先生,我想知道。"我说。

"因为你觉得她是被谋杀的?"

"没错。"

"为什么?谁会有理由杀了她?"

"查查萨利·迪欧的记录,再查查一个叫哈瑞·玛珀斯的人。"我感到自己声音里的怒火逐渐升温,于是停了一会儿,"如果是我,还会考虑看看克莱特斯的。"

"就你所说的,这些人多多少少都和你有过节,你觉得自己现在是完全客观的吗?"

"迪欧一家都是畜生,玛珀斯也是。普赛尔在新奥尔良为非法武装分子杀过人。我不会低估他们中任何一个人杀人的可能性。"

"普赛尔为什么要杀她?"

他第一次饶有兴致地看着我。我垂下眼睛,看着自己的鞋,又抬眼看着他。

"我和达莲娜发生了关系,"我说,"他知道这件事。"

长官点点头,没有回话。他拉开办公桌抽屉,取出一个写字夹板,上面是验尸报告的复印件。

"你说得没错,"他说,"她脖子和肩膀上的确是有淤痕。"

我等着他往下说。

"她后脑还遭受了撞击。"他说。

"是吗?"

"但这件案子已经定性为自杀。"

"什么？"

"你在第一时间就知道了结果。"

"你们怎么回事？你们觉得自己的验尸报告根本不重要吗？"

"听着，罗比乔克斯，我没有找到任何证据证明她不是自杀。所有证据都显示她的确是自杀。她可能是头撞在浴缸上了，她在任何地方都可能弄上那些淤痕。也许你不想听到这些，不过这附近的印第安人总有麻烦。他们喝得醉醺醺的，在酒吧里打架，家族之间打得头破血流。我不是故意挑剔，我没有任何原因要针对他们，我认为他们只是运气不够好罢了。但那是事实。你看，如果真要怀疑某个人，那只能是普赛尔。但我不相信他会杀她。这家伙真的被这件事情打垮了。"

"那么萨利·迪欧呢？"

"你告诉我他的动机，给我确实的证据，我就给你开搜查令。"

"你犯了个大错误，长官。"

"请告诉我为什么，让我明白。"

"你选择最简单的方式处理这事，你让他们逍遥法外。迪欧家发觉了你的软弱，他们会把你生吞活剥的。"

他拉开办公桌最下面的抽屉，拿出一根警棍。上面的黑漆已经裂开了，把手开了槽，钻了眼，套上了一个皮手环。他用力把警棍扔在办公桌上。

"我上任那天，我前任给了我这个。"他说，"他告诉我，'不是每个人都该进监狱的。'有时我会有那种冲动，在超市里看见迪欧时，会恨得牙痒痒。这是个很好的国家，他不属于这儿。但我不会突击搜查，也不会让我手下这么做。如果这和某些人的想法不一样，那是他们的问题。"他把香烟碾碎,没有抬头看我一眼。

"我想我该走了,"我说着站起身来,然后,好像刚想起来似的,问道,"验尸报告里还有什么不寻常的地方吗?"

"对于我和验尸官来说,没有。"

"还有其他的事吗?"

"我想我们的谈话已经结束了。"

"得了,长官,我马上就要走啦。"

他又扫了一眼夹板。

"她晚饭吃了些什么,她阴道里有精液。"

我深深吸了口气,望着窗外阳光下碧蓝的湖面,远处绿色的小山和松林。接着掐了掐眼睛和鼻梁,戴上太阳镜。

"你是把注下在克莱特斯身上了。"我说。

"你在说什么?"

"不是他做的,他是性无能。在被谋杀前,她被人强奸了。"

他吸了一下牙齿,笑着轻轻地摇了摇头,然后打开报纸翻到体育版。

"你得原谅我,"他说,"这是我唯一能看报纸的时间。"

我从验尸官处得知,达莲娜的家人那天早上过来把尸体领走了,葬礼在第二天下午举行,在黑脚族保留区里。第二天是星期六,于是阿拉菲尔和我一起翻过山,来到保留地南端的德普耶。我从当地报纸上得知,葬礼下午两点在马利亚河上游的浸信会教堂举行。我们在一个满是油斑的加油站边上找到一家简陋的小餐馆,在里面吃了午饭。我没什么胃口,吃不下,当阿拉菲尔吃她那份汉堡的时候,我望着窗外尘土飞扬的马路。每个小酒吧的生意都很好。好几辆生锈的卡车和老爷车停在门口。一家人无精打采地坐在餐馆里。前一晚没睡好的人看上去焦躁而颓废。他们目光茫然,张着嘴巴,就像那些安静的、新孵出的小鸟一样。

我看见阿拉菲尔眯着眼看他们,好像她脑子里有一台摄像机,镜头盖突然打开了似的。

"你在看什么呢,小家伙?"

"那些是印第安人吗?"

"当然。"

"他们和我一样吗?"

"嗯,不完全一样,不过你也许是半个印第安人,一个来自特奇长沼的印第安卡真人。"我说。

"戴夫,他们说什么语言?"

"英语,和我们一样。"

"他们不会说西班牙话吗?"

"我想他们不会说。"

我看见她脸上划过一个问号,接着是个困惑的表情。

"你在想什么,小家伙?"我问。

"我在想我村里的人。他们坐在医院的前排座位上,就像那边那些人。"她看着饭馆里的一对老夫妇。女人很胖,穿着一双脏袜子和一双军鞋,膝盖大大地张开,你都能看到她裙子里面。"戴夫,这里没有士兵,是吧?"

"你要把这些想法从脑子里去掉,"我说,"这是个很好的地方,很安全。你要相信我对你说的话,阿拉菲尔。你村子里的事情不会在这里发生的。"

她把汉堡包放进盘子里，垂下眼睛，嘴角向下撇。刘海儿在她褐色的额头上直直地垂下来。

"但发生在安妮身上了。"她说。

我把目光从她身上挪开，感到自己吞了一口唾沫。天空布满了云，起风了，路上尘土飞扬，太阳就像挂在南边的一张黄色薄饼。

葬礼在一座木质教堂举行，木头上的白漆已经起泡，剥落成鳞屑。教堂里都是印第安人，他们梳着辫子，脸上饱经风霜，双手曾裸露在零度的气温下搬运木材。此外还有克莱特斯和迪克西·李，他们坐在棺材旁边的前排长椅上。棺材用黑色金属制成，白色丝绸镶边，加了衬垫，安装了闪闪发亮的黄铜把手。她的黑发落在丝绸上，脸上擦了胭脂，嘴唇仿佛刚喝过一杯冷水，红艳艳的。她穿着一件鹿皮衬衫，戴着珠子项链，上面镶着一只飞翔的紫色玻璃小鸟，小鸟正静静地停在她胸前。棺材只有一半是敞着的，看不到她的手臂。

克莱特斯脸上的皮肤发亮，紧绷在骨头上。他就像块裹在蓝色西装里的煮火腿。我看见他的香烟紧紧地绷在衬衫口袋里，粗大的手腕从外套袖子里露出来，领口松松地解开，挂着领带，尼龙枪套的带子在后背上显出一道坚硬的线条。他两眼冒光，像正盯着火焰。

我没听到、或者根本没听神父说了些什么，神父是个消瘦而忧虑的男人，他读着《旧约全书》中的片断，尽自己所能说着安慰的话。外面下起了雨，雨水敲打着屋顶和窗户，扫过整片土地河流，这大雨准确地表达了我内心的感受。

我做了一次特殊的祈祷。我有时候会这样祷告，这也许有些自私，但我相信上帝不会像我们一样受时间和空间的限制，我相信即使事情已经发生了，上帝还是有办法改变过去。所以，当我独自一人的时候，尤其是在晚上，在黑暗中，我会想着那些垂死的人在临终时体会到的难以忍受的痛苦。我请求上帝解除他们的痛苦，在精神和肉体上陪伴他们，麻木他们的知觉，在他们最后的时刻，熄灭灼烧他们的火焰。我现在正在做这样的祈祷，为达莲娜，也为我的妻子安妮。

墓地离河床不远，围在水泥柱子之间的铁丝网中间，历经风吹日晒，长满杂草。马利亚盆地是个奇怪的地方，悬崖和河里的层层沟渠仿佛是用一把刮刀切出来的，黏土和泥沙一层层均匀地堆叠起来。它的颜色也很奇怪，盆地远处，风蚀的崖壁是灰黄色的，带着铁锈一样烧焦的橙色条纹。主河道里棕色的河水涨得很高，上面漂着光秃秃的柏树枝。天空乌云密布，在细雨中，整个乡村仿佛被有毒的工业废料污染过。这就是达莲娜对我说过的地方：一八七〇年贝克大屠杀的地点。那天下午，除了墓地栏杆边上一株孤零零的山茱萸开了花，似乎春天从没到过这片土地。这个地方像月球一样，天生如此，无法改变。它就像一个地理纪念馆，向我们展示着最惨痛的画面。

我看着人们把达莲娜的棺材放进刚挖好的墓穴里，堆在墓碑旁边的橙灰色泥土被雨水淋得湿滑不已。周围的墓碑旁散落着果冻壳和杂货铺里买来的花瓶，里面插着的野花已经枯死。一个士兵的墓碑旁倒着一面小小的美国国旗，上面沾着泥巴。一个五六岁小女孩的照片装在塑料框里，用一根铁丝绑在石碑上。墓地一侧的斜坡上，一根长长的黑色塑料管从一辆家用拖车里一直扯到河边。管子的一个接口裂开了，一股黄黑色的废水从里面漏出来，流到了墓地的一侧。

我走回卡车,车门开着,阿拉菲尔在座位上睡觉。我凝视着这片湿地。远处大雨倾盆,打在低矮的灰绿色小山和山上几棵细细的小树上。过了一会儿,我听到汽车和卡车沿着土路离开了,挡泥板下的石头咔咔作响。周围安静下来,只有两个挖墓人在达莲娜棺材上铲土的声音。奇怪的事情发生了,风吹过田野,吹平了小草,吹皱了路面上的一摊雨水。风越吹越猛,出乎意料地猛烈,我得张开嘴才能听得清楚。一片云从太阳下挪走,霎时间,一片亮光驱走阴霾,洒在一层层的河流盆地上。就在这时,大风吹走了墓地栏杆边山茱萸的紫色小花,花瓣吹过河面,像一只被撕成碎片的小鸟。

接着,一切都结束了。天空再次变得灰暗,风停了,野草直直地挺立在田野上。

我听到有人站在我身后。

"看起来就像世界末日,是不是?"迪克西·李说。他穿着一件灰西装,紫红色的衬衫上钉着珍珠纽扣。"或是耶稣要结束这个世界时的样子。"

我看见克莱特斯站在迪克西的粉红色敞篷车后面,等着他。

"谁花钱买的棺材?"我说。

"克莱特斯。"

"是谁杀的,迪克西?"

"我不知道。"

"萨利·迪欧?"

"我不相信他会这么做。"

"别跟我来这套。"

"见鬼,我不知道。"他看了看阿拉菲尔,她正在睡觉,屁股露在外面,"对不起……但我真的不知道。我什么都不敢确定。"

我看着河岸，河水中央的深色水波打着旋，远处立着布满黄斑的崖壁。

"站在这儿想问题没什么用，"他说，"和我们一起回去吧，我们会在林肯镇停下，吃点儿东西。"

"我一会儿再去。"

他点了一支烟，啪地合上打火机，装进口袋。我能闻见身后飘来的烟味。

"和我一起到那边去，我不想吵醒这个小女孩。"他说。

"什么事，迪克西？"我暴躁地说。

"有人说生活就像个婊子，你还不如死了。我不知道这句话对不对，但你已经开始这么想了，你不该这么想。你要远离这种想法，老兄。瞧，你和她发生了关系，我什么事都能理解，我知道你的感受。"

"你今天很清醒。"

"我这几天喝得比较少，我有自己的一套程序。你们每天都很清醒，而我每天都醉醺醺的。和我们一起走吧，让我从克莱特斯那儿喘口气。那个狗娘养的快把我逼疯了，我就像挨着一个快碰到烟头的气球。我告诉你，他要是抓到凶手，那个家伙就省得进监狱了。"

我跟在他们后面朝大分水岭驶去，穿过绿色的平原，驶进山里，向上沿着闪着水光的公路进入茂密的松林，峡谷笼罩着蓝色的阴影，在远处的河床里，白色的水流冲刷着石头，林间飘着一条条长长的云。林肯镇很冷，雾很浓，在黄昏中泛着紫光，空气中传来一股伐木和烧木头的气味，混合着烹调食物的香味和餐馆停车场里大卡车排出的尾气。克莱特斯和迪克西在靠近小餐馆的马路边停下来，回头看我。我换到二档，加速驶过红绿灯，继续向前穿过小镇。阿拉菲尔在仪表盘的亮光中看着我,她那侧的窗户开了一半,头发和脸上有几滴水。

"我们不停下来吗?"她说。

"到山的那一边,我给你买个牛肉汉堡怎么样?"

"他们想让你和他们一起停下,对吧?"

"那些人想要很多东西,不过就像有人对我说的,我就是不想去那儿。"

"有时候你真让人摸不着头脑,戴夫。"

"我得去和你老师谈谈了。"我说。

周一早上,我打算给我的律师打电话,但之后决定不再浪费电话费,也不想听到更多令人沮丧的消息了。如果他争取到了诉讼延期,他早就打给我了,除此之外,他说的一切都无关紧要。我步行送阿拉菲尔去学校,然后在厨房吃了一碗谷物麦片,开始思考能有什么合理的计划,把哈瑞·玛珀斯和萨利·迪欧送进监狱。整个星期天我都在思考这件事,但很快就发现无计可施,我永远也没办法找到那两个死掉的印第安人,更无法证明他们是被哈瑞·玛珀斯和达尔顿·魏德林杀死的。我很奇怪,当初怎么会认为自己能单枪匹马解决我的法律问题。我已经不是警察了,我没有权利也没有办法得到警方的信息,没有搜查令、逮捕令或审问权。很多电影把只身调查的人刻画成一个侠客,对于警察局里的笨蛋无法调查的案子,他们都能查出凶手。但现实生活中,独自调查的人往往是退役的运动员、酒吧的保镖,以及被解雇或辞职的警察,如果要让他们像公务员一样工作,他们宁愿把手剁下来。他们的执照赋予他们的合法权利就像邮递员的一样多。

我可以回到大分水岭东侧,在县法院里查找关于石油租赁的信息,说不定能把迪欧、哈瑞·玛珀斯、明星勘探公司以及印第安人联系起来,但即使他们真的有联系,对我在路易斯安那的谋杀案又有什么帮助呢?是谁杀了达莲娜,为什么要杀她?我的思绪就像一团乱麻。

但我的思绪很快被打断了,因为听到有人在我家和邻居家之间走动。我从桌边站起来,在卧室门边朝纱窗外望去。树荫下有一个健壮的金发男子,戴着一顶黄色安全帽,穿着无袖棉衬衫,身上挂着一个工具袋,朝后院走去,消失在小树丛里。我快步走到后门,看见他正站在太阳下的草坪中间双手叉腰,抬头望着电话线杆。他的二头肌很大,被太阳晒得发红。

"需要我帮忙吗?"我说。

"我是电话公司的,线路有点儿问题。"

我点点头,没有回答。他继续抬头盯着电线杆,然后又回头扫了我一眼。

"今天早上你打电话了吗?"他说。

"没有。"

"电话有没有响一声就断了?"

"没有。"

"哦,那没什么大问题。我得爬到电线杆上去,也许过会儿要用一下你的电话,不过我们会把它修好的。"他朝我笑笑,转身走进车库后面的巷子,我看不到他了。

我走进过道,拿起电话,听了听拨号音,然后打电话给接线员,对方接听后,我便挂了电话。我又看了看后门,没看到那个修理工,我回到餐桌旁坐下,继续吃早饭。

这个男人让我有些不安,但我不知道为什么。我想也许是我迷糊了,或是因为希望那个杀手最终能来找我。不,不对,这场面有点儿不对劲,少了点儿什么,或是哪里不对劲儿。我来到屋子前面的马路上,在离我家四幢房子的地方,一个戴着布帽子、胸前挂着两个帆布口袋的小个子男人正往各家门上塞传单。他的袋子很重,里面满满的,T恤上都是汗。

我回到厨房,又听到有人在房子之间走动。我从纱门望出去,后院里没人,也看不见那个修理工。两只鸽子落在电话线上,我抬头瞥了一眼电线杆,最低的铁爬钉安装在距离地面十五英尺的木头上,这样小孩子就无法爬到柱子上了。

就是这个,我想。他靴子和脚踝上没绑任何攀爬工具,也没有系安全带。我回到走廊,拿起电话听筒,里面没有声音了。

我从床头柜抽屉里拿出点四五手枪,握在手里,手枪冰冷而沉重。我向后拉开枪栓,在枪膛内滑入一颗子弹,重新调整了击铁。外面很安静,卧室窗户边的树丛在纱窗上投下浓浓的阴影。我走到前门,那个发传单的人正往台阶上走。我把点四五手枪塞到裤子后面,走了出去。

"听着,你到路口那个小杂货店去,打电话给接线员,让他报警。"我说,"你就说'佛朗特大街七七八号,有人正在作案。'你能为我做这件事,是吗,老兄?"

"什么?"他是个中年人,硬邦邦的稻草色头发从帽子边上戳出来,清澈的蓝眼睛看起来像个孩子。

"我碰到麻烦了,需要帮助。警察来了之后,我给你五美元。听着,就告诉接线员,这儿需要警察,然后告诉他这个门牌号——"

我指了指纱门上的号码,接着拿出小刀,把嵌在木头上的数字撬下来,递给他,"你只要对着电话说这个号码就行了,佛朗特大街七七八号,然后说'很紧急',好吗,老兄?"

"发生什么事了?"他看上去既困惑又害怕。

"我等会儿再告诉你。"

"只要拨一下〇?"一滴汗水从他的帽子里淌下来。

"是的。"

他转身离开门廊,沉重的帆布袋子摇晃着。

"把你的包放在这儿,好吗?"我说。

"好,当然,我一会儿带警察一起过来。"

他朝大街走去,手里拿着铁制门牌。我看着他走进路口那家黄色砖头盖起的小杂货铺。我绕到房子侧面,穿过灌木丛和树荫走向后院。在这里能看见家里的电话箱,一部分被浴室窗户下的树篱遮住,我确信里面的电话线已经被切断了。紧接着,我看见那个修理工穿过草地,往我家后门走去。

我迅速走到房子边上,右手握着点四五手枪。握着那滑溜溜的金属,手心里都是汗。凉爽的风从房子中间吹过来,空气里夹着泥土和老砖块的气味。修理工把黄色的安全帽往额头上推了推,手放在工具袋的皮口袋上,开始敲我的纱门。是时候了,狗娘养的,我想着。我竖起点四五手枪,走进院子,双手握枪指着他。

"站在那儿不许动!把手放在头上,跪下!"我吼道。

"什么?"他吓得脸色发白,表情不可思议地盯着我手里的枪。

"照我说的做!现在!"

他的右手在工具袋上发抖。

"你离另一个世界只有一步之遥,朋友。"我说。

"好吧，老兄。这到底是怎么回事？好吧！好吧！我没和你争。"他跪在木头台阶上，手抱在脖子后面，安全帽滑下来，遮住了他的眼睛。他粗壮的胳膊被阳光晒得发红。我看见他胸口的肌肉绷得泛白。他大声喘着气。

"你把我和别人搞混了。"他说。

"你的卡车在哪儿？"

"在街那头，在那该死的巷子里。"

"你不敢把车停在大街上。用你的左手解开工具包皮带，让它掉下来，再把手放到脑袋后面。"

"听着，打电话给我的公司，你认错人了。"

"把带子解开。"

他把搭扣解开，袋子重重地掉在台阶上。我把里面的工具抖落在水泥台子上——钳子、刀片和飞利浦牌的螺丝起子、剪钳、一个带小软木塞的碎冰锥。我把碎冰锥拿到他眼前。

"你想解释一下这个东西吗？"我说。

"黄蜂有时候会在电话箱里筑巢，我用这个清理箱子角落。"

"把你的钱包扔到后面。"

他的手伸到后面口袋里，拉出钱包，丢在地上。我用枪顶着他的后背，蹲下身捡起钱包，把里面的东西都抖到草地上。他脖子后面红红的，看起来被晒得很热，衬衫上布满了汗渍。我拨动着脚边的钱币、身份证、照片和纸片，感觉越来越不安。一张蒙大拿驾照，上面有他的照片，一张写着相同名字的社会保险卡，一份当地运动协会会员卡，两张参加美国西部通信公司雇员舞会的门票。

我舒了一口气。

"你说你的卡车在哪儿？"我问。

"在巷子里。"

"带我去看看，"我站起身来说，"不，你走在我前面。"

他照我说的走在前面，这时我已松开了手枪的击锤，把枪垂在身侧。我们走过车库，来到巷子里，电话公司的卡车停在一间工具房旁边，巷子尽头的枫树树荫下。我把手枪插进裤子后袋。他的脸气得发青，拳头合上又张开。

"对不起。"我说。

"对不起？你这浑蛋，我真该把你的牙都打掉。"

"你的确可以这么做。也许你不明白是怎么回事，但有人想要对我，或许还有一个小女孩下毒手。我以为你就是那个人。"

"是吗？那么你应该叫警察。告诉你，老兄，我真想撕烂你的屁股。"

"我不怪你。"

"这就是你要说的？你不怪我？"

"你想听听枪声吗？"

他眼睛里闪过紧张，过了一会儿，他用手指着我。

"你可以打电话让警察来处理这事，他们会来的，我保证。"然后他走回台阶，把工具放回袋子里，收拾好钱包。他穿过草地往卡车那里走去，没有看我一眼。我感到自己的脸在风中发胀，皮肤紧绷。

两个便衣警察十分钟后到了。我并不想解释自己和萨利·迪欧的矛盾，只告诉他们我以前是个警察，有个缉毒局的人对我说，有人想来杀我。他们可以给大瀑布城的丹·尼古斯基打电话以证实我说的话，我还说自己刚才犯了一个大错，我很抱歉。他们很生气，甚至有点儿鄙视我，但是电话修理工没有起诉我，他只是打电话报告了一下。我知道事情不会闹大，我要做的就是避免激怒他们。

"刚才我的确不够聪明，我很抱歉。"我说。

"枪在哪儿？"年纪大一些的警察说。他块头很大，秃顶，戴着一副飞行员的太阳镜。

"在屋子里。"

"我希望你把枪留在那里，我还建议，如果下次你觉得有人要伤害你，就给我们打电话。"

"好的，长官，我会的。实际上我的确这么做了。难道那个发传单的人没有给你们打电话吗？"

"什么人？"

"有个往各家门口放传单的人。我认为电话线被切断了，就让他去小杂货店打电话报警。"我意识到自己又回到这个话题上了，我不该再提的。

"我不知道这件事。相信我，我希望不会再听到关于这个地址的什么报告。这一点我们已经说得很明白了，对吧？"

"是的，长官，你说得很明白了。"

他们离开了，我想重新安排今天上午的事。警车停到我家前院的时候，一些邻居出门到走廊上观望。我不想遮遮掩掩地躲在家里，所以穿上运动短裤和旧帆布鞋，在房前的花床上拔草。太阳暖暖地照着我的后背，黑麦草丛中的三叶草上满是小蜜蜂，河边的柳树在风中低低地摆动。几分钟后，一个男人的影子遮住了我的脸和肩膀。

"电话坏了，我不得不跑到主干道上去。"那双帽子下面的蓝色眸子看着我。

"哦,好,你怎么样?"我说,"瞧瞧,让你跑那么多路,真是对不起,这次是个误会。"

"我在街角看见警察走了,于是就喝了一瓶汽水。一切都好吧?"

"是的,我欠你五美元,对吧?"

"这可是你说的。不过你不用给我,我只走了三条街就找到了电话。"

"讲好了就要给,进来坐,我去拿钱包。"

我打开纱门,走在他前面。他用胳膊肘抵住纱门,跟着我进了门。

"我能喝杯水吗?"他问。

"当然。"

我们走进厨房,我从橱柜里拿出玻璃杯。这时,我看见他两手伸进裤子后面的口袋,冲我笑着。我往杯子里倒水,心想那个微笑很像复活节彩蛋上的嘴唇。我转过身,就在这时,他举起短棒,朝我的前额打下去,脸上依然带着微笑。这根扁平的短棒顶端是铅,我感到它敲进了我的骨头,扫过我的眼睛和鼻子,我跌入一个红黑色的地底世界,玻璃杯在身边慢慢滚动。

我醒了,仿佛从一个黑暗潮湿的气泡升入了光明之中,但胳膊被铐在脑后。我无法呼吸或是喊叫,正溺在水中。水从上方冲刷着我的脸,流过我的鼻孔,漫过粘在我嘴上的胶带。我觉得恶心,感到窒息,挣扎着想往肺里吸点儿空气,手腕上的手铐卡进我肉里,铁链在水池下的排水管上咣咣地响。接着,我看到那个发传单的人蹲在我旁边,手里拿着一个空冰茶罐,脸上带着好奇的表情,似乎正看着动物园里的一个动物,天蓝色的眸子里闪着一丝丝白色的光。他卷起一沓厚纸巾,把我的脸擦干,像眼科医生一样撑开我的眼睛。他脚边放着装传单的口袋。

"你很好,放松点儿,我会给你解释这场表演的。"他说着,从包里拿出一个傻瓜相机,对准我的脸和上身,斜起嘴角、眯着眼瞄准镜头,在我眼前闪了两次闪光灯。我左右摆动着头,他把相机放回包里。

"我去尿个尿,一会儿就回来。"他说。

我听见他在马桶里小便,冲了水,又走回厨房,跪在我身边。

"那个人要杀死你之前和之后的照片,"他说,"所以我拍了照片。他是付钱的人,对吧?但这不表示我什么都得按他说的去做,这是我的表演。哦,这是我们俩的表演。我想你不是个坏人,只不过,你惹错了人。所以我会让你死得很舒服。"

他盯着我的脸,眼神空洞,像一道光,清澈而不带任何意义。

"你不明白,是吧?"他问,"瞧,你让那家伙暴跳如雷,你让他在其他人面前像坨狗屎,你不停地骚扰他,在他面前耍酷,让他没法再玩摇滚了,他恨你恨得寝食难安。"

他的眼神很平静,几乎是善良的,好像这番解释就连最迟钝的人也能接受。

"你挺结实的,是吧?"他说,"看,你本来应该被碎尸的,把你的肺和鸡巴塞在嘴里。但我说去他妈的,至少在你死之前不能这么做。我不需要别人教我怎么工作,嘿,你也许现在不怎么舒服,但还有比这更糟的,相信我。"

他左手平放在我胸口,简直像是在抚慰我,像个情人一样在感受我的心跳。他把右手伸到后面的帆布口袋里。那把刀是海军陆战队 K 形棍的仿制品,带不锈钢刀片,顶上有锯齿,黑色铝把手,尾端插着一个泡沫状罗盘。我想起曾在《皮卡云时报》杂志上见过这种刀的广告,价格是六美元。

后门关着,黄色油毡地板在窗外射进来的阳光下闪着光,水从我头发上流下来,浸透了衬衫,皮肤上像有蚂蚁在爬,我的呼吸声就像往沙子里吹气。他的手顺着胸骨往下,摸到我的肚子,再到腰,他把重心挪到膝盖上,右手握着刀,眼睛慢慢扫过我的脸。我用力摇着水管上的手铐链子,想从他身边扭开,像个孩子那样将膝盖猛抬到肚子前面,我的声音闷在喉咙里。

他把手从我身上拿开,耐心地看着我。

"得了,朋友,就信我这一次。"他说。

一个人影闪过后门的玻璃窗户,接着,门把手拧开了,克莱斯特冲进门来,就像正冲破一只水桶。门朝着墙壁甩过来,撞倒了地毯上的一把椅子,他的点三八手枪正对着发单员的脸。他看起来很可笑,穿着破旧的红白相间的短裤、T恤衫、蓝色风衣,戴着一顶压扁的帽子,光脚穿着平底鞋,尼龙肩挎式枪套拧着遮住了他的一个乳头。

"你在干什么,查理?"由于猜到了发生的一切,他显得很兴奋,"把刀扔掉,否则我把你脑袋打开花。"

发单员空洞的蓝眼睛没有丝毫变化,眼中白色的光透露的感觉,就像有些美妙的承诺即将兑现。他把刀放在地上,笑了笑,舒服地单膝跪着,右手撑在大腿上。

"查理差点儿从我手里溜掉,"克莱特斯说,"萨利告诉我,他拿了佣金返回密苏拉,已经登上昨晚的飞机。好在查理在湖上有秘密住处,他情人告诉我,她今晚会在机场与查理碰头。我觉得你很专业，查理，在你工作时，你的棒子应该一直放在裤子口袋里。翻过身趴下，把手放在脖子后面。"

克莱特斯跪在查理后给他搜身，拍了拍他的口袋，在大腿内侧摸了摸。

"手铐的钥匙在哪儿？"克莱特斯说。

发单员的脸冲着我，贴在地上，眼睛闪闪发亮。

"嘿，你耳朵有毛病吗？"克莱特斯说着用鞋尖踢了踢他的肋骨。

发单员还是一言不发。他喘着粗气，呼吸时张着嘴，像一条离开水的鱼。克莱特斯又踢了踢他，这一次，他的眼睛看向厨房的桌子。克莱斯特将刀子踢开，从桌子上拿起手铐钥匙。跪在我身边，打开了一个手腕上的手铐。我正准备站起来，他却猛地将解开的手铐铐在排水管上。

"对不起了，老兄，现在还不行。"他说，"把嘴上的胶布撕下来，放松一会儿，我们在这里和查理谈谈。"他从地上拿起帆布口袋，将里面的东西抖到地板上。在散落的传单里还有傻瓜照相机、一卷胶带和一只点二二左轮手枪，全都哗啦啦地落在地毯上。"萨利想往他的相册里加一些照片，是吗？看来我们还拿到了一支马格南子弹的手枪。戴夫，我们面前这个人，是个真正的、典型美国式的精神病患者。我一位维加斯警察局的朋友帮我弄到了查理的资料。"

我现在才把胶布从嘴上撕开，在水槽下面尽力坐起身，捏了捏嘴巴周围的皮肤，麻木、毫无知觉。我感到发际到额头之间肿起一个包。

"你在干什么，克莱特斯？"我的声音听起来很奇怪，不像是从自己嘴里说出来的。

"来见见查理·托德斯，维加斯那边说，查理和他们已知的五起财团谋杀案有关,也许他还在昆廷杀了一个人,在那人自家院子里把他干掉了。但最轰动的一次,是他谋杀了一位联邦政府目击证人,那人十四岁的女儿当时碰巧路过,查理将她也干掉了。"

"把钥匙给我。"我说。

"放松点儿,戴夫。"他已经把点二二手枪放进了短裤口袋,向地板上的人倾下身去。

"打电话给警察,克莱特斯。"

他站起来,像看疯子一样看着我。

"你以为我们俩能把这家伙扔进监狱?你没毛病吧?"他说,"即使那些乡巴佬愿意起诉,三小时后,他也会被保释出去。就算你能成功地把他交给警察局,他也会在五点钟的新闻播出之前回来对付你。我再告诉你一些事,戴夫,殡仪馆的人告诉我,达莲娜紧闭的眼睛里含着泪水,没法擦掉。你知道她死之前都经历了什么吗?"

他的下巴缩起来,脸上的皮肤紧绷,眉毛到鼻子上那条伤疤变红了。他朝地上那人的肚子重重踢了一脚,又一脚,弯下身用点三八手枪的枪筒抽了一下男人的后脑勺。他体内似乎冒出了一股无法平息的怒火,骂了句"杂种",把手枪放进短裤的大口袋,抓着那人的皮带把他拎起来,像在拎一堆布和棍子。他把查理往墙上一扔,抡起巨大的拳头,朝他的脸挥去。

接着,克莱特斯捏住那人的喉咙一拳接一拳地打,直到打得指关节发亮发红。那个男人翻了白眼,嘴角流出一丝带血的口水。

"看在上帝分上,住手,克莱特斯!"我说,"这家伙是我们所有的线索。动动脑子,老兄。"

"胡扯,查理可没那么弱不禁风,我们这位朋友是个诡计多端的家伙。"他说着握住那人的后颈,推着他穿过屋子,将他的头猛地撞到炉子侧面。查理眼睛上面的皮肤裂开了。克莱特斯把他扔到地板上,那人双眼翻白,稻草色的头发上满是汗水。

克莱特斯把他的手腕伸到我面前。

"摸摸我的脉搏,"他说,"我很好,我他妈的把自己的情绪控制得很好,我做得并不过分。我很平静,我今天早上救了你这个该死的浑蛋,你能不能感谢我一下?"

"把我的手铐打开,克莱特斯,否则我死也不会感激你,我发誓。"

"你永远不会改变,戴夫,你无可救药了。"

克莱特斯从地板上捡起胶带和小刀,跪在那个昏过去的男人身边。他撕下一条十英寸长的胶带,用刀切成几条,贴在男人嘴上。然后将他的手臂拉到身后,将两只手腕分别绑上,再把双手牢牢地捆在一起。他又切了一些胶带,那把刀被磨得像理发刀一样锋利。他把那个男人的脚踝也捆上了。

"我不知道你想干什么,但我觉得那不是个好主意。"我说。

"我不像某个人,我没在路易斯安那官司缠身,没被人铐在水管上,脑袋上也没被人打出一个包。也许我偶尔会做对那么一两次,除了感激,你最好试着谦虚点儿。"

他走到房子前面,我听到他在推家具,一把椅子或是桌子被推倒了。过了一会儿,他拖着我客厅的地毯回到厨房,满脸通红,汗水从帽子边上流下来。他脱掉风衣,用它擦了擦流到眼睛上的汗,浅灰蓝色的袖子上沾着斑斑血迹。

"抱歉,把你家弄得乱七八糟,但愿税务局能替你报销。"他说。

他把毯子踢平,把那个男人卷起来。

"克莱特斯,我们可以用这人对付迪欧。"

但他没在听,他一边干活,一边喘着粗气,眼睛里有泪。

"你好不容易才摆脱了新奥尔良那起谋杀案,还想再惹一起吗?"

他还是没有回答。他走出后门,我听到他的吉普车倒着压过草坪,开到台阶前。克莱特斯回到厨房,把纱门上的弹簧拿掉,抬起毯子把查理拖到吉普车边,然后又回到厨房,脸上沾满汗水和毯子上的灰,宽阔的胸膛上下起伏地喘着气。他往嘴里塞了一支香烟,用火柴点燃,将烧过的火柴从纱门里弹出去。

"你有钢锯吗?"他说。

"在我的工具箱里,驾驶座后面。"

他走出门,我听见他在我卡车里翻腾,接着走上木台阶,手里提着锯子。

"你大概十五分钟能锯开这条铁链,"他说,"到时候如果想打电话给警察,问问你自己,他们对你的话能信多少。再问问你自己,你想在外面那个狗屎一样的家伙身上找多少麻烦。"

"你打算把他怎么办?"

"这要看他了。你真的关心这个杀了一个十四岁女孩的家伙吗?这家伙天生就不正常。"他拉过一把椅子坐下,朝我斜过身,吸了一口烟,同时努力吸了一口气,"你真是这么想的吗?你和我一样,明明知道真实的世界是个什么模样,但经常表现得好像根本不明白似的。这让你在我这种人面前很有优越感。你那些戒酒互助会的人怎么称呼这个来着——'一醉解千愁'?"

"不是那样的,克莱特斯。"

"在第一区的时候,你看到我把那些人打得变形,为什么还愿意和我搭档?"他朝我笑起来,"也许是因为我会做那些你很想做的事。仅仅是也许,想想吧。"

"别杀了他。"

"嘿，我要上路了，我走之前，你还需要什么吗？一杯水什么的？"他把钢锯递给我。

"如果你能改变想法，永远来得及。"

"你说的是真理，戴夫。我在想，外面那个查理在对某人下手之前，会不会也这么想。老兄，那可真他妈的高贵，我会记住的。"

他将弹簧挂在纱门上，推门试了几次，看着我，说："在你锯断链子之后，手铐的钥匙就在桌子上。你要是真想弄垮萨利和那些陷害你的人渣，最好现实一点儿。一个小时之后，查理是死是活就有结果了。你如果想知道，六点钟打电话到东门度假村的大堂找我。"

他离开了。

第九章

　　我在一块干净的洗碗巾里包了冰块，在水槽边用一根擀面杖把冰敲碎，躺在客厅沙发上，把冰袋敷在头上。今天上午，我充分证明了自己是个多么英勇的前警察。我成功地驱逐、恐吓并惹怒了一个无辜的电话修理工，警察刚走，我就把一个职业杀手请进屋里，在伸手可以拿到一支点四五手枪、一支双筒十二口径霰弹猎枪和橱柜架子下的点三八左轮手枪的情况下，毫无防备地背对着他，挨了一棒子，还被铐在一根排水管上。我不愿去想接下来的事：他潮湿的手滑过我发抖的腹肌，眼中没有一丝道德的亮光，持刀在我胸腔上比画时，脸上出现了呆呆的、近乎麻木的光芒。

　　我在新奥尔良见过这种人的手段，他们给罪犯提供了永生难忘的实物教学案例：一位大陪审团的目击证人被电线勒死；一个妓女全身被浇上汽油，烧成一个火球；一个给朋友戴绿帽子的黑帮成员被人割掉阴茎，并塞进嘴里。这些下毒手的人令人战栗。我听过各种各样的对于这类罪行和邪恶天性的解释，我个人的感觉是，他们就是彻头彻尾的恶魔。那些妓女、小混混、开支票、买卖赃物和洗钱的人，还有城里那帮蠢笨的家伙，其实都有家庭和正当工作，最终都会不留痕迹地隐入正常人的生活。但查理·托德斯这种人另当别论。我想，你周围像他这样的人应该不多，但也足以让我们意识到，并非每个人都是正常人。那些把他们关进最高安全防卫的一级禁闭区、连在监狱里走几步都要给他们戴上手铐和脚镣的狱警，远比我们普通人更了解这些罪犯。

我决定不打电话报警，不告诉警察查理·托德斯的来访。正如克莱特斯说的，他们对我的话愿意相信多少，尤其是在我刚驱赶了一个电话修理工之后？我也厌倦了向警察证明自己的清白，有时候，和命运作对没什么好处。也许克莱特斯和托德斯已经命有定数了。

洗碗巾里的冰块融化了，我从沙发上站起来，开始打扫厨房。我的前额由于肿胀和冰敷，感觉麻木紧绷。我用湿布把查理的血从墙上、炉子上和油毡上清理掉，又用清洁剂和外用酒精清洗了这些地方，把毛巾、小刀、他的布帽子和锯断的手铐，都放进装传单的布口袋，卷成一卷，一股脑儿扔到地下室的楼梯下面。

我冲了个澡，在卧室小睡一会儿。微风吹拂着窗外的灌木，凉凉地吹过被单。梦中，我看到安妮在拉斐特湿地雾气蒙蒙的黎明中，坐在我父亲船屋的栏杆上。船屋已经很旧了，没有涂漆，布满一条条水渍。一团水汽从柳树和柏树丛里翻涌而出，低低地悬在平静的水面上。她一头金发，小麦色的肌肤，薄雾中，双唇红艳艳的。但她没和我说话，而是微笑着看向我父亲。我父亲正在船外等着我，这时我意识到，我只有十五岁，我得帮他拉起捕蟹网，网上钩着鲶鱼头，是我们前一晚绑好的。当太阳将水面上的迷雾驱进树丛，我们在饵钩上填满螃蟹，收起昨天早上用砖压好、用塑料罐做浮标的圆锥状渔网。我们一直忙到中午，把巨大的鲶鱼和水牛鱼倒进船底，我们的后背在烈日下晒得发烫，汗水一道道往下流。我父亲卷曲凌乱的头发像黑色电线，双手像煎锅一样大，牙齿雪白坚固，笑容真诚，充满欢乐。他的肩膀和胳膊很强壮，肌肉隆起，可以在舞池中央与三个人对打,从各个方向接招,而不必低身躲闪。在输油管工地和油田里,人们满怀尊敬和感情地称他为大个子阿尔·罗比乔克斯,在对待一个拥有最优秀的品质的人时,劳动人民就会这样。我在船舷上倾斜着身体,抓住一个漂浮的塑料罐,就快将渔网拉上水面。但是网像石头一样沉,木制箍圈被淤泥塞住了,渔网也被撕破了,无论我怎样努力,也无法将第一个木箍圈抬出水面。

父亲关掉引擎,爬到船头,这样就能压低重心,不会把船弄翻,他用粗壮的胳膊猛地将网拉上来,直到能看见黄色的水面下那条捉到的颌针鱼。

"儿子你看。"他三天没刮胡子了,头发和胡子上滴着水珠。

颌针鱼一定有五英尺长,它的鳍、尾巴、盔甲般的鳞和长长的嘴陷入了网眼,我们无法将它从一连串箍圈中弄出来。父亲拉起用来定位渔网的砖头,砍断绳子丢进船底。接着,他在船后慢慢拖着网,回到我们大船停靠的柳树丛树荫下。

我们把颌针鱼从坏掉的网中抖到岸上,它抽动着呼吸空气,鳃上沾满沙子。它的牙齿可以像剃刀一样将鲈鱼一切两半。父亲站在它身后,用一块砖头砸了一下鱼头,用一把剥皮小刀刺进鱼头和壳之间的柔软部位,双手握着刀向下扎,直扎到刀穿透了鱼的喉咙,扎入沙地,血水从颌针鱼的嘴和鳃中滚滚涌出。颌针鱼仍然扑腾着在刀下扭动,沙子被鱼鳍抽打到空中。父亲把它的头砸碎了,眼睛才突然变得毫无生气,像黑玻璃一样冰冷。然后,父亲将刀直直地划过鱼的背鳍,黑绿色的鳞噼噼啪啪裂开了,声音像核桃壳破裂一样清脆,露出粉红色的鱼肉。

那时经济并不景气。颌针鱼不是经济鱼类,我们无法负担失去一个渔网的损失。但是父亲总是将事情朝好的方面想。

"我们不可能卖掉它,不。"他说,"但能做出很美味的颌针鱼球。敢跟阿尔多斯和戴夫作对,你会被油煎,被吃掉,你最好相信这一点,老兄。"

我们在一锅血水中把鱼清理干净,切成片。夜幕降临,蚊虫从阴暗处蜂拥而出,紫色的雨云汇集到地平线上,闪电在远处的海湾划过。

我们把鱼装进冰桶,这样明天一早就能拿到河下游的摩根城去卖。我爬到双层床上睡觉,风从河那头凉凉地吹过来,吹进窗户,我被一种家里不该有的气味弄醒了。那气味阴暗而浓郁,像粪便一样恶臭,还带有一股甜味。我们明明已经将鱼内脏、鱼头还有剥下来的鲶鱼皮都扔进水里了,也把甲板和所有的锅都洗干净了。我把枕头放在脸上,试图让自己睡沉,但恶臭像老鼠的呼吸一样,在我脸上萦绕。

在黎明的第一缕蓝光中,我来到甲板上,看见安妮在薄薄的雾气中依着栏杆,打扮得像一个卡真渔家女孩。她穿着退色牛仔裤和卡其色无袖衬衫,光脚穿着球鞋。到处都是那股气味,她指了指我父亲,他正在沙洲上等我,肩上扛着一把铁锹。

别害怕,和阿尔多斯一起去。她说。

这次我不想去。

你不用担心那些事,我们都爱你。

你要离开我了,是不是?

她的表情非常和善,目光在我脸上扫来扫去,像一个姐姐在看着弟弟。

我跟着父亲走进湿地,我们的球鞋溅起泥巴,潮湿的柳枝拂在我们脸上。早晨的太阳大大地挂在树丛边上,红色的阳光中,柏树看起来是黑色的。水面一片死寂，浮着一层绿色水藻。低低的树枝上盘着一些水蛇。气味越来越浓，我不得不捂着鼻子用嘴呼吸。我们向上走，走出泥沼，来到一片坚硬的沙洲，沙地一直延伸到草丛边。巨大的草皮被一艘船的螺旋桨掀开，露出一条鳄鱼的尸体，这是我所见过最大的鳄鱼。它死前拖着尾巴爬向树丛，尖利的脚印越来越浅。我看到一片开阔的水域，它也许就是在那里被某种商船或是钻探船的螺旋桨打中，然后爬上沙地，到了这个地方，死在这片高地上。美洲鹫和蛇啄了它的伤口。

"哦，真臭。"我父亲说着伸手驱赶面前的空气，"你来挖一个洞。"他把铁锹递给我，冲着我笑，就像有时候跟我开玩笑的表情一样，"你打算在哪里挖洞，你？"

我没明白他的意思，开始用铁铲尖在干燥的沙地上挖洞。

"你在做什么，亲爱的？你想像一个黑人那样工作吗？"他笑着问道。

我将铁锹踩进坚硬的沙地中，感到沙子摩擦着铁锹。他把铁锹从我手里拿走，走到沙洲里一个向下的斜坡上，从两片沼泽流进来的水在那里冲出一片小沟渠，父亲轻松地将铁锹插进深深的湿沙子，将沙子扬出来。在阳光下，他对我咧嘴笑着。

"你要在松软的地方挖，"他说，"难道你从你老子这里什么都没学到吗？"

我被窗外叽叽喳喳的鸟叫声吵醒了，下午觉睡得我头昏脑涨。我在浴室洗脸池里冲了冲脸，看着额头上那个紧绷的紫红色肿块。这个梦对我没有意义，只说明我思念父亲和安妮，惧怕死亡，以及愚蠢地试图对抗时间。

阿尔，你想告诉我什么？我想着，镜子中，水流冲刷着我的脸。

* * *

快三点的时候,我走到学校,在操场边等阿拉菲尔。几分钟之后,教学楼大门被猛地推开了,她和其他孩子一起穿过小垒球场跑过来。唐老鸭饭盒在她腿上叮当作响,松紧牛仔裤的膝盖脏兮兮的,脖子上有一圈汗和灰尘。

"你们这些孩子课间都干什么啦?在泥巴里摔跤吗?"我说。

"里根小姐教我们玩躲避球的游戏,很好玩。我在座位上被打中了,你玩过吗,戴夫?"

"当然。"

"你的头怎么了?"

"我在卡车上干活的时候撞的,不怎么漂亮,是吧?"

她好奇地看着我,然后把手放进我手里,拽着我的手臂荡秋千。

"我忘了告诉你,"她说,"里根小姐说,让我把这张纸条交给你,她说她会给你打电话。"

"为什么?"

"因为一个男人。"

"什么男人?"

"在学校院子里那个。"

我打开她从饭盒里拿出来的那张纸,上面写着:罗比乔克斯先生,我需要和你好好谈谈,下午请你给我家里打个电话——苔丝·里根。名字下面写着她的电话号码。

"你们说的是什么人,阿拉菲尔?"我说。人行道上,一群小孩从我们身边跑过。枫树间射下来的阳光在他们身上投下斑斓的图案。

"一个小朋友说他在学校角落的一辆汽车里。我没看见他。他们说他正拿个东西往这边张望,你管那东西叫什么,戴夫?你的卡车里也有一个。"

"野战望远镜?"

"他们说的是别的词。"

"双筒望远镜?"

"对啦。"她认出了这个词,仰脸朝我咧着嘴笑。

"他在看谁呢,阿拉菲尔?"

"不知道。"

"为什么里根小姐要和我谈这个?"

"不知道。"

"这个人是什么时候在那儿的?"

"课间休息的时候。"

"课间休息是几点?"

"一年级到三年级的小朋友十点半休息。"

"他就是那时出现的吗?"

"我不知道,戴夫。为什么你这么担心?"

我吸了一口气,放开她的手,用手掌抚摸着她的头。

"有时候有些陌生人,他们不是好人,会在学校附近或操场上纠缠小孩子。这样的人并不是很多,但你必须提防他们。不要和他们说话,别让他们给你任何东西,也别让他给你买任何东西。还有,不管他们说什么,千万不要跟他们去任何地方。永远不要到他们的车里去。你明白了吗,小家伙?"

"当然,戴夫。"

"那种人会告诉你,他是你爸爸的朋友,是爸爸让他来接你的,但如果他真的是我朋友,你应该认得他,对吧?"

"他们会伤害小朋友吗?"

"有些人会,有些人是很坏的坏蛋。"

疑惑和恐惧像阴影一样遮住了她的脸,她的喉咙吞咽着。我再次握住她的手。

"别害怕,小家伙,"我说,"我之前就和你说过,我们有时候要谨慎一点儿。里根小姐和所有小朋友都这么说,是吧?这没什么大不了的。"

但我的话没起作用,她的眼睛锁定在她记忆中我无法触及和消除的画面上。

"瞧,当我告诉你不要把手插进电风扇的时候,不表示你应该害怕电风扇,是吧?"我说。

"是的。"

"如果我告诉你,不要把手放进三脚架的嘴里,不表示你就该害怕三脚架,是吧?"

"是的。"她的眼睛微微眯起。

"如果克拉瑞斯不让得克斯在桌上吃早饭,这不表示她害怕马,对吧?"

她仰头朝我笑起来,在阳光下眯着眼。在枫树下,我让她在我胳膊上摇晃,但感觉胸口压着一块铁。

到家后,她倒了一杯牛奶,在厨房里切了一块饼当下午餐,然后把饭盒和热水瓶洗干净,开始收拾她的屋子。我把电话拿进浴室,这样她就听不到我和苔丝·里根的谈话了。

"下午在操场上的那个人是怎么回事?"我说。

"请你再说一遍?"

"你给我写了张纸条,阿拉菲尔告诉我,有个拿着望远镜的人。"

"我是指你的语气,你对电话那头的人总是这么不耐烦吗?"

"今天很不寻常,听着,里根小姐——苔丝——到底怎么回事?"

"课间的时候,我们让一些八年级的孩子照看低年级学生。杰森是其中一个负责照看的男孩,他说,一个男人把车停在街对面的树底下,那个人走到围栏那里,问阿拉菲尔·罗比乔克斯在哪儿,说自己是她父亲的朋友,要给她捎个信。我们告诉过所有孩子,不要和街上的人说话,而是将所有来访者指引到校长办公室。杰森让他到楼里去找路易斯修女。这个男人便指着小朋友们玩躲避球的地方说:'哦,她在那儿。'杰森说:'是的,不过你得去找路易斯修女。'这个男人说他没时间,不过他会过一会儿再来。他回到车里以后,孩子们说他拿着一个双筒望远镜往操场这边看。"

"他什么时候到那儿的?"

"应该是十一点。"

那就不可能是查理·托德斯,那时候他已经在我家里了。

"是什么样的车?"

"孩子们说是辆黄色的车。"

"那人长什么样?说话有口音吗?"

"杰森只说他很高,我没问他的口音。"

"那没什么,他有没有什么不同寻常的地方?比如嘴唇上有个伤疤?"

"孩子们通常记不住成年人的这些细节特征,在他们的世界里,成年人只是'大个子的人',他们要么喜欢,要么不喜欢。"

"我想和杰森谈谈。"

"那你要和路易斯修女预约,也许她会让杰森的家长把他带来,不过我对此很怀疑。除非你愿意告诉我们,这是怎么回事,并且打电话给警察局。因为我们正打算这么做。"

"那很好。但你必须先听我讲,听完之后请不要害怕。这个人不是专门骚扰儿童的那类人。他是想通过阿拉菲尔来找我。他可能在为维加斯或里诺的黑帮团伙工作。今天早上,我家里就来了这样一位。所以才说今天不同寻常。也许,他是个和石油公司有关的人,名叫玛珀斯,或是替玛珀斯工作的人。不管是哪种情况,当地警察都没有对付这类家伙的经验。"

"黑帮?"她说。

"没错。"

"你是说像《教父》里写的那种人?对上帝效忠的黑手党?"

"现实版的。"

"可你之前从没告诉过我这些?"

"说了也改变不了什么,只会吓着你。"

"我想我现在很生气。"

"听着,我不想毁了你的一天。是你问我事情真相,我告诉你了。我的话没有说明什么大问题。有些里诺人移居到平头湖一带了。只要这地方能在赌博、毒品或其他不法行当里赚到钱,那些黑帮就会来。"

她没有说话。

"听着,"我说,"如果那个人再来,请你尽量记住他的车牌号,然后打电话给警察,再打电话给我,好吗?"

"你打算怎么做?"她的声音干巴巴的,像烧烫的金属一样干燥。

"我打算教他别对学校的孩子那么感兴趣。"

"我会考虑一下你的话。同时,你可能要考虑一下,在和他人交往时更坦率一点儿,也许人们并不喜欢知道了这么多信息,却不被信任。"

电话挂上了。

我没法怪她，一个普通人听说有个黑帮分子竟然跑到孩子们的操场来，还能做出什么反应呢？但那人真的是迪欧的手下吗，还是查理·托德斯的搭档或后援？托德斯为什么需要后援？这个任务很简单，五千美元的刺杀对于托德斯这样的人来说就是小菜一碟，除非迪欧真的因为丢面子而气得发了疯，除了想让我死，还想要一个小孩子的命。

但估计他不会这么做。如果托德斯的任务也包括阿拉菲尔，他会等到下午三点以后，我们都在家的时候下手，或是周末。

那么只剩哈瑞·玛珀斯了。我在黑脚族保留地南边看到他时，他开着一辆黑色吉普斯塔旅行车，也许这辆黄色汽车里的人是和玛珀斯一起工作的，或是玛珀斯雇用的。为什么他又把矛头指向我了？难道是认为我快要发现什么了，或是即将对他不利？如果真是这样，那么他对我的信心比我自己的都多。

我打电话给小学校长路易斯修女，她刚准备离开办公室。她已经和苔丝·里根谈过了，和里根一样，她对我很生气，她说话的语气就像我小时候认识的那些修女，她们穿着锅炉一样的黑袍子，拿三角尺打你的指关节，还会用一百五十颗的念珠串打你。她告诉我，她已经给了警方一份报告，我也应该这么做，明天早上，有辆巡逻车会停在学校旁边。

"我还是想和那个小男孩谈谈，他叫什么，杰森？"我说。

"他已经把知道的都告诉我了，他是个害羞的孩子，不会注意成年人的特征。"

"他记不记得那个人有没有口音？"

"他只有十四岁，他不是个语言学家。"

"修女,明天有辆巡逻车在,那很好。但我们那位朋友在有警察在场的情况下是不会出现的。"

"这是重点,是吗?"

"但警察走了他可能会回来,那时候我们就能逮住他了。"

"这件事并不牵涉'我们',罗比乔克斯先生。"

"我知道。"

"很高兴你能明白,再见。"

十分钟里,我第二次被人挂了电话。

我带阿拉菲尔去公园玩,之后回家做晚饭,克莱特斯说我可以在六点钟打电话到东门度假村大堂找他。我不确定是否要打这个电话,无论他对查理·托德斯做了什么,都不会是好事。不过此时我自己官司缠身,阿拉菲尔和我的安全都受到威胁,这些事情似乎密不可分却又无法解决,我不知道自己怎么还有心思关心像托德斯这样邪恶的精神病,这种人根本没人在乎,除了迪欧,因为他预先支付了一半佣金。现在是五点半,还有五分钟我们就开饭了,这时,我听到一辆车在前门停了下来,有人走进门廊。

我还没顾得上透过纱门辨认来者是谁,就看见迪克西·李那辆被撞扁的粉色凯迪拉克敞篷车停在那里,两个轮胎紧挨着草坪边缘。顶篷掀开了,车后座上堆满了行李箱,有成箱的衣服和牛仔靴,撑在衣架上的西装挂在一根铁丝上。

他命运的突变,他的打算,他预想好的恳求话语,这些都是明摆着的,我没有开门。我甚至对自己缺乏同情心感到羞愧,但今天已经够糟了,我不希望迪克西·李再搅进来。他在绝望之下说的话特别动人,把一个醉鬼所有的原始能量都使了出来,知道自己正在耗尽油箱里最后一点儿燃料。

"平头湖那边整个都崩溃了,"他说,"你说得没错,萨利就是一坨屎。不,不对,他是个疯子,他想把你的屁股扔进锅里煮,我受不了,我必须得逃出来。"

"注意你的语言,我女儿在这里。"

"对不起,不过你不明白当他失去理智时是什么模样。他的脸都扭曲了,没人敢说话,除非不想要脑袋了。有个女人正在餐桌旁吃点心,萨利一边抽烟一边看着她,好像她是从下水道里爬上来的似的。那个女人眨着眼,试着对他微笑,想表现得乖巧些,好让萨利不再盯着她。结果萨利说:'你吃得太多了。'说着就把香烟插进她的食物。

"他恨你,戴夫。你真的刺激到他了,你把萨利·迪欧内心的车轮扭弯了,车子开始冒烟,我可不想待在他周围。事情就是这样。你跟我说过,让我离开你的生活,我还记得。但是我现在无路可走了,老兄。还有些事,我对你直说吧,我为了一万五千美元,和萨利混在一起,这些钱全变成我鼻子下面的白粉了,现在只能开着旧车离开,口袋里还剩三十七美元,还有四分之一箱汽油。我想通过音乐表演维持生活,但是我的电吉他坏了。"

"摇滚乐还是留给其他人玩吧,"我说,"今天早上,查理·托德斯到我家里来了。"

"托德斯?我以为他昨晚就回维加斯了,他来干什么?"

"你不知道?"

"你是说他是个杀手?我不知道,我对上帝发誓,我不知道。我以为他是萨利的一个毒贩子。所以你头上才弄出这么个包?"

"差不多。"

"朋友,很抱歉,我之前一点儿也不知道。那个人在我面前说过的话不超过三个字。我以为他是个弱智,所有毒贩子眼睛里都有他那种崩溃散乱的神情。他们把装满白粉的气球吞下去,在峡谷上飞进飞出,晚上降落在泥地里。我们说的可是你所见过的最沉默的白人。"

"我想他还有个帮手,还在盯着我。有没有别的陌生人去了萨利家?"

"没有。"

"你确定?"

"是的。"

"即使这样,我还是帮不了你,迪克西。"

他在纱门外茫然地看着我,吞咽了一口,看了一眼大街,好像那里有什么重要的东西在等着他,然后再度开口。

"我自己的麻烦已经够多了,就是这样,老兄。"我抢先说。

"不行吗?"

"恐怕不行。"

他朝自己脸上吹了一口气。

"我不怪你,"他说,"只是我现在没有太多选择余地。"

"从头开始吧。"

"是啊,为什么不呢?我又不是第一次去洗盘子或住救济所。嘿,我希望你记住一件事,戴夫,我并不是个彻头彻尾的坏人,我从来没算计过要害任何人,但结果往往不是那样。"

"无论你做什么,祝你好运,迪克西。"我说着在他面前关上了纱门里的门,回到厨房的餐桌旁,阿拉菲尔已经开始吃点心了。

我看了看手表——现在是六点差一刻——然后坐下来吃晚饭。我食不知味,也无法集中精力听阿拉菲尔说邻居家的猫在花坛里追蚂蚱的事。

"你怎么了?"她说。

"没什么,只是有点儿头疼,一会儿就好了。"

"那个人惹你生气了吗?"

"不是的,那个人只是经常陷到泥里。"

"什么?"

"没什么,小家伙,不用担心。"

我咀嚼着食物,沉默地看着窗外的树荫和后院里宁静的金色阳光。我听到阿拉菲尔在水池里洗了自己的盘子,然后朝前门走去。过了一会儿,她回到厨房里。

"那个人还在那儿,坐在车里,他在干什么,戴夫?"她说。

"也许正在算计如何将落基山卖给阿拉伯矿工。"

"什么?"

"不用管他。"

但我做不到,至少无法无视戒酒协会第十二阶段的教条——帮助那些和我们一样受折磨的人。或许是因为我明白,这些麻烦都是我自找的,不该再去怪迪克西·李。我把刀叉放进盘子里,走到他的车旁。他正在沉思,手放在方向盘上,一支烟几乎烧到手指了。听到我走到他身后时,他的脸惊讶地抽搐了一下。

"天哪,你要把我吓出心脏病了。"他说。

"你和我们住在一起时,不准喝酒,"我说,"如果你喝了,或回家时有酒气,你就玩儿完了,没得商量,没有第二次机会。我不希望我女儿听到任何脏话,你要是想抽烟,就到门外去。你得分担做饭和打扫卫生的家务,我们睡觉时,你也得睡。街那头的戒酒互助协会提供工作,如果他们给你找到了工作,无论是干什么,你都必须去做。你要支付三分之一的生活开销和房租,这是条件,迪克西。如果有什么规则你无法遵守,现在可以告诉我。"

"老兄,你说什么我都照办。"

他开始从车里往外搬行李,表情就像在着火的屋里已经绝望时被人救了出来。当他把各种箱子和衣服堆在人行道上时,开始滔滔不绝地说起本世纪五十年代,汤米·山德斯、卢斯·布朗、理查森、黑帮、亨茨维尔的骗子,还有他曾经的演员妻子在休斯敦花钱找人狠狠揍了他一顿。我看了看手表,六点差五分。

他还在继续说,我开始查找东门度假村大堂的电话号码。

"——管他叫'来自密西西比的嬉皮士',的确是,蓝调音乐大师吉米·雷德,"他说,"那家伙变成了'大老板',你知道吗,他曾经在帕奇曼农场监狱待过,老兄。你无法掩饰自己的感觉,你也不是在纽约长大的。除非你以每磅四美分的工钱捡过棉花,吃过一堆油腻腻的利马豆,不然你的声音是不会有那种魔力的。我父亲说他对我不抱任何希望了,他说是有人将我偷偷放上婴儿床的,我一定是个黑人变的。"

阿拉菲尔坐在那儿开心又着迷地听着迪克西·李的长篇大论。我打电话给东门度假村大堂,一个女人喊克莱特斯接电话,电话那头喧闹嘈杂。我听到他把听筒在一个坚硬的东西上擦了一下,然后拿到耳朵旁。

"戴夫?"

"是我。"

"我让你吃惊了吗?你有没有想过,也许你昔日的搭档已经再次出发去塔蔻克利索岛了?"

"我不知道。"

"我不是个多话的人,朋友,至少不会为了那个屎袋子喋喋不休。"

"也许你对告诉我的事该谨慎一点儿。"

"我听起来像是在害怕吗?你什么时候才能不那么装模作样?"

"你开始让我生气了,克莱特斯。"

"还有什么要说的吗?我今天所做的就是救了你的命。"

"你有什么话要说吗?"

"是的,到这儿来,你知道东门度假村吧?"

"知道,但是我要带着阿拉菲尔。我会在商业中心,河对面的公园里见你。你只要走过那个老铁路架,现在那里是天桥。"

"然后你会在餐桌旁吃一个蛋筒冰激凌。朋友,我该怎么样才能过上这种舒服日子呢?"他说完便挂掉了电话。

我告诉迪克西·李,冰柜里有冷的烤肉、面包和沙拉酱,如果他还没吃饭,可以自己做一个三明治。我和阿拉菲尔开车穿过小镇,来到克拉克福克河北岸的冰激凌店,买了两个甜筒,从天桥上走到河对面的公园里。赫尔盖特峡谷两侧曾发生过大火,山顶以下的松树都被烧黑了,灰烬和烧焦的松针被雨水和融化的雪水冲走,山谷里那些陡峭的灰粉色悬崖便高高地露在河面上。一阵风吹来,沿岸的棉白杨在柔和的灯光中沙沙作响。因为雪水已经全部融化了,水位每天都在下降,越来越多布满青苔的白石头露出河床,主河道也从古铜色变成了墨绿色,细碎的浪花汇成一条狭长的浅滩,在岩石后面落进深水里。

公园里长满了云杉和俄罗斯橄榄树，一条街之外，大学里的年轻人在玩飞碟和足球。我们坐在河岸高处的草坪上，目光越过柳树顶端，看向远处。两个人正在钓鱼，他们把吊锤扔进远处的水中。我看到克莱特斯走过天桥，手里拎着一个纸袋。我让阿拉菲尔坐在秋千上，并把秋千晃起来。我坐回岸边，看见他膝盖破了，肚子悬在短裤上，当他坐到我身边时，胸口呼呼作响。

"你好像没佩戴装备。"我说。

"哦，"他摸着胸口笑了，"我不再为萨利工作了，也不用时刻带着枪走路，这感觉真不错，老兄。"

他拧开一瓶啤酒。

"迪克西·李说他不知道托德斯是个杀手。"

"他可能真的不知道，你在哪儿看到迪克西·李的？"

"他现在住在我家里。"

"真见鬼，他割断脐带变独立了吗？我想他没有那种勇气。萨利不善于应付别人的拒绝。"

"托德斯也许还有一个搭档或者帮手，迪欧还请别人来这里了吗？"

"如果他有的话，那我可一点儿也不知道。我认识他们中的很多人，起码和萨利混在一起的人我都认识。他们从纽约移居到这儿，认为成功的标志就是在湖边玩桥牌，身边美女如云。嘿，瞧，萨利让一群这样的人住在自己的旅馆里，旅馆经理是一个小个子犹太人，他以前在罗德岱堡的比萨店为黑帮分子预订座位。当然，这个犹太人永远无法令他们满意，他们每次都把他吓得屁滚尿流。但他儿子是个在伯克利读书的聪明大学生，夏天给他老爸打工，当游泳池的侍应生。有一次，四个意大利佬在撑着太阳伞的桌子上打牌，那是一群人高马大、满脸凶相的杂种，肚子上长满黑毛，巨大的生殖器塞在游泳裤里，他们把那个小伙子折腾得够呛——他们把食物退回厨房，要求重做，抱怨饮料的味道像是掺了防腐剂，指使这个小伙子跑来跑去，不停拿香烟，给他们的女人拿甜樱桃和防晒油，以及任何他们想得到的东西。

"之后，一个家伙把冰块和伏特加酒溅得到处都是，让小伙子把桌子擦干净，再给他另拿一副牌来。这个小伙子说：'嘿，我今年在学校选了意大利语，你知道去吃屎吧是什么意思吗？'

"他老爸听到了，当众打了他儿子一个耳光。然后吞口水、流汗，不停跟这些意大利佬道歉，他们则透过墨镜瞪着他。最后，其中一个人站起来，手指钩进老头嘴里，把他甩到一把铁椅子上。说：'他没礼貌是因为你没教会他，所以你就闭上嘴，别再指望说服任何人。你把这儿都收拾干净，给我们拿东西来，你就坐在那儿，没我们指示，哪儿都不准去。'

"他们让他像个小丑一样，在烈日下坐了四个小时，直到最后小伙子出来，乞求他们把老人放回屋里去。

"对意大利佬说'再见，再见，朋友们'的感觉好极了。下次如果美国再向谁投原子弹，我认为那应该是马勒莫城。"

"托德斯在哪儿？"

"你真的想知道？"

"我想知道他还会不会回来找我。"

"你先告诉我，你为什么没有告发我。"他把酒瓶举到嘴边，似笑非笑。

"别闹了，克莱特斯。"

"一个因谋杀保释在外的人不想让警察进入他血迹斑斑的厨房。他知道他们只会采取最省事的办法,那就是把他送到警察局。看样子你的信仰在动摇啊,朋友。"

"那个家伙还会回来吗?"

"这一点你不用担心。"

"他在哪儿?"我问。

"说正经的,你不需要知道这么多,朋友,我可以告诉你,我们的朋友不怎么喜欢高处。"

"什么?"

"你有没有见过一个什么都不怕的神经病?这一点让他们变得残忍。查理不喜欢高的地方,至少不喜欢我带他去的那个地方。"

我沉默地看着河水,一只飞盘飞过水面。

"你觉得很残忍吗?"克莱特斯说。

"是不是他杀了达莲娜?"

"不,我很确定不是他干的。"

"那么,是迪欧?"

"他也不知道。"

我站起来,刷掉裤子上的草。

"你打算扔下我了,是吧?"他说。

"阿拉菲尔该回家了,她明天还要上课。"

"为什么你总是让我感觉自己得了炭疽热,戴夫?"

"你说对了一件事。我没打电话报警,是因为不想变成另一桩案子的调查对象。尤其是得解释清楚为什么我家墙上、炉子上还有地板上沾的都是别人的血。现在我愿意相信查理·托德斯在墨西哥城开始新生活了,除此之外,其他的都不想听。"

"我要去找到那个杀了她的人,如果你打算袖手旁观,那也没关系。"

我朝一群孩子走去,阿拉菲尔在和其他小孩玩捉迷藏。克莱特斯在后面对着我喊,那声音使得别人都转头看着他。"不管怎样,我爱你,浑蛋。"

我需要帮助,事实上,我自己什么事也没办成。我因为殴打萨利·迪欧而被关押,我的话没人肯信。相反,倒是让几个警察相信我是个持枪的偏执狂。那天晚上,我打电话到大瀑布城的丹·尼古斯基家,保姆接了电话,说他和太太去看电影,她会记下我的名字和电话号码。大概十分钟后,他给我回了电话,那会儿我额头的肿块上敷着一条折好的湿毛巾,刚迷迷糊糊地睡着了。我把电话拿进厨房,关上客厅门,以免吵醒阿拉菲尔和睡在客厅沙发上的迪克西·李。

我告诉他,查理·托德斯到我家来了,我头上挨了一棍,还有手铐、傻瓜相机,以及他在我胸前比画的小刀。然后我说了克莱特斯·查理的遭遇,那张卷起的毯子以及远去的吉普车,车子要么沿着一条伐木之路去了比特鲁峡谷,要么去了黑脚山谷。

"你知道自己在跟我说什么吗?"尼古斯基说。

"我一点儿都不在乎托德斯,我打电话不是因为他。"

"这些话你都没告诉警察?"

"我告诉你了,你想做什么就做什么吧。但我打赌,没有人会找到托德斯。克莱特斯以前做过这种事,并且逃脱了法律的追究。"

"你应该打电话报警的。"

"胡说,那样的话,我现在又得准备保证金了。"

"我会向他们报告这些事的。"

"随便你。我想,要是按一到十打分的话,他们对此事的兴趣肯定是负八。听着,尼古斯基,现在还有人在盯着我和我女儿。今天早上,那人在她学校附近转悠,这个人也许是玛珀斯,也许是另一个迪欧的手下,我需要帮助。"

"我认为,你拿着一根棒球棍在两个州忙活完了,再来向一位联邦政府官员求助,这的确需要很多勇气。"

"我们都想着同一件事——给萨利·迪欧判重刑。"

"不,你错了,我想的是做好我的工作,而你想的是每天按你自己的规则做事。"

"那你来告诉我该怎么办,你要是能保证我女儿的安全,保证我三周后不会被送到安哥拉农场监狱去,我什么都听你的。"

"你想要什么样的帮助?"

"你能否查出迪欧有没有找另一个杀手到镇上来?"

"即使他找了,我们也无从得知,也许他的合约上写着让托德斯自己找个帮手。但我可以告诉你,如果这个新杀手是和托德斯一伙的,他可不会搞什么'杀你之前,杀你之后'的把戏,现在托德斯搞砸了,他更不会这么做了。他会直截了当地下手,你永远意料不到。我不想讲得这么细,但你自己也知道他们常用的手段——脑袋后面一下,耳朵上一下,下巴上三下。"

"帮我查查玛珀斯。"

"你想找到什么?"

"不知道。我的律师说他只有过一次麻烦,十七岁时用棒球棍打了一个男孩。但我确实看见这个家伙正在活动,而且不相信他碰上的麻烦只有一次。"

"他从哪儿来?"

"他在得克萨斯的马歇尔市揍了那个家伙。"

"我会看看能帮你做什么。"

"还有一件事,迪克西·李从迪欧家搬出来了,他说自己和迪欧玩完了,也许你可以和他谈谈。"

"谈什么?"

"那是你的事,陪审团的证词怎么样?离开迪欧需要很多勇气,尤其是迪欧还欠他一万五千美元。"

"你什么时候决定抖出李的秘密的?"

"他也许需要联邦政府的保护。他也许是个醉鬼,但像海绵一样吸收了很多信息,还知道人们的谈话。"

"他在哪儿?"

"他和我住在一起。"

"你小时候的爱好是什么?是吞钉子吗?"

"这家伙走投无路了。"我说。

"不,我收回刚才的话。你是个狡猾的家伙,罗比乔克斯。李变成了联邦政府证人,还住在你家,这样你的房子和里面的人就在我们的保护之下了,对吧?"

"不是的。"

"我希望不是,因为选择权在我们手里。"

"聪明人不会走到我这个地步的,尼古斯基。"

"我想你说的是真话。我会给你打电话的,这段时间你自己也小心点儿。"

"你什么时候能告诉我玛珀斯的情况?"

"我得为你加班,放松点儿,好吧?对我有点儿信心。这次你要是能摆脱麻烦,就把警徽重新拿回来。我想每个人都宁愿你在帐篷里嘲笑他们,也不愿让你和他们作对。"

第二天,迪克西·李起得很早,在餐桌旁和我们一起吃早饭。他是那种只要二十四小时不喝酒,眼睛就会变得清澈,皮肤变得粉红,皱纹舒展开的酒鬼。今天早上他刮过脸,显得生气勃勃,穿着带褶皱的白色短裤和绿色鹦鹉图案的白色运动衫。我步行送阿拉菲尔去学校,然后带他去街道尽头的戒酒互助协会参加聚会,将他的名字在工作安排服务中心登记。我们回来时,他的兴致不像之前那么高昂了。

"那些人让我感到紧张,老兄,"他说,"我感觉自己就像别人汤碗里的老鼠屎。"

"在这个地方,人们大概会理解我们这样的人,迪克西。"

"是的,那个,我之前去过这种聚会,但不管用。我想这大概只对某些人有用,耶稣的手指点中了他想要的人,我没看见任何人把手指指向我。嘿,你还记得本世纪五十年代我们经常说的笑话吗?比如,浴缸会对马桶说什么?'我和你承受了同样多的屁股,但我不必吃掉所有的屎。'"

"好了,老兄,到底是什么让你不安?"

"我无法做到第四或第五阶段的那些东西。那个阶段,你要回想自己做了哪些错事,然后向别人坦白一切。我根本不用回顾,我罪恶感多得都不用想。"

"一个阶段一个阶段来,你现在不需要做那个阶段的事,还有,谁说你很多事都无法坦白？我们在拉斐特医院里的时候，你对我说了很多真话。"

"我做的各种事都让我无地自容。见鬼，我在监狱里遇到萨利时，就知道他不是好人，是个怪胎，但他有面包，有很多毒品，而且喜欢我。这样我就不用害怕那些恶鬼、小头目，还有那些一旦认为你会向管理员打小报告，就狠揍你的疯子。所以我对牢房里发生的事装作看不见。很多家伙在监狱里变成了同性恋。我自己不喜欢这种事，但别人这么做我没意见。萨利有个娈童，我想那人对他一定很重要。是这该死的制度把人们变成这样的，我这样告诉自己。所以，当那个墨西哥小伙子来到我们牢房时，我就出去散步。那不关我的事，对不对？但是一些非常奇怪的事发生了。"

我们在走廊的台阶上坐下来，鸟儿在树荫中飞进飞出，没有风，枫树看起来碧绿而挺拔。

"你看，那种关系，在监狱里，我是说，娈童通常是一次性的。"迪克西·李说，"就像一块猪排。好吧，这东西是很恶心，但事实就是这样。但萨利好像真的很喜欢这个男孩，他会把口红和女人的内衣裤拿进监狱，而且会为萨利洗头、梳头，他们会从上铺悬下一条毛毯，真的开始干那种事。但后来这个男孩就不止是萨利的娈童了，萨利真的对他很着迷。那孩子常常有香烟、糖果、镇静剂、杂志，在医务室干些轻松的活儿，给坏蛋们安全通行证。接着，这男孩表现得像个名人，噘着嘴走来走去，在浴室里朝着某些危险分子瞪眼。有些人告诉萨利，说他最好教训一下他的娈童，但不久以后，所有人都知道这个小伙子可以随心所愿地把萨利支得团团转。

"问题是一些黑人想接管萨利的药品生意。但他有很多卑鄙的手下，黑人知道他和外界有联系，所以之前总是绕着他走。结果这时候，那个小伙子让萨利看起来像个受气包,黑人们便决定,该是插手药品生意的时候了。萨利每周都能赚到四百到五百美元,那在监狱里是一大笔钱。三个星期之内,黑人们就瓜分了一半的钱。他手下的毒贩子像受惊的老鼠一样来到牢房,问他打算怎么办,因为那些黑人告诉他们,他们将永远失业。萨利想把这事压下来,告诉他们一切都很好,他正在引进一大堆阿富汗臭鼬皮,那会让监狱里所有人脑子发昏。

"但有人打电话到加尔维斯敦,告诉了萨利的父亲,结果闹出了事。这老头来到亨茨维尔,我不知道他在接待室里对萨利说了些什么,但无论是什么,都让萨利很害怕。当他回到牢房时,面色惨白。那天他整晚坐在床铺边上吸烟,第二天早上劳动时把早餐全吐了出来。我问他怎么了,他说:'我得做一些事情。'我说:'什么事?'他说:'一些我不想做的事。'

"于是我说:'那就别做。'然后他说:'我是一名黑手党成员。只要你是黑手党,你就得按命令行事。'

"看,这就是意大利佬的玩意儿。他们对刀、鲜血还有这些胡言乱语有着某种信仰,他们一旦成了黑手党,就意味着可以坐在维加斯的前排桌子旁吸烟,假装自己不再是一群无知的鱼贩子。

"两天以后,就在牢房上锁前,萨利来到男孩的牢房,当时他正和另一个同性恋在床上看漫画书。萨利让那个同性恋离开,从裤子里掏出一根管子,把那个男孩打得半死。他鼻子被打断了,牙打掉了,耳朵也被打开了花,那男孩被打得连他亲妈都认不出来了。

"他回到牢房后把衬衫卷成一团,塞在手里以掩盖血迹。熄灯后,他把衬衫撕成条,冲到马桶里去了。第二天早上,他满脸笑容,好像成功地完成了首次空降似的。那个男孩在医院里待了三个星期,他们把他的头剃光了,缝了一百多针。他看起来就像个坑坑洼洼的白色篮球,外面裹了一层带刺的铁丝网。

"然后萨利放出话,说那男孩是所有人的玩具。你知道这在监狱里,对于那样的男孩意味着什么吗?那里净是些残忍、恶心的杂种,老兄。那男孩度过的可怕时光,我都不愿意去想。"

"你为什么告诉我这些,迪克西?"

"因为戒酒协会聚会里的大多数人都只是酒鬼而已。而酗酒只是我的一个问题。我依靠萨利生活,这么做是因为这种生活很轻松。每天有吃不完的龙虾和牛排,年轻漂亮的姑娘们随时愿意脱裤子。如果我没将它和石油生意掺和在一起的话,我的生活仍然围绕着萨利的游泳池,那样纯净的快乐。那和酒精或毒品没有关系,那种生活只是缺少点儿个性。"

"这是种病态的生活,如果你坚持去参加聚会,你就会发现。"我说。

他从台阶边上拔下一根长长的草,在两脚之间上下抖动。

"你看着吧。"我说。

"你想让我和缉毒局的人谈谈,对吗?"

"你为什么这么想?"

"昨晚我听到你打电话了。"

"你想谈吗?"

"不。"

他把草拿到鞋子上继续抖,用草尖挑起一只红色虫子,看着虫子朝他的手爬过来。

"你不会利用我的,是吧,戴夫?"他说。

"不,我不会的。"

"因为我已经伤得够深了,我是认真的,朋友,我不想再受伤了,真的不想。"

我站起来拍了拍屁股。

"我不知道你是怎么做到的。"我说。

"什么意思?"他抬起头,在阳光下眯着眼睛。波浪般的金发冒着油光。

"不管我跟你说什么,不知怎么的,我总是失败。"

"这都是你的想象,他们不会比我更简单。"

我记得最后一次见到妈妈的情景。那是一九四五年,战争刚刚结束,她和那个私奔的赌徒一起来到我们河边的房子。我正在门前的土路上追赶我的狗,而狗在追沟里的一群鸡。这时,她的小汽车停了下来,那辆车上贴着汽油配额的标签,就停在离我家三十码的地方。她从小路向我们家的橡树荫快步走来,绕进侧院,我父亲正在那里钉鸡笼。她在摩根城一家路边啤酒屋工作,身上的女服务员制服是粉红色的,领口和袖子上有白边。因为她身材比较粗壮,走起路来衣服显得有些小。她和父亲说话时背对着我,但他听她说话时,阴沉着脸,抬起眼睛,看着马路上小汽车停着的地方。

那个赌徒把车门打开,好让风吹进车里。他很瘦,留着鬓角,穿着带背带的棕色高腰长裤和条纹衬衫,打着紫色圆点的绿领带,一顶棕色软呢帽放在后车窗上。

他用法语问我那只狗是否是我的,我没回答。他便问:"你不会说法语吗,孩子?"

"会说,先生。"

"那只狗是你的吗?"

"是的,先生。"

"你知道怎么让它不去追小鸡吗?在它身上打断一根棍子,只要做一次就够了。"

我在飞扬的尘土中朝着房子和树走回去,不去管我的狗了。我听到父亲对我母亲说:"我五分钟后回来,那把手枪可不会对他客气。"

她拉着我的手快步走到台阶上,让我坐在她的大腿上。她抚摸着我的脸和头发,亲吻我,拍拍我的腿。她脖子后面有一滴滴汗珠,我能闻到紫茉莉味香水,还有她胸前抹的粉的气味。

"你在学校里很乖吧,是不是?"她说,"你也去做弥撒,对吗?你去忏悔并参加圣餐吗?阿尔多斯一直接送你吗?你在学校里一定要表现好,修女们会教你很多东西的。"

"你为什么要和他在一起?"

她把我搂进怀里,我能感觉到她结实的肚子和大腿。

"他开枪打人了,有一次打牌的时候。"我说。

"他并不坏,对我很好。我们给你带了礼物,你过来看。"

她抱起我朝马路走去。我看到父亲正在侧院里往这儿看,手里拿着铁锤。她在打开的车门前把我放下来,空气在阳光下又湿又热,沟里的香蒲上蒙着一层灰。

"过来看,"她说,"拿给他,马克,在后座上。"

他脸上没有任何表情,眼睛看着外面的黄土路,手伸到后座上拿出一个纸袋。纸袋口折了起来,绑着丝带。

"给。"她说着帮我打开纸袋,她的裙子紧绷在大腿上,膝盖上有一个个小坑。那个男人从车里出来,走到路上点了一支香烟。他没朝我父亲的方向看,但他们俩都能看见对方。

"你想要个陀螺,对吗?"我母亲说,"看,这里有一个曲柄。你上下推它,它就会转起来,发出口哨声。"

她的黑发里开始冒汗,她把陀螺放到我手中,金属很烫。

"他出来了吗?"那个男人说。

"没有,他保证过的。"

"上次的事就算了,你告诉他了吗?"

"他不想惹更多的麻烦,马克,他不会骚扰我们的。"

"我才不在乎。"

"别那么说,我们马上就走了,别看那边。你听到我说的话了吗,马克?"

"下次他们会让他进监狱的。"

"我们现在就走,快上车,我马上要上班了。戴夫不必站在那么热的马路上,对吧,戴夫?马克,你保证过的。"

他把香烟甩到沟里,坐到方向盘后面。他穿着棕色和白色相间的鞋子,从座位下拿出一块布把鞋子擦亮。我看到父亲把锤子扔到工作台上,拿起鸡笼看着笼子侧面。

我母亲弯腰搂住我,她的声音很低,好像我们俩躲在一个玻璃钟罩下面。

"我不是坏人,戴维,"她说,"如果有人跟你说我很坏,那不是真的。我会再来看你的,我们会一起出去,就我们俩,也许会去吃点儿炸鸡。你等着吧。"

但我再一次看到她时,已经过了很久。那些胜利花园,那些围着篱笆、堆满旧轮胎和成捆的衣架的捐赠中心,那些悬挂在各家窗户上带穗的小旗子,旗子上有蓝色和金色的星星,以标明每个家庭在战争中参军或被杀害的人数——所有这些都将在一年内消失，一个时代将会结束，石油公司将从得克萨斯搬到这里。我听说我母亲在巴吞鲁日一家洗衣店里，和一些有色人种妇女一起工作，还听说，后来马克死于肺结核，她嫁给了一个操办各类演出的男人。我十六岁时第一次去布鲁克斯桥公路旁的"边界酒吧"，那是个破破烂烂的路边小馆，那里的人在停车场里拿着刀子和酒瓶打架。我看见她从吧台后面取出生啤，她的身材更粗壮了，头发比记忆中的更黑。她穿着一条黑裙子，露出膝盖上方一条粗粗的伤疤。她端着一个啤酒托盘，走到一张坐满了石油工人的桌子旁，和他们坐在一起。他们都认识她，帮她点香烟，在和其中一个人跳舞时，她用腹部顶着他的生殖器。我站在自动点唱机旁向她挥手，她从那男人的肩膀上对着我笑，但从她的表情看，她没认出我。

我坐在外面的车里，等朋友们从酒吧出来，看着一个醉汉从侧门出来，走到停车场上，一些少年将一个可乐瓶子扔到一辆坐满黑人的汽车上。一个穿着黄色牛仔衬衫和紧身牛仔裤的男人在汽车旁殴打一个女人。他下手很重，她尖叫着，男人把她推进汽车后座，让她一个人待在里面，自己又进了酒吧。停车场里很热，除了那女人发出的声音，周围一片安静。威密伦河边的柳树纹丝不动，月光就像水面上的一片油。尘土从车窗飘进来，我闻到泥滩里死鱼发出的恶臭，听到女人在黑暗里安静的哭泣声。

某些人的观点对我来说总是很重要。这些人大都是修女、神父、教会兄弟和老师。当我还是孩子时，他们中的好人对我说，我是个好孩子。那些人里面有的很无能，对自己不满意，也很残忍，喜欢不停向孩子灌输罪恶感。但那些好人告诉我说，我很好。作为一个成年人，我依然相信我们就是别人眼中看到的样子，所以别人说我很好，这对我很重要。这样做也许有些幼稚，但只有那些没受过罪的人才不会询问自己是谁，因为他们那点儿可怜的经历，永远不会让他们想要定义自己。你也许会在大学鸡尾酒会上遇到这种人。一些记者也会这样，他们害怕权力、嫉妒名人，却又迷恋这种氛围。他们的笑声总是隐藏着讥讽。他们从没听过愤怒的枪声，从没坐过牢，从没穿过炮弹轰炸的城市，没见过一个十九岁的炮兵在自由射击区里表现出的疯狂。他们睡觉时不会做梦。对于那些他们不理解的人的痛苦，他们打着哈欠，不需要别人来告诉他们，说他们没问题。

我有时候想，灵魂和火焰一样，形状千变万化，像一堆燃烧的木头，让冰雪融化，咝咝作响，直到剩下一堆模糊的冒着烟的灰烬，来表明火焰的本质以及它曾在冰上燃烧过。

然后有些人告诉你说，你没问题。

我必须回到大分水岭另一边。这时候带阿拉菲尔离开密苏拉，到外地去玩也不错。我步行来到学校，在办公室里找到了苔丝·里根。她桌上的花瓶里插着山梅花，墙板上钉着一张张蜡笔画。透过阳光明媚的窗户，我看到了操场上的孩子，一个孤零零的篮球架，还有隔壁教堂的砖墙。她穿着一件黄色棉质针织裙，戴着一条金项链，一对金色的耳环藏在她褐色的头发里面。她的指甲剪得很短，涂了透明指甲油，当她听我说话时，手指在记事簿上摊开。我喜欢她，尊重她的感觉，我不想让她再生我的气，或是由于昨天的谈话而不高兴。

"别人总是突然挂断我的电话,我都有思想准备了,"我说,"一位财政部官员曾经告诉我,我在电话里就像卡西莫多。"

"你头上红肿的包是因为昨天在家里发生的事吗?"

"是我不小心,很快就会好了。"

"你今天和明天想把阿拉菲尔带走,离开学校?"

"是的,她星期四回来。"

"如果你不介意,我想知道你们要去哪里?"

"我得到山那边去处理点儿事情。"

"我对所有这一切都很担心,你让我感觉很不好。你说的那些人都是些恶棍,对吧?但你好像根本不在意。"

"这你就错了,孩子。"

"我希望你不要再这么叫我。"

"好的。"

"阿拉菲尔是个非常可爱的小女孩,我很担心她,也担心你做事的态度。"

"她对你喜欢得不得了。我不想让你不开心或令你不安,但我希望你能明白一些事。有人给我寄了一个用过的注射器和一封信,还有一张照片。我就不说照片上是什么了。写信的人说那个针头曾经杀过人。他的威胁不是针对我,而是冲着阿拉菲尔。我想他也不是闹着玩的。

"在电影里,受到谋杀恐吓的对象或遭受袭击的人会受到警方二十四小时的保护。但那是根本不可能的,你必须靠自己。如果你不相信,去问问那些被坏蛋盯上的人,那些人曾把这些坏蛋关进牢里,但他们第二天就被保释出来了。他们会给你讲一个精彩的故事,他们中的很多人都将成为全国步枪协会的会员。"

她镇静的绿眼睛闪着智慧的光,她是个优秀的士兵。很明显,她想从我粗鲁的语言中看出更深的意义。但我讲得太过火了,像个激动的恶霸,她没法应付。

"我帮你把阿拉菲尔带来。"她说。

"里根小姐……苔丝,我现在处境很糟,我很抱歉刚才那样说话,但我真的遇到困难了。我不想在离开这里时感觉自己是个笨蛋。"

但是这没用。她走过我身边,胯部在裙子里摆动,眼中涌着泪水。

那天晚些时候,阿拉菲尔和我驾车驶入大分水岭的云层。雨下得很大,树木在潮湿的光线中显得浓密黝黑,雨水从马路上倾泻而下,流进远处的峡谷。现在去提顿县法院已经太晚了,我们便在县政府附近的一家汽车旅馆里过夜。

第二天,我就发现了萨利·迪欧和石油生意之间的联系。这张关系网遍布落基山东部,包括提顿、潘德拉和冰川县。同时还发现了迪克西·李在他身边扮演的角色。

第十章

那天晚上,我打电话到丹·尼古斯基位于大瀑布城的家里。

"你到哪儿去了,我今天给你打了三次电话。"他说。

"就在这儿,大分水岭东面。"

"现在?你在哪儿?"

"就在大瀑布城外。"

"你现在在干什么?"

"没什么,找旅馆,我今晚不打算开回去了。"

"我们正准备待会儿在后院做点儿吃的,你想过来吗?"

"我女儿和我在一起。"

"带她一起来,我有三个孩子,她可以和他们一起玩。我有玛珀斯的重要情况,你应该了解一下。"

"缉毒局里有他的档案?"

"联邦调查局的,他涉嫌一宗绑架案。你最好过来。"

按照他告诉我的地址和路线,阿拉菲尔和我在黄昏中来到一片本世纪五十年代风格的郊区,那里有分层的牧场式房子,枫树成排的街道,洒水喷头在草坪上转动,花坛里开满了蓝色的铁线莲、红色和黄色的玫瑰,花土上塞着树皮以阻止野草疯长。我们坐在后院的红木露台上;玻璃滑门的后面,阿拉菲尔和他的两个小女儿一起玩跷跷板。在我们到达之前,烤肉炉里的炭已经烧得滚烫,变成了灰色。他妻子端出一个托盘,上面放着拌好的沙拉和一罐冰茶,烤架上放着一排鹿肉和麋鹿肉排。油滴下来,炭火上冒着蒸汽,吱吱地响,那味道香极了。

他妻子很迷人,也很客气,说话的口音和他一样。她化了妆,穿着连衣裙,如果你直视她的眼睛,她会很不好意思。她回到厨房,在砧板上切一条法式面包。

"你肯定在想,像她那样的女人,怎么会嫁给我这样的男人。"他说。

"我没这么想。"

"得了吧,罗比乔克斯。"

"女人都是慈悲心肠。"

"是的,的确是这样。"他说着从椅子上站起来,把玻璃滑门关上,"我们到屋子旁边去吧,这样就没人能听到我们的谈话了,或者,也许我们应该等你吃完饭再说。"

"我们现在就去。"

我们走到侧院,那里种着苹果树,小圆花坛的花架上爬满了红玫瑰。树叶间挂着又小又硬的青苹果。一条栅栏把他家的院子和邻居家的游泳池隔开,现在已是傍晚,邻居门廊上的倒影就像游泳池水面下的黄色气球。丹把靠在墙上的两把椅子拿过来,抖开。他说话时嘴巴抽了一下,我看见他喉咙上的青筋。

"你的律师从哪里弄到玛珀斯的材料的?"

"他雇了一个私人调查员。"

"告诉他,去把你的钱拿回来,那个私人调查员什么都没干。我怀疑他只是到玛珀斯家乡的县法院和警察局翻了一下档案而已。他找到了玛珀斯十七岁时用高尔夫球杆打人的资料,然后就给你的律师寄去了两天的服务账单,通常是六百美元。除此之外,他什么也没查到。"

"玛珀斯干过什么?"

"瞧,你以前做过很长一段时间的警察,你知道,有时你会碰到这样一个人,每个人都认为他很正常,也许这人读过书,有份好工作和良好的服务记录,是一个不怎么关注自己的人,至少警察没有理由去关注他。但是他有些问题,他没有什么良心,或许也没什么感情。但就在某处,在类似这样的郊区,他犯下了一些谋杀案,我们永远无法破案。我想那就是你说的人,哈瑞·玛珀斯。

"一九六五年,一个十八岁的士兵从波尔克堡休假回家,他到得克萨斯的泰勒镇接上他女朋友,带她去了一家露天电影院。他们似乎是到了一条僻静的小路上,把车停在一个曾用来种玫瑰的旧花房后面。至少警长是在那里发现那女孩的裙子和内衣的。他们在五英里外的河里发现了那辆车,有人把排气管扯松了,点着了火。那两个年轻人都在车里。病理学家说,当汽车开始燃烧时,他们还活着。"

我弯下腰,从玫瑰丛里捡起一片叶子。我喉咙发紧,听到孩子们在后院的跷跷板上嬉闹的声音。

"玛珀斯跟这件事有关?"我说。

"这很难说。在受害者的汽车上发现了另一个来自马歇尔市的小伙子的指纹,但没有玛珀斯的。但也有这种可能,就是玛珀斯开了一辆车,另一个小伙子开着受害人的车,到了车被烧毁的地方。那天晚上早些时候,有人看见他们俩在一起,干这事必须要两个人,除非被他们杀死的小伙子是步行来的,但这不可能,因为他有一辆汽车。早些时候曾和玛珀斯在一起开车到处转悠。"

"另一个小伙子没把玛珀斯扯进来?"

"他什么都不承认,显然,马歇尔市的人都知道他是个疯子,吸毒,飙车,什么都干。在牢房里,他用卫生纸把自己裹住,浸上打火机油,把自己点着了。这情节好像电影里才有。但是后来他向所有人证明,他是真的想死。最后他从扫帚上解下铁丝,上吊死了。

"同时,玛珀斯的爸爸——他在那儿有个锯木厂——雇了一家律师事务所,他们找到一个墨西哥妓女,妓女发誓说那天晚上,玛珀斯和他的一个朋友一直在她那儿。那个小伙子也证实了她的话,但没过多久,似乎就良心不安了。"

"他就是玛珀斯用高尔夫球杆殴打的那个男孩。"

"你想明白了,老兄。案子结束了,最蹊跷的是,两年后,那个男孩在越南被杀死了。"

我的两只手在裤子上来回摩擦着。

"我必须揭发他,却毫无线索,丹,我也什么都没查到。"

"我们去吃点儿晚饭吧。"

"我想我没什么胃口,对不起,离审判只有不到一周半的时间了。坦白说,我不打算去服刑。"

"你是个好人,你会没事的。"他把手放在我的肩头。他的手又硬又大,像在滚烫的沙子上被晒干的海星。

现在该教训一下萨利·迪欧了,抓住他的弱点,让他焦头烂额,寝食难安,这样我就能集中精力对付哈瑞·玛珀斯了。我知道查理·托德斯也许已经在山谷下喂熊了,但萨利·迪欧不知道此事。但他很清楚查理·托德斯的潜力,我怀疑他是否愿意和查理作对。

通常来说,凶猛的狗不喜欢别人把它们拴在一块儿。

阿拉菲尔和我回到密苏拉,我在蒙大拿大学图书馆租了一小时的打字机,打了下面这封信。我对此信格外用心,乔叟和狄更斯都成功塑造了各种流氓,我在想,他们会如何看待我这种行为。但随着我一遍一遍看自己写出的最终版本,愈发相信他们会对我赞许地眨眼。

亲爱的萨利,

你可以把这些随信收到的花插在屁股上。你打电话到维加斯的时候,只说这是个简单的扫院子的工作。你可没说什么照片还有动手之前之后的屁话。那个小矮子差点儿把我杀了。我想你是故意算计我。你到处跟人说,你是个黑手党。黑手党怎么可能让一个没名气的前警察把鼻子打断了?你不仅是个意大利屎袋子、一个大骗子,还是个娘儿们。我从亨茨维尔那里听说了你的事。他们说你那个小娈童让整个监狱的人都在背后笑话你。你之所以算不上同性恋,唯一的原因是,比起那个小娈童,你更怕你老子。但这事还没完,你还欠我的钱,你知道该把钱寄到哪里。我要是拿不到钱,那么从现在起,我就盯着你。维加斯这儿的人不会有意见,他们都认为你是个笨蛋,早该被教训了。

查理·托德斯

我开车到波尔森找了一家花店,在街对面的电话亭给他们打电话,询问送花到萨利·迪欧家要多少钱。然后找到一间蒙大拿州就业办公室,把车停在路边,看着门口进进出出的人,还有坐在墙边阴影下一边抽烟，一边在纸袋子里来回滚酒瓶子的人。最后，一个穿着工作服的人走出来，那人有一头没修剪过的傻乎乎的金发，他和朋友一起坐在马路边上。

我从车里出来，向他走去。

"嘿，我付你五美元，到花店去帮我订个送花服务。"我说，"我在和一个朋友开玩笑，不想让他知道花是谁送的，怎么样？"

他从嘴里拿出卷烟，诧异地看着我，然后耸耸肩。

我开车把他带回那家花店所在的街上，把车停在离那儿隔着三家商店的地方，给了他订花的钱和一封密封的信。我不知道迪欧家的地址，但把他的名字印在信封上了，而且画上了他在平头湖房子的大概方位。

"不要告诉他们，你是在为别人订花，"我说，"只要给他们钱和订单，还有这封信就行了，好吗？"

"你能给我十美元吗？要是我不给其他几个人买点儿啤酒，他们会让我丢了工作的。"

他去了那家花店，五分钟后回来了。我开车带他回到就业办公室。

"你跟那些人什么都没说，是吧？"我问。

"在花店能说什么？我给他们钱，给他们信封。你还有这样的活儿需要我做吗？"

那天晚上，我和迪克西·李带阿拉菲尔去看电影。睡觉前，我问迪克西·李要萨利·迪欧没登记的电话号码。

"干什么？别再跟那个人打交道了。"他坐在厨房桌子旁，穿着背心、糖果图案的短裤和黑鞋子，正吃着一块饼。

"别担心。"

"你开什么玩笑？他脑子有毛病，我不会告诉你电话的，老兄。他恨你恨得老二发硬，你用锤子都不能把它砸下来。"

"在屋子里不要说那种话。"

"对不起，这是一种语言缺陷之类的毛病。他的头让我想起扔到地上的花盆，全是碎片，泥巴飞溅，但他自己还不知道。告诉你，萨利在他的演唱会上给钢琴装了一个升降梯，就是那种人一边弹琴一边升上来，升到聚光灯下的装备。但是演唱会结束后，有个两百八十磅重的大胖子和一个上身赤裸的舞女站在钢琴上跳下流的布吉舞，不知怎么搞的，那个机器突然运转起来了，电梯直冲向屋顶，把他们俩在房梁上压扁了。那个男人的脖子断了，那个娘儿们一晚上都和他困在那里。于是萨利说，这真是一场大悲剧。周日下午他在自己俱乐部里举行了葬礼，棺材就放在舞池中央，周围铺着鲜花。但是承办葬礼的人没弄好，那个男人的脖子是弯的，头也压扁了，就像个瘪掉的轮胎。整个屋子里的意大利佬都号啕大哭，与此同时，萨利穿着一身白色西装，握着麦克风唱歌，好像自己是托尼·贝内特似的。这太恶心了，服务员们回到工会威胁说要辞职。过了一会儿，萨利对我说：'这是一个完美的送别，你不觉得吗？乔乔一定会喜欢的。'但我发现他不过是租了一口棺材，把乔乔放在一个裹着布的箱子里，埋在城外一片鸟不拉屎的荒凉墓地里。"

"晚安，迪克西。"

他摇了摇头，用叉子往嘴里又送了一块饼。

"你担心我说脏话，自己却要去教训萨利。你真是个活宝，老兄。"

* * *

我把手表的闹铃调到凌晨两点,之后便去睡觉了。外面下着小雨,半夜我被手腕上轻微的叮当声吵醒,便起身打电话到萨利家,等到一个带着睡意的声音接起电话,我便挂了。十五分钟后,同一个声音恼火地对着话筒说"喂"的时候,我又挂了电话。我喝了一杯牛奶,看着雨水落在院子里,从窗户玻璃上滑下。到了两点半,我又打了一次电话。我把一支铅笔咬在嘴里,在话筒上蒙了一块手绢。

"你他妈的到底是谁?"还是那个人。

"萨利在哪儿?"我把声音憋在喉咙里,听起来很刺耳。

"他在睡觉。你是谁?"

"把他叫起来。"

"你疯了吗?现在是凌晨两点半,你有毛病啊,老兄?"

"听着,去把那个意大利骗子叫起来。"

"我想你是喝多了,老兄,你最好别再打电话来了,并忘记自己打过这个电话。"

"你没听出我的声音,是吗?也许是因为有人在我气管上打了一棍子,一个没种的贱人让我去见那个人。我没有坐飞机回维加斯。我离你那儿只有一个小时,最好别让我发现你在耍我。"

他沉默了一会儿,然后说:"是查理吗?"

我没有回答。

"查理?"他说,"嘿,老兄……"

"什么?"

"我不知道,嘿,对不起,你应该告诉我是你。现在很晚了,我在睡觉,我不知道是你打来的。"

"让他接电话。"

"朋友,他出去了。我是说,他和桑迪吸了整整一鞋盒的大麻,然后睡着了。让他早上给你打电话好吗?"

"你耳朵被堵住了吗?"

"听着,老兄,我要是进去找他,他会把我的鸡巴扯掉的。总之,他一整天都很暴躁。瞧,我不知道你们之间发生了什么,但我不想夹在里面,好吗?我不会让他来接电话的,老兄,他没法跟你说话。他今晚脑子真的被熏坏了。"

我等了五秒钟,听着对方呼吸。

"告诉他我来了。"我挂了电话。

第二天我睡到很晚,被阿拉菲尔在厨房弄早餐的声音吵醒了。她太矮了,无法顺利地使用火炉,还把煎锅在煤气炉上弄得砰砰直响。

"今天我可以一个人走路去上学,戴夫。"她说。

"不,那可不行。我们什么事都要一起做,小家伙,我们是个团队,对吧?"

她站在炉子前面,头和炉子顶一样高,安静地看着装满吐司的煎锅。

"这让我感觉很可笑,在其他小朋友面前。"她说。

"那我就开车送你去。这样看起来就像是上班前顺便把你送到学校的。那样就没问题了,对吧?"

"克拉瑞斯不知道怎么照顾三脚架,她总是生它的气。"

我关掉火炉,用一块洗碗巾端起煎锅,把它放到水池里冷却。吐司边上烤焦了。

"我们现在必须接受一些事，人生就是这样，阿拉菲尔。"我说。

她默默地装好饭盒，只吃了半块吐司，就到门外的台阶那里等我。风从河上吹过，阳光穿过枫树叶，在她脸上投下斑驳的影子。

稍后，迪克西和我去参加一个戒酒互助协会的早会。之后，工作安排中心的一个人告诉迪克西，他们帮他找了一份兼职，是在河那边的纸浆厂操作铲车。我们走路回家，很显然，迪克西听到这个消息并不高兴。他在屋里生闷气，在屋子后面的台阶上弹吉他，唱起一首我以前只听过一遍的歌，是很久以前。歌词和着《和你一次亲密的散步》的曲调。

> 现在，面包和肉汁就很好，
> 蔬菜三明治就让我欢笑，
> 可孩子们总是大叫大吼，
> 他们更喜欢美味的利马豆。
>
> 嗯，只要一小片乡村火腿肉，
> 只要给我果酱和黄油，
> 只要请你把饼干递给我，
> 还有一些美味的利马豆。
>
> 看看那个女人站在路口，
> 在风中挥着双手，
> 她看上去怀孕了，可是她没有，
> 她只是吃了太多美味的利马豆。

我打开纱门,和他一起坐在台阶上。天气很暖和,草地上的三叶草上,蜜蜂嗡嗡飞舞。

"你中午要去厂里报道了,是吧?"我说。

"他是这么跟我说的。"

"你打算穿着休闲裤和夏威夷衬衫去那儿?"

"你瞧,那个工作不是我想要的。"

"哦?"

"那不是个生产卫生纸之类的工厂吗?另外,我也没有操作重型机械的经验。"

"一辆铲车不是重型机械,而且我想你对我说过,你在亨茨维尔操作过。"

"只干了两天,因为我把耙子砸到别人脚上了。"

"我们有言在先,老兄,这事没得商量。"

他在指板顶端滑了一个和弦布鲁斯,一路降到最底端。

"这是我跟山姆·霍普金斯学的,"他说,"我在休斯敦的第五区找到他家。人们说那些黑鬼会在街上把你打得浑身是血,等着清洁工来发现你。但他们对我像对待贵宾一样,老兄。"

"星期三我去了大分水岭东侧的几个县法院。"

他面无表情。

"我发现你在那里做了一些买卖。"

他一直盯着草坪和草上飞起的蜜蜂。

"我对石油买卖并不在行,但我在租赁文件里发现了一些奇怪的东西。"我说。

"那些是公开记录,人们想看什么都行。"他开始在衬衣口袋里摸香烟。

"每次你为明星勘探公司租赁一大块地,都会空出那么一两片地。"

他点燃香烟,胳膊肘撑在吉他面上。

"那些空地被萨利在维加斯的一个公司租下来或全部买下,"我说,"你在平头湖为他做的几笔买卖中,也出现了这个公司的名字。"

"我对此一点儿也不骄傲。"

"那么他是真想介入石油和燃气生意了。"

"他想把生意扩张到所有他能涉及的行业。他的重头戏是赌博业和湖边的房地产开发,至于勘探行业,无论他们是否要在你屋顶上挖掘,只要你在池子里,在那片范围里,你就有租金收。但那也不是他想要的全部。他们在那儿做过一笔大买卖,类似阿拉斯加输油管道那种。那群杂种很粗野,也有足够的钱买白粉。环保人士们大声疾呼,因为那些气体里含有很多硫化氢,气味就像臭鸡蛋一样,但他们真该听听萨利是怎么规划那块地方的。"

"那么说你在明星公司违规了?"

"可以这么说。"

"而且你帮萨利开辟了一个全新的行业。"

"你想让我否认吗?我告诉你,我是这么做了,我没有隐瞒。"

"但那不是全部。"

"什么?"

"达尔顿·魏德林和哈瑞·玛珀斯一定知道你做了什么。"

"一开始他们不知道,但魏德林从一个和我一起工作的人那里听说了这事,他告诉了玛珀斯。一天晚上,他们在旅馆里堵住我,我想他们肯定要向总公司告发我了,但他们只是想让我给他们点儿好处。萨利说没问题,他只付出了一点儿可卡因,这让大家都很高兴。"

"你得告诉我一些能让我弄垮玛珀斯的信息。"

"我没东西可以给你,我知道的已经全告诉你了。他们就像鱼缸里的食人鱼。你把手指伸进去,拿出来时就只剩骨头了。"

他自顾自地拨弄着吉他弦,我不再理他,只是望着外面的草坪,似乎草上蓝绿色的阴影为他掩盖了一个秘密。几分钟后,他回到屋里,换上旧衬衣和破旧退色的粉色休闲裤,开车向小镇西边纸浆厂的烟囱驶去。

他走了以后,我独自坐在寂静的屋子里,意识到今天做不了什么事来解决我的案子,也不知道明天或是后天能做些什么。我已经没有选择余地了,我现在要考虑的不是该做什么,而是该到哪儿去。任何监狱都不是好地方,如果有谁不这么认为,他一定没蹲过监狱。安哥拉是最糟的。任何一个被冤枉却不得不在那里服刑的人,都宁愿把自己钉在十字架上,我想。那是一片辽阔的乡村,很多地方都能让你迷失。

但永远做一名逃犯,我从没这么想过,这和我一直想象的生活相差甚远。这种想法让我麻木,我盯着空中,直到出现了幻觉。

安妮,我想。

但她只在黑暗中出现,而且来得越来越少,她的声音透过水和嘈杂的雨声变得更加微弱。现在我只能依靠自己,还有上帝和戒酒互助会的教条。也许,正如我在医院告诉迪克西·李的那样,我该看看自己拥有的东西,而不是整天盯着那些没办法解决的问题。即使现在纵容自己的堕落,不再参加解救互助会,我还是很清醒。每当我极度想和安妮一起去那水汪汪的地方,我就必须做心理治疗,而不是等待这样一个清晨的来临——在灰蓝色的光线中醒来,穿着内衣安静地坐在床边,把点四五手枪伸进嘴里。无论如何,我还有阿拉菲尔,在墨西哥湾水面下一个绿色的气泡里,上帝把她交给了我。

我想,也许就像棒球赛的第七局,他们把你的快速直球从你耳边打过去,让你的无效曲线球打过板子。下午的阴影慢慢盖过棒球场,你的胳膊很痛,球迷的呐喊就像看台上含混不清的嗡嗡声。一阵微风吹来,吹干了你脸上和脖子上的汗水,你用袖子把眼睛擦干净,把球在腿上蹭了蹭,手指紧紧捏着球。你意识到,分数已经不重要了,你输定了,但也不是糟透了,因为现在你自由而孤独,这让你不在乎胜负。击球员希望你把球向上扔过来,你却要挥动大臂,用力把球扔过去。在微风中,你的脸干燥、凉爽,现在你胳膊轻飘飘的,摆动双腿和整个臀部准备投球,胳膊像蛇一样弹出,球嗖的一声从他身边飞过。你在剩下的比赛中就是这样投球的,在大片阴影中,在吹起的灰尘中,在旗帜飘动声中。你这么做时什么也没想,于是在第九局下半场被淘汰了。

我也不希望让苔丝·里根给我下最后的定论。除非你想给一个人造成伤害,否则,你不会丢下他一个人,自己满眼泪水地从房间里走出去,好像他是个食人恶魔一样。我吃完午餐,打电话告诉她我的想法,约她晚上出来和我还有阿拉菲尔一起去饭店吃晚餐。

"我不知道说什么好,我不想对你那么无情,我只是不了解你。"她说。

"别躲在小学老师那一套后面了。"

"请你不要这样跟我说话。"

"也请你不要让我感觉自己像掉进了深渊一样。"

"你这人真是令人难以置信,你怎么能想说什么就说什么,之后再约人出来吃晚饭?"

"我对你说的是实话,苔丝,我很感激你照顾阿拉菲尔。我尊敬你,也喜欢你,我希望你能知道这个事实,这就是我要说的,其他的我不再说了。"

她沉默了一会儿,然后拿开听筒,清了清喉咙。

"我五点半有个家长会,"她说,"如果你愿意,之后我们可以去吃些点心。"

那天晚上,我把鞋擦亮,穿了一条薄休闲裤和一件蓝色长袖衬衫,配一条红黑条纹的领带。阿拉菲尔和我七点半开车去接她。她住在一幢铺着橙色墙砖的老公寓的一层,前面有一条木质走廊和几根厚厚的木头柱子,公寓前院有一棵巨大的白桦树。她穿着米色凉鞋和一条印花连衣裙,裙子上是粉色和蓝色的花朵。我们去了河边一家露天咖啡馆,点了冰激凌和黑森林巧克力蛋糕。我用信用卡去付钱时希望卡还没作废。这时下起了小雨,山顶上的天空看起来像被墨水染过,我看见远处的山脊上有闪电划过。

阿拉菲尔看到苔丝·里根和我在一起,乐不可支。但在我看来,这不是什么浪漫的序曲,至少我是这么对自己说的。尽管她非常好看,看到她,让我想起了小时候,人们常常说天主教男孩应该娶这样的姑娘。我曾怀疑这样的姑娘是否真的存在,不过我们相信她肯定存在。在认识达莲娜之前,我成年后一共和三个女人有过关系。我的第一个妻子来自马提尼克岛,是法国胡格诺派后裔,或许是个反对传统信仰的人,喜欢破坏教堂里的神像。她很快就厌倦了和一个酒鬼一起生活,这一点我不能怪她。她也厌倦了靠一个警察的薪水度日,变得喜欢财富,热衷于去俱乐部里社交。她后来嫁给了一个休斯敦的地质学家,我最后一次听到的消息,是他们住在橡树河,并在利奥多萨参加了赛马。

安妮不仅是我所认识的最好的女人,也是整个人类中最好的那种人。我称她为我的门诺派女孩,她就像用矢车菊和羽扇豆缝起来的洋娃娃。她的错误是对一切事物的感情都太过充沛——博爱、宽容、关心别人、相信善良总会战胜邪恶。她几乎从不批评别人,当人们的观点和她的世界观不同时,她便认为他们是所谓的命运的受害者。

安妮死后,我和罗宾·戈蒂斯有了关系。她是波旁街头的一名脱衣舞女,有时做妓女。但她勇敢而善良,给予的比索取的多得多。她在新奥尔良老圣路易斯公墓旁的福利院中长大,那是非常需要胆量的。有些人对此不太理解,你可以问问任何一个即使在大白天去过那个墓地的人。如果有人想自杀,或是想体验一下真实的死亡感觉,可以试试在晚上穿过福利院旁的路易斯阿姆斯特朗公园。早在罗宾为了钱在男人面前脱衣服之前,她的身体就被人用很多种方式凌辱过了。我不知道她现在在哪儿,我真希望我能知道。我有两枚紫心勋章。我想它们更应该属于安妮、罗宾和达莲娜,而不是我。

起风了,在渐渐消退的暮色中,我看见小镇西边的山谷里,纸浆厂冒出的烟被风吹平,潮湿的空气里有一股污水的臭味。我们开车把苔丝送回她的公寓,我步行送她到门口。门廊上的灯亮着,她褐色的头发上罩着一层光,在粉蓝色花裙的映衬下,她的肩膀看起来非常苍白。

"今晚谢谢你。"她说着,手指轻触我的手臂,停留了三秒钟。她绿色的眼睛温暖而真诚,我在想,她是否练习了很久,才变成修女和教会兄弟们所说的那种天主教女孩。

* * *

我们在黑色的树影下开车回家,街上路灯的光泛着油亮的黄光,熨在湿漉漉的街道上。我转入街区的街角,阿拉菲尔一直从副驾驶窗口看着我们后面的一对车灯。

"那辆车刚才停在里根小姐家那里。"她说。

"你说什么?"

"你和里根小姐在走廊上说话时,那辆车就停在我们后面。"

我在家门前停下车,街道很黑,河对面纸浆厂的一丝灯光照在水面上。

"不要离开卡车。"我说着伸手从车座下拿出点四五手枪。后面那辆车靠着路边停下来,当我把手枪藏在腿后面,走出卡车时,那个司机关掉了车前灯。

克莱特斯从丰田吉普车的窗户里伸出头,咧着嘴笑着,一顶白色鸭舌帽压在他眼睛上方。

"嘿,你能不能告诉我在哪儿能搭上去圣查尔斯的电车?"他说,"你身后藏着什么呀,高尚的人?我们在这儿碰上麻烦了吗?"

"你跟着我干什么?"

"我在路上开车,碰巧看到你在另一条街上。心跳放慢点儿,戴夫。"他从丰田车里出来,伸了伸懒腰,打了个哈欠。他穿着一件紫色足球衫,胸前有个大虎头,腰两侧的肥肉从蓝色牛仔裤的裤腰上鼓出来。他把手伸进车窗,从一个纸袋里拿出一瓶威士忌,拧开瓶盖喝了一口。

"那个小姐是谁?"他说。

我没有回答。我带着阿拉菲尔走进屋里,打开所有的灯,把每个房间检查了一遍,然后回到屋外。他坐在台阶上抽着烟,酒瓶放在膝盖旁边。

"那个新小妞是谁?"他说。

"你用错词了。"

"好吧,那位女士是谁?"

"只是一个朋友,学校的一个老师。她有时候照顾阿拉菲尔。"

"我挺奇怪她长得并不难看,这也许只是个巧合。"

"你在忙什么,克莱特斯?"

"没什么,也许我只是想和你聊一分钟。你有一分钟时间吧?"

我坐在他旁边的台阶上。在纸浆厂灯光的照耀下,我隐约看到他的吉普车后面装着几个手提箱,还有卷起来的睡袋。他从口袋里取出皮夹,开始数厚厚一沓二十美元的钞票。

"你钱够用吗?"他说。

"还行。"

"不对吧。"

"我还有信用卡。"

"你记得,有一次我在杰弗逊输了钱,你借钱给我,所以露易丝才没发现。"

"你已经还给我了,就是那次我们去加佛港钓鱼旅行的时候。"

"没有全还清,那次钓鱼我没有付钱给老板。"

我看着他。

"那个家伙不是好东西,他把我们带到沙洲上,却没给够我们鱼饵,他那个老兄也很狡猾。你认为我应该给他付四百美元吗?"

"谢谢你,克莱特斯,我现在不需要钱。"

他把一沓折好的钱夹在手指间,塞到我的衬衫口袋里。

"拿着,别再惹我生气。"

"看来你都收拾好准备出发了。"

"这很难说。"

"你打算干什么,老兄?"

"我想我比较擅长控制人口和旅行。你对谁说起过查理·托德斯?"

"缉毒局。"

"我就知道。"

"那个官员说他会告诉当地警方的。"

"那也没什么。我就知道你会这么做,老兄,你一直是个正直的警察。"

"还有更糟的事。"

"什么意思?"

"没什么,我只是说我自己。我要进屋了,你进来吗?"

"不了,谢谢。我想我也要走了,也许我会去吃个牛排。"

"你至今一直很走运,克莱特斯。你会没事的。"

"你应该和我一起去阿尔伯顿的九英里饭店,他们的牛排能用汤勺切开。小心提防那个小学老师,那类女人会嫁给你的。"

我看着他在黑暗中驾车离去,转身走进厨房,把口袋里那沓钱拿出来放在桌上。我拿起钞票数了数。有些钞票面额五十美元。他一共给了我六百多美元。

晚些时候,迪克西·李回来了,抱着一台他花十美元买来的黑白电视机,然后穿着内衣坐在沙发上看晚间节目。这时电话响了,我睡眼蒙眬地坐在床边,看着他在亮灯的走廊里接电话。他毛茸茸的肚子在条纹短裤的松紧带上面凸起。他捂住话筒。

"是大瀑布城缉毒局的那个波兰佬,"他说,"要我告诉他你被吵起来了吗?"

"是的。"我说着从他手里拿过电话,回到卧室,关上房门。

"什么事,丹?"我说。

"我很高兴你在家里。"

"我也很高兴自己在家里,我的手表显示现在是凌晨一点钟。"

"一小时以前,有人朝萨利·迪欧开了一枪,他们差点儿杀了他。那里的警长准备将你列入嫌疑犯名单。"

"麻烦你明天早上给他打个电话,好吧?告诉他你是几点钟和我通话的,我不想再和那个家伙打交道了。"

"当然。嘿,打电话给我的那个警察说萨利是真被吓坏了。开枪的人爬到房子上面的一个土墩上,一枪打穿了厨房窗户玻璃。当时萨利正坐在桌边喝牛奶吃饼干。子弹打碎了玻璃和一些花盆,碎片溅得他全身都是。猜猜现在谁最需要警方保护?"

"现在警方有什么收获?"

"没什么。他们只知道子弹是从哪里射出去的,仅此而已。"

"没有目击者?"

"目前还没有,你有什么想法?"

"可以这么想,有多少人不喜欢看见萨利逍遥法外?"

"不,不,我们还是更直接一点儿吧。"

"最近我的推论没什么用了。"

"我们说的是普赛尔。"

"他之前还来过我这儿。"

"多久之前?"

"三小时前。"

"足够让他赶到那儿去了?"

"是的,够了。"

"你认为是他干的?"

"也许吧。"

"哦,萨利的处境不妙啊。我在想他会怎么处理这件事。"

"他会雇更多的白痴过来。我很累了,丹,还有其他事吗?"

"避开普赛尔。"

"这话你最好跟迪欧家说。克莱特斯不会伤害我。"

"我可不认为那种人会听缉毒局的劝告,反正这不是联邦政府的事,有时候你得退后,坐在那儿看好戏就行了。"

我回到床上,一直睡到太阳照着我的眼睛,听见孩子们星期六早上溜旱冰的声音。

今天早上我不愿想自己的麻烦,隔壁女士给我送来一些烤鹿肉,然后阿拉菲尔和我便收拾好旅行包,准备去野餐。我们带上迪克西·李,开车沿着比特鲁峡谷到了库特奈溪谷。天空万里无云,一抹蓝色从蓝宝石山一路跨过峡谷,延伸到凹凸嶙峋、白雪覆盖的比特鲁山脉。我们沿着河床边的小径往上走了两英里。白花花的河水在岩石上翻滚涌动,山谷脚下长着茂密的棉白杨和美国黄松,层层岩壁笔直地矗立着伸向山腰。那里的松林更浓密,山峰就像锋利的铁器。空气很凉爽,弥漫着一般浓浓的气味,那是来自岩石间的薄雾、潮湿的植物、松针、厚厚的枯死的树叶,还有闻起来像洋葱一样的腐烂木头混合起来的气味。

我们沿着河床爬下一个斜坡,在一圈岩石中间点了堆火。在这里,溪水平稳地从大石头上流过,注入岸边一个平静的水塘。我们把汽水放进那个湖里冰着。我带了一个烤架,架在火上方的石头上,把鹿肉切成细条,和包在锡纸里的马铃薯一起放到烤架上,又将一条法式面包切成片。鹿肉的油脂滴入火中,在风中吱吱作响,冒出青烟。由于鹿肉脂肪非常少,很快就被烤得卷起来,变成棕色了,我不得不把肉挪到烤架边上。

吃完饭,迪克西·李和阿拉菲尔发现了一堆岩石,里面有很多花栗鼠。他们往石缝里扔面包屑的时候,我沿着溪水走到远处,坐在一个水塘边,阳光洒在水里,水面上有一圈圈白色泡沫和树叶。透过河对面的杨树林,我看见长满青苔的悬崖笔直地指向天空。

接着,奇怪的事发生了,她从来没在我醒着的时候出现过。但是我在水中看见了她的脸,阳光在她的头发上旋转。

不要放弃,水手。她说。

什么?

你碰到过更糟的事,以前你总能摆脱。

什么时候?

在越南不是吗?

那时我有美国军队的支援。

听听水中的声音,你会没事的,我保证。再见,亲爱的宝贝。

你不能再多待一会儿吗?

但是风吹动棉白杨,阳光从水中消失了,水塘现出一片阴影和空荡荡的沙石底。

"别在那里自言自语,老兄,"迪克西·李在我身后说,"你让我感到担心。"

* * *

没过多久，我就知道了萨利·迪欧打算怎么解决自己的难题。那天晚上，他打电话到我家。

"我想见你。"他说。

"为什么？"

"我们谈谈。"

"我没什么好跟你谈的。"

"听着，老兄，无论如何，我们得把事情讲清楚，现在。"

"我有什么地方让你感兴趣了？"

"我对你的一切都不感兴趣，你怎么回事？脑子进屎了还是怎么的？"

"我今晚没空，另外，我不愿意再见你了，萨利。"

我能听到他沉默的恼怒和气愤。

"听着，我正在作出努力，"他说，"我再退一步，我可以不这么做的，我可以用其他方式解决这事。但我想把你当成一个理智的人对待。"

我故意足足等了五秒钟。

"在哪儿？"我说。

"在密苏拉有个酒吧餐厅，叫'粉红斑马'，沿着河边走，过了希金斯就到了。在一条巷子里，那是个高雅场所。九点钟见。"

"我会考虑的。"

"听着，老兄——"

我挂了电话。

晚些时候，我把点四五手枪放到卡车座位下面，把阿拉菲尔送到保姆家，接着开车去了城里的"粉红斑马"酒吧。酒吧在一条铺着地砖的巷子里,巷子被改建成了步行街,两旁是小咖啡馆、商店和酒吧,这里提供的更多是音乐表演,而不是酒水。

我走进酒吧,走过咖啡机和一排放着香槟桶的卡座。砖墙和天花板上挂着闪烁的水壶和常青藤。后面是个小包厢,萨利·迪欧坐在桌前,身边坐着两个我从没见过的人。他们俩和我在新奥尔良见过的那类人一样,都在三十岁左右,比这个年龄的人身材更结实,他们的热带衬衫搭在灰色休闲裤外面,脖子上挂着金项链和宗教徽章,尖头黑漆皮皮鞋闪闪发亮。目光麻木冷静,不带任何感情,好像正看着一个空荡荡的衣橱。

我停在门口,他们中的一个站起来走向我。

"如果你要进来,罗比乔克斯先生,我必须确认你没有携带任何不受欢迎的东西。"他说。

"我想我们不需要那么做。"我说。

"我们这么做是出于礼貌,并不想故意冒犯谁。"他说。

"今晚不用,老兄。"

"因为每个人都想安心,"他说,"那样一来你们可以喝酒、聊天,你来做客人,你们之间没有任何紧张气氛。"

"你怎么看,萨利?"我说。

他对我旁边的人微微摇了摇头,那个男人退了回去,好像身后牵着一根线一样。

萨利穿着一件奶白色西装,黑色吊带裤,带白圆点的敞领紫色衬衫,鸭尾式的头发一直梳到脖子后面。他抽着香烟,紧紧盯着我,目光热烈得令他的右眼皮都抽动起来。

"把服务员叫来。"他对站着的那个男人说。

"您想喝些什么,罗比乔克斯先生?"那个男人说。

"什么也不用。"

他还是把服务员叫来了。

"给迪欧先生的客人拿瓶好酒来，"他说，"再给迪欧先生拿杯曼哈根鸡尾酒，你还需要别的吗，萨利？"

萨利再次摇了摇头，并示意这两个人出去。我坐在他对面，烟灰缸里有六支烟头，亚麻桌布上到处都是烟灰，我能闻到他呼吸中浓重的尼古丁气味。他右眼下面的圆形疤痕紧绷在皮肤上。

"这他妈的到底是怎么回事？"他说。

"你指什么？"

"查理·托德斯的事。"

"我对他的事一无所知。"

"少放屁了，他昨晚想干掉我。"

"那和我有什么关系？"

他用鼻子呼气，湿了湿嘴唇。

"我想知道发生了什么。"他说。

"你难倒我了，萨利，我不知道你在说什么。"

"你和托德斯达成了某种协议。"

"我想也许是你脑子被烧坏了。"

"听着，别想糊弄我，你和他想弄出点儿事来，你给他付钱或别的什么，把他拉拢了。我不知道你们达成了什么协议，但相信我，老兄，这不值得。"

"这就是你想见我的原因？这真是太浪费时间了。"

"你想要什么？"

"什么也不想要。"

"我是认真的，别再跟我兜圈子，我们在谈生意。我们现在把事情全说清楚,我们要是谈不拢,我父亲会来搞定。你明白吗?你和查理·托德斯,再也不可能像我这里的人一样弄到几百万美元。"

"你找错人了,萨利。"

服务员端进来一杯曼哈根鸡尾酒和一瓶放在银色冰桶里的酒。他拔去酒塞子,把酒倒进一个玻璃杯给我品尝。

"出去。"萨利说。

服务员离开后,萨利重新点了一支烟,把烟雾深深吸入肺里。

"听着,"他说,"我们之间根本没什么。"

"那你就不该把那些坏蛋派到我家里来。"

"这只是我个人的怒气,已经过去了。没有人受伤,现在这事结束了。这里能挣很多钱,你能分到一部分。"

我看了看手表。

"我还得去别的地方。"我说。

"你他妈的怎么回事?我说的是你这辈子做梦都想不到的好事,我说的是每周挣三四千美元。还有小妞、塔霍的公寓,任何你想要的都有。你要拒绝这一切,就因为跟我有过节?"

"再见了,萨利。别再派任何人到我家来,这不会帮你解决查理·托德斯的麻烦。"

我准备起身,他把一只手放在我手臂上。

"我知道你想要什么,你需要什么,老兄,而我能给你这些。"他说。

"你指什么?"

"那个叫玛珀斯的家伙。迪克西说他能让你进监狱。让玛珀斯不再来打搅你,你看怎么样?"他喝了一口鸡尾酒,眼睛在酒杯上方平静专注地盯着我。

"我甚至都不知道他在哪儿。"我说。

"你说句话,我们之间的屁事就一笔勾销,你把那个杂种查理·托德斯交出来,玛珀斯就是个死人了。你会看到照片,然后把照片烧掉,这事跟你一点儿关系都没有。没人会再看到这个家伙,就像他从来没有存在过一样。"

"我会考虑一下。"

"你会考虑一下?"

"那就是我要说的,萨利。明天下午给我打电话。"

我从餐厅出来,走进凉爽的夜色。街上都是大学生,我能闻到烟囱里飘出的松木烟味,还有浓重、冰凉的河水气味。

我到家后,迪克西给我看了一个密苏拉侦探放在我信箱里的名片。这个侦探在背面用铅笔写了字,大意是让我给他打电话,因为他已经来过家里两次了,都没见到我。我怀疑这是因为尼古斯基把查理·托德斯的事告诉了当地警方。我把卡片放在冰柜上,把阿拉菲尔抱上床,然后和迪克西·李一起看晚间电视节目。

我一觉睡到天亮,没有做梦,夜里也没有起来。醒来后,我端着一杯咖啡来到外面的走廊上。桥下的阴影中,绿色的河水湍急,在河水深处的大石头上翻滚。阳光透过院子里的枫树照进来,看起来像旋转的玻璃。

第十一章

星期天早晨,我带阿拉菲尔参加了九点钟的弥撒。回来后我们做了煎饼,和迪克西·李一起吃早餐。他修了脸,熨了裤子,穿着一件白色西装。

"你要去哪儿?"我问。

"一个唱诗班的人让我去他们教堂里弹钢琴,我希望进去时天花板别被震下来。"

"那很好啊。"

他低头看了看咖啡杯底,摆弄着套在手指上的人造钻戒。

"我有些烦心事。"

"什么事?"

他看了看阿拉菲尔。

"阿拉菲尔,迪克西·李一会儿到外面帮我点儿忙,你把碗洗一下好吗?"我说。

我们出门走到卡车旁边,从座位后面拿出一把小扫帚,开始扫车里的地板。

"我想我恐怕要喝酒了,今天早上我醒来时很害怕这事。"他说。

"你慢慢戒酒就行了。如果实在想喝,每天就喝一次,每次五分钟。"

"我他妈的为什么会害怕,老兄?"

"因为是恐惧让我们喝酒。"

"我不明白,想不通。我昨天感觉真的非常好,今天却心里发抖。你看我的双手,我感觉自己刚从醉酒中清醒。"

"迪克西,我不是心理医生,不过我知道你今天要去一个教堂,很像你小时候去的那个。也许你想起了过去一些糟糕的记忆,谁知道呢?随它去吧,朋友,你今天早上很清醒,那才是最重要的。"

"也许有些人就是不能克服过去。"

"你不属于那种人。"

"我如果再喝酒,你真的会把我赶出去吗?"

"是的。"

"你的话让我感到一阵冷风吹进我的灵魂。"

"你按照步骤一步一步来,我保证,所有的恐惧,还有你脑子里那些古怪的反应都会不见。"

"什么反应?"

"奇怪的想法和图像,那些毫无意义的事,那些你不会告诉任何人的东西。如果你遵循戒酒进程,所有这些东西都会逐渐消失。"

早上空气凉爽,微风拂过河面,他的前额和眉梢却渗出滴滴汗珠。

"戴夫,我就是难过得要命。我不知道是怎么回事。"

"很快就会过去的,"我说,"今天别去想它。"

但他的眼神很凄苦,我非常理解他此刻经历的这种痛苦,我也知道自己说的话现在没什么用,但以后会对他产生影响。

"既然我们都出来了,我再告诉你一件事,"我说,"今天下午有个电话打过来,我不希望你接。"

"好的。"

"是萨利·迪欧打来的。我不想让他知道你住在这里。"

"你在骗我吧？"

我继续用扫帚打扫地板。

"戴夫，那不是真的吧？"

"事情很复杂。"

"狗屁。这就是个噩梦，你在干什么呀，戴夫？"

"别接电话就行了。"

"打死我也不会理这个狗娘养的。"

一小时后，电话铃响了。是苔丝·里根打来的，不是萨利·迪欧。

"杰森，我对你说过的那个八年级男生，和黄色汽车里的男人说话的那个，他刚才骑自行车到我家来。"她说，"昨天晚上，他和几个亲戚去海德霍斯饭店吃晚饭，看见那辆黄色小汽车停在饭店后面。他肯定那是同一辆车，他记得车后窗的玻璃裂开了，贴着怀俄明大学的标签。"

"那是辆什么车？"

"水星牌汽车。"

"他记得车牌号吗？"

"不记得，我问他了，他说他没带纸和笔。小孩子做事不会那么周全，戴夫。"

"他做得很好了，"我说，"你刚才说是吃晚饭时？"

"是的，他说他们进饭店的时候，那辆水星汽车就在那儿，他离开时车还在那儿。他想把这事告诉他叔叔的，但昨晚是个生日派对，有时候大人不愿意听小孩子说话。"

"谢谢你，苔丝，告诉杰森，我对他所做的非常感激。"

我和阿拉菲尔开车到了海德霍斯饭店，那是一家位于城镇南边的巴伐利亚风格大饭店。正值午饭时间，人们拥进饭店，停车场的一半已经停满了车，但没有一辆是黄色水星。我绕到楼后面和两侧，同样运气不佳。我带阿拉菲尔去买了一个冰激凌蛋筒，半小时后又回来，仍旧什么也没发现。

我们回家后，迪克西·李在门前台阶上看报纸。

"没有电话，至少我在家时没有。"他说。

"教堂那里怎么样？"

"挺好的。他们让我星期三晚上再去表演一次。他们对一个过气的歌手真不错。"

阿拉菲尔刚走进屋里，电话铃就响了。

"见鬼，他打来了，"迪克西·李喃喃说，"放松点儿，小子，我们还是在阳光下待一会儿吧。"

阿拉菲尔已经拎起了听筒，但我在她开口之前就把话筒轻轻拿了过来。我走到卫生间，关上门。

"你考虑好了吗，罗比乔克斯？"萨利·迪欧说。

"我还是觉得你把事情搞混了。"

"我对你的观点不感兴趣，你是想做生意，还是想继续胡闹？"

"你已经让事情变得更糟了，萨利。你雇了查理·托德斯来要我的命。"

"那是过去的事了。你不请自来，闯进我家，惹我父亲生气，你在马路上挑起事端，我也不能吃亏。这就是我的看法。"

"你想怎么办？"

"你什么意思？我想怎么办？我昨晚已经跟你讲得很清楚了。"

"不，你没有。你说一星期挣三四千美元，你是打算把这笔钱付给保安吗？"

"我们会根据你的情况给你安排工作的。你来管理维加斯的一间夜总会，你所要做的就是点钞票。你知道，从六个门厅投币口里通过逃税而获得的利益有多少吗？"

"我马上就要接受审判了。"

"你在耍我。"

"不，我想是你在戏弄我，萨利。你讲了一堆在维加斯挣大钱的屁话，让我觉得没必要再担心哈瑞·玛珀斯，结果过不了多久，我就得回路易斯安那戴上手铐。"

"那个该死的疯子朝我开枪后，你认为我还能跟你开玩笑吗？"

"那是你的问题。我最担心的是进监狱，还有你雇的蠢货在我房子周围转悠。"

"我告诉你了，现在没有任何人盯着你，你还有什么不明白的？这是个很简单的交易。你挣钱，我挣钱，玛珀斯完蛋，你自由地回家。我保证没人会知道我们的事，你以前是个警察，你知道这一点。"

"我想我不愿意和你做什么生意，萨利。"

"什么？"

"我想你很快就会再进监狱。"

"这算什么，你到底在他妈的干什么，老兄？"

"别再往这儿打电话了，我从你的生活中消失了，想都别想我。"

"你这个吃屎的杂种，你算计我……你不会得逞的，狗杂种……这是个圈套……你告诉尼古斯基……我有律师能把他摆平。"

我静静地把听筒放回架子上，走出去，和迪克西·李一起坐在台阶上，他正在看报纸上的漫画。他翻了一页，两手把报纸扯得平平的。

"别告诉我,我的精神现在脆弱得就像吞了刀片一样。"他说。

几分钟后,我打电话到尼古斯基家,他不在家。于是我把阿拉菲尔抱上卡车,又开车来到海德霍斯饭店。这一次,后车窗上有裂缝和怀俄明大学标签的黄色水星汽车,就停在大厦阴影下的大垃圾桶后面。

我把车停在远离水星车的主停车场,带阿拉菲尔进了饭店,给她买了一瓶可乐,让她坐在壁炉旁,不过壁炉现在已经被改造成了大鱼缸。

我来到吧台,对收银的小伙子说:

"我倒车时撞到了停在饭店旁边的一辆黄色水星汽车,"我说,"可能是这里某位工作人员的车,我想车只是擦了一下,但还是想和车主谈谈。"

"饭店大楼旁边?就在那里吗?"他指着那辆车停的位置问道。

"对,就是那儿。"

"那好像是贝蒂的车。她在那里。"

她三十岁左右,金发,胭脂涂得太浓,穿着巴伐利亚服务员制服,显得有点儿老。

"饭店楼边上的水星汽车是你的吗,就是贴着怀俄明标签的那辆?"我说。

"没错。"她停下洗杯子的动作,对我微笑着,眼角有细小的皱纹。

"我恐怕倒车时撞上你的车了,我想并没有把车撞坏,但你最好去看一眼,确认一下。"

"你撞不坏它的,它已经开了十二年,跑了八万五千英里啦。"

"好吧。我只是不想招呼也不打就跑掉。"

"那请稍等一下。"她把几个啤酒杯从水槽里拿出来,扣在一张叠起来的洗碗巾上,接着跟收银的小伙子说了几句,"我得快一点儿,我们现在相当忙。"

我告诉阿拉菲尔,我很快就回来,然后和女服务员一起出去看她的车,我的手摸过水星汽车尾灯上的一些擦痕。

"我大概就是撞到这儿了,"我说,"我不知道这些擦痕是不是以前就有,也许我撞到的是保险杠。"

"没事,这不值得担心,反正我也打算处理掉这辆车。"

"你是不是哈瑞的朋友?"我说。

"哪个哈瑞?"

"玛珀斯。"

"没错,你怎么知道?"

"我想我看到过你们在一起。"

"你怎么认识哈瑞的?"

"通过石油生意,我还以为他正在大分水岭东面做土地租赁的工作呢。"

"他是在那儿工作,现在只是暂时待在这里。"

"哦,我很抱歉耽误你的工作。"

"没关系。你真是个好人,还会关心这种事,没有多少人会这么做。"

她是个好女人,我不想欺骗她。我很奇怪她怎么会和哈瑞·玛珀斯搅和在一起。也许因为这是个以蓝领工人和男性为主的城镇,我想,在这里,女人的机会很少。不管怎么说,我还是对她感到抱歉。

我把阿拉菲尔送回家，打电话给保姆，又打给苔丝·里根，她们都不在家。

"洛克希电影院花一美元就能看两场连映的电影，我带她去，你觉得怎么样？"迪克西·李说。

我还没来得及遮掩，他已经看到了我脸上的犹豫。

"你认为我会喝醉，把她一个人丢在那里跑掉？"他说。

"不是。"

"或许我还没能让你信任我，就像你信任教堂里那个老太太一样。"

"我只是不知道你今天本来打算干什么。"

"你到底想不想让我照顾她？"

"你愿意这么做，我很感激，迪克西。"

"是，我看出来了。不过不用谢，我不怎么善解人意，我只想试试看。"

"我今晚可能很晚才能回来，"我说，"你能给她做晚饭吗？"

"对我有点儿信心，老兄。我会感激不尽的。"

我又开车穿过小镇，把车停在海德霍斯饭店后面的小路上，这样就能看到那辆黄色水星了。我等了很久。终于，八点钟的时候，她从饭店里出来，胳膊下面夹着包，走进汽车发动了引擎，向南朝比特鲁峡谷驶去。

我跟着她沿河开了二十五英里，山谷里的光线依然很好，即使我们中间还有其他车，我也能在几百码之外清楚地看到她的车。接下来她转上一条土路，穿过牧场，朝山脚下驶去。我在公路边停下车，拿出望远镜，看着远处扬起的白色灰尘越来越小，最终消失不见。

我驶上土路,进入从山边延伸过来的紫红色阴影,穿过一条两边长满棉白杨的宽阔溪流,路过一间腐朽无顶的小木屋,看见屋边有一只小鹿在吃草,然后进入了正对深谷的一片高地。水星车扬起的尘土仍然悬在她的房子周围的石栏上。房子是新盖的,用剥了皮的木材搭建,刷了一层亮亮的黄漆,前面有一个带栏杆的阳台和尖尖的屋顶。窗子上摆着一箱箱矮牵牛和天竺葵。但是,院子里只有她那辆车。

我继续往前开,来到峡谷里的林务局停车场,用望远镜观察了她家半个小时。她在屋后台阶上给一只黑色的拉布拉多喂食,把衣服从晾衣绳上收下来,把一堆玻璃罐从储藏室里拿进屋,就是没有哈瑞·玛珀斯的影子。

我回到家,发现阿拉菲尔已经睡着了,迪克西·李正为他那把闪闪发亮的吉他换一套新弦。

我不用再给丹·尼古斯基打电话了,因为他在第二天早上八点五分给我打来了电话。

"还是你先打来了,"我说,"我昨天想给你家打电话找你的。"

"想说萨利·迪欧的事。"

"没错。"

"你想告诉我,你和他在电话里的谈话。"

"没错。这么说他确实用了屋外路上那个付费电话?"

"是的,他当然用了。他以前一天要用好几次,打电话给维加斯、塔霍、洛杉矶、加尔维斯敦。注意我说的是以前。"

我半眯着眼睛,用食指和拇指按着太阳穴。

"我一直很同情你,也试着帮你,"他说,"我把你当知心朋友。我刚和几个联邦探员开了个电话会议,他们现在非常生气。我对他们解释了,但似乎丝毫没起作用。"

"丹——"

"不,昨天你已经说过了,今天该轮到我说了。你毁了一个联邦政府的窃听装置,你知道我们花了多长时间才安上去吗?"

"听听你们录下来的磁带,他鼓动我去杀人,他这次砸了自己的脚。"

"你记得我曾对你说过,萨利并不是个真正的黑手党老大。他的确不是,他曾因偷窃信用卡而被拘留。他只是个三流角色,但和内华达州一些大人物有联系。那些都是聪明人,而他不是,他犯了那些人不会犯的错误。等他垮台的时候,我们希望有一大帮人陪他一起上路。你现在明白整个计划了吧?"

"好吧,是我弄砸了。"

"更让我恼火的是,我认为你对这种后果知道得一清二楚。"

"他自己踏进圈套,我就顺其自然了。我很抱歉给你带来了麻烦。"

"不,你是想让他确信自己已经被人录了音,那样他就不会再来袭击你了。"

"那你会怎么办?"

"我会从一开始就离他远远的。"

"这个回答不诚实。如果迪欧那种人想袭击你,也许是你和你两个女儿,那你会怎么办?"

听筒里传来长途电话线路发出的嗡嗡声。

"密苏拉的那个侦探找到你了吗?"他问。

"他来过，留了一张名片。"

"如果你在那儿也碰到了麻烦，我希望他能帮上你的忙。"

"听着，丹——"

"我得去接另一个电话了，再见。"他说。

我走进厨房，冲了一碗谷物粥，却不小心洒得满地都是。我用一块湿纸清理掉谷物，扔进垃圾桶。

"我去工作了。"迪克西·李说。

"好的。"

"刚才是谁打来的？"

"谁也不是。"

"哦……那个，周三以后你打算干什么？"

"什么？"

"我是指阿拉菲尔，我那个活儿一天只要工作四小时，我可以随便什么时候去。"

"你在说什么？"

"学校放暑假了，是吧？我能帮你照顾她。我什么时间在家最好？"

"我不知道，迪克西，我现在没办法考虑这个。"

他静静地看着我的侧脸，然后转身出门，走到他的车旁。我看了看手表，现在是八点半，我锁上房门，把点四五手枪放到车座下，再次向南驶向比特鲁峡谷。

这次，那辆黑色吉普斯塔车就停在水星车旁边。我把车缓缓开进院子里，从车里出来，炊烟从石烟囱里飘出来。透过前窗，我看见那个叫贝蒂的女人正坐在客厅桌边,和一个男人喝咖啡。

门廊的栏杆和刷着黄漆的木头被露水沾湿了。我踏着台阶走上门廊,敲了敲门。那个女人打开门,哈瑞·玛珀斯张着嘴巴瞪着我,他站起来,走出我的视线,去了旁边的房间。

"嗨,"她认出了我,朝我微笑着,"你是——"

"昨天没有告诉你我的名字,我叫戴夫·罗比乔克斯,我想和哈瑞谈谈。"

"当然,他就在这儿,但你怎么知道我住这里?"

"很抱歉打搅你了,能否麻烦你让他到这儿来?"

"我不明白,"她说着转过身,看见玛珀斯就站在她身后,"哈瑞,这就是我跟你说的那个人。"

"我猜就是你。"他对我说。

他穿着牛仔裤和法兰绒衬衫,左手抓着一支黑色自动手枪。他脸上的铁链伤痕现在几乎完全消失了。

"哈瑞,你在干什么?"她说。

"这个人在路易斯安那袭击过我。"他说。

"哦!"她说,接着她又说了一声,"哦!"

"到外面来,玛珀斯。"我说。

"你不知道什么时候该停手,是吧?"他说,"我的律师告诉我,你可能会做出这样的事,他也告诉我该怎么做。"

"你指什么?"

"你想恐吓目击证人,你只是在给自己找更多的麻烦,想想吧。"

"看来你手里握着所有王牌。瞧,我没带武器,你为什么不出来?没人会吃了你。"

他握着枪的手指显得很长。自从我离开越南后,只见过一两支这样的枪。这是七点六二口径的苏联托卡列夫枪,越战时期北越军官经常随身携带的武器。

玛珀斯舔了舔嘴唇上的三角形伤疤,紧绷着嘴,眯起眼,似乎正轻咬一根线。他长得并不难看,仍然保持着篮球运动员的体格,看上去像个能轻松晨跑五英里的人。在超市里排队时,你不会注意到他,除了他的眼睛。只要你有他感兴趣的东西,他便会算计你。有时你仔细看这种人的眼睛,会发现里面隐藏的念头,那会让你赶紧移开视线。

"你说得没错,"他说着把手枪放在门边的一个沙发扶手上,"因为你脑子被熏坏了,你总是狗急跳墙,你是一个总喜欢管闲事的讨厌鬼。"

他打开纱门,走到门廊上。

"你认为这会让你的审判结果有所不同吗?"他说,"你以为在蒙大拿跟踪我,就能让所有证据都消失吗?"

"你弄错了,哈瑞,我已经不打算去弄垮你了。你太狡猾,你一辈子都在耍别人。你十七岁时烧死了两个人,谋杀了几个印第安人、路易斯安那的服务员还有你的搭档,我想你还强奸并谋杀了达莲娜。却从所有事件中安全脱身了。"

纱门后面那个女人面无血色,玛珀斯的胸脯随着呼吸一起一伏。

"听着,你这浑蛋——"他说。

"但我不是为这些事来的,你开着那边那辆水星车去了学校操场,拿着望远镜看我女儿,还打听她的事。现在,我要说的很简单,如果你再接近她,我就杀了你。相信我,我现在已经没什么可失去的了。无论你在哪儿,我都会找到你,把你该死的脑袋打烂。"

我从门廊里出来,走到院子里。

"哦，不，你别走，"他说，"你也是，贝蒂，待在那儿别动，听我说。我的律师对这个人做了调查，他是个酒鬼，他精神有问题，他有妄想症，因为他老婆被几个毒贩子杀死了。之后有人威胁了他女儿，他就认为是我和我搭档干的。他以前是个警察，好几打的人都和他有仇，他似乎从没想过是那些人干的。我告诉你一件事，罗比乔克斯，贝蒂的儿子在密苏拉的一所教会学校上学，她和她前夫轮流监护。有时候我替她接送孩子，如果那是你女儿的学校，这只是巧合，事情就是这样。"

"你听到我的话了，下次就没有警告了。"我说。

我回到车里关上车门。

"不，哈瑞，把他叫回来，"那女人说，"谁是达莲娜？他说的强奸是怎么回事，哈瑞？"

"他走了，把门关上。"他对她说。

"哈瑞，我要打电话报警，他不能说完那些话就一走了之。"

"他走了，不会再回来了。"

就在我发动引擎时，他朝我的车窗走来。

"你会进监狱的，"他说，"什么也改变不了这一点。你能让我和我女朋友闹矛盾，也可以说你会杀了我，如果那让你感觉很好的话，但是再过几星期，你就会去安哥拉种红薯了。"

我挂上倒车挡，沿着一个半圆倒车。他的头发被风吹起，皮肤在阳光下显得粗糙健康，他的目光从没离开过我的脸。我握着变速杆，指节鼓起，踩下脚踏板时，我的大腿在颤抖。

我所做的一切都是徒劳。

但现在还有时间，那个时刻依然可能出现——从车座下拿出点四五的手枪，突然对准他的脸，把他敲得跪在地上，将枪筒狠狠压进他的脖子，上好膛，让他也体验一下金属发烫、火焰蔓延到油箱，他的受害者在汽车里乱抓时的恐惧。我能感到点四五手枪跳进我手里，好像有了生命似的。

我关掉引擎，走出卡车。在清新的空气里，我的脸很凉爽。黄色的小木屋和山坡上的北美黄松、蓝色云杉似乎都在阳光下打转。他的目光落在我的手上，我摊开手掌。

"你看过西贡的刑柱吗？"我说。

"什么？"

"一些南越士兵和警察会把犯人押到刑柱边，把他们绑在柱子上，然后在耳朵后面开一枪。别人是那么告诉我的，我从来没见过。"

"我想你是脑子坏掉了，给你三十秒钟，离开贝蒂的房子，之后我们会报警。"

"你最好仔细听我说的话，哈瑞。行刑的人是一类特殊的人，他们可以杀完人后回家吃中午饭。你能理解这种人，在一群人中间，你们会相互认出来。但你知道我不像你，所以你不怕我。我能到这里来说些杀了你的话，但你知道，我不会那么做。不过，不知道萨利·迪欧会不会这么做呢？"

"迪欧？你真的疯了，从这儿滚出去，老兄。"

"他说要干掉你，那可不是空话。他湖边的别墅里来了一些陌生人，他们可不是冒牌货，是真正的职业杀手。你可以打电话给大瀑布城缉毒局的丹·尼古斯基，问问他，或者，最好让他告诉你这是假的。如果那还不够，我可以给你萨利没有登记的电话号码，你可以和他谈谈这事，我要是在胡说八道，你在几分钟内就能查清楚。"

"我有什么可让迪欧关心的？我只见过他两次。"

"问问他。也许你不该插手他和迪克西·李的租赁买卖。也许他是个精神病，我怀疑他是否能想清楚。"

他的眼神好像集中在眼前十英寸的地方，然后又转回我身上。

"你从哪儿听来的？"他问。

"离我女儿远点儿，别再靠近那个学校，我不管你女朋友的儿子是否在那儿上学。"我说完，回到卡车里，开车驶上了土路。

在后视镜里，我看到他独自站在院子里盯着我，那个女人在后面扶着纱门。

我回到家，沿街走到一个戒酒互助会参加午间聚会，买了点儿晚餐的材料，然后坐在屋后台阶的阴凉处，努力琢磨玛珀斯的想法。他是个聪明人，这几年，他杀了好几个人——第一次杀人是十七岁，上帝知道他在越南杀了多少人——没因此坐过一天牢。他不会情绪失控，精于算计，利用恐惧和暴力获取即时结果，非常实际。像所有反社会者一样，他的感情很简单，全部集中在欲望、生存和摧毁敌人上。他外表看上去很低调、无害——直到受到威胁。但他应付自如。

当他在大分水岭东面——就是印第安酒吧和克莱顿·德马尔托母亲家之间的土路上——看到我时，在某些方面，我让他害怕。他到学校操场去，是想转移我的注意力，或者想激怒我再去攻击他。由于某种原因，他断定是达莲娜让我去了大分水岭东面，让我到了黑脚族保留地南边的土路。他害怕在那片荒芜乡村的某处，我会查出发生在克莱顿·德马尔托和他表弟身上的事。

在过去两天里，我在迪欧和玛珀斯那里获得了小小的胜利，投了一些烟幕弹，利用他们自己的弱点来对付他们，这样他们就不会继续在我和阿拉菲尔身边打转了。但我官司的进展和我离开路易斯安那的时候一样，我取得的成功也只是扭转了到蒙大拿之后遇到的不利局面而已。我惊惶不安地躺在客厅沙发上，一只胳膊遮住眼睛，睡着了。

我梦中的光景很短，像午后薄雾中的一点儿亮光。达莲娜跪在水边，白尾鹿砰地跳过棉白杨之间的湿地。

我感到羽毛在我的手臂和脸上拂动。我睁开一只眼睛，看到阿拉菲尔的笑脸，前两天她在屋里找到一把旧羽毛掸子。

"你好吗，可爱的小家伙？"我说。

"你好吗，可爱的小戴夫？"她穿着牛仔裤和小鲸鱼的T恤衫。

我从沙发上坐起来。

"你怎么回家的？"我说。

"迪克西·李走到学校接我回来的。你睡着了吗，戴夫？"

"什么？"我搓着脸，努力将精神重新拉回这个下午。

"我们只要再上两天学就放假了。到时我们会回家吗？"

"也许吧，小家伙。"

"我们最好打电话给巴提斯特，告诉他。"

"阿拉菲尔，等我们回家时，可能只能待几天，我可能得卖掉一些东西来筹钱，好再去旅行。"

"旅行？"

"到别的地方待一阵子，也许是去海边。"

"我们以后不在房子里住了吗？"

"我不知道，阿拉菲尔。"

她的表情很困惑。

"生活就是这样的，我们只能接受它。"我说，"如果以后我们要搬到别的地方去，我希望你不要感到失望。"

走廊里的电话铃响了。阿拉菲尔从咖啡桌上拿起餐盒，向厨房走去。

"里根小姐问，我们是不是想吃红鱼。"她说，"她为什么那么问？她为什么关心红鱼？我在学校里被人推倒了，我向推我的那个男孩扔了块泥巴。"

我看着她离开，没有说话。

"戴夫，你最好来接电话。"迪克西·李站在门口，手里拿着听筒。

"什么事？"

"圣帕特医院打来的，克莱特斯在他们那里。"

我们开车去了位于主干道上的那家医院，我把阿拉菲尔留在二楼休息室里看漫画，和迪克西沿着走廊来到克莱特斯的病房。一位腰带上别着徽章的便衣警察刚从屋里出来，他留着金色的小胡子，穿着白衬衫，戴了个针织领结，正把一个小记事本放进衬衫口袋。

"发生了什么事？"我说。

"你是谁？"他说。

"克莱特斯·普赛尔的一个朋友。"

"你叫什么名字？"

"戴夫·罗比乔克斯。"

他缓缓点了点头，我知道他根本没听过这个名字。

"你的朋友被人毒打了一顿，"他说，"他说他不认识打他的两个家伙，但打电话给我们的酒吧服务员说那两人喊了他的名字。告诉你朋友，保护那些会把一个人的手夹到车门里的人是非常愚蠢的。"

他从我身边走过，走向电梯。迪克西·李和我走进病房，里面还住着一个老人。克莱特斯的床在隔板顶端，床板一头翘起，这样他就能看到电视机了，电视开着，但没有声音。他一只已经残废的手臂插着吊针针头，一只眼睛肿得像个紫色鸡蛋，头上有三处被剃光，那里的伤口已经缝合了。他右手裹着石膏，手指末端毫无血色，好像已经坏死了。

"我听到你和那个警察的谈话了。"他说。

"他好像不相信你说的话。"我说。

"他可能是碰到婚姻问题了。过得怎么样，迪克西？"

"哦，天哪，谁把你弄成这样的？"迪克西·李说。

"几个萨利手下的蠢货。"

"是谁？"迪克西·李说。

"卡尔和福福。我也给福福狠狠来了一下，他得有好一阵子下不了床了。"

"发生了什么事？"我说。

"我把车停在九十街的酒吧，他们一定是在停车场看到我的车了。我从侧门出来的时候，他们用一根棍子打了我一顿，当时我以为他们打完了，没想到他们又把我拖到一辆车那儿，把我的手夹在车门里，狠狠地甩上门。要是当时那个酒吧服务员没有出来，他们还会弄断我另一只手。"

"告诉警察，"迪克西·李说，"你为什么要护着卡尔和福福？"

"一报还一报，"克莱特斯说，"我并不在乎这事，老兄。"

"你以前常说'搜他们，要么就熏死他们'，让警察去搜捕他们吧。"我说。

"也许这次是他们给的意外惊喜，"克莱特斯说，他看着我的脸，"瞧你，满脸紧张，你在想什么，戴夫？"

"他们为什么要这么做？"

"萨利的毒贩子害怕了，现在除了他老子和那些雇来的意大利佬，他身边没人了。那帮娘娘腔也离开他了。"

"这不是真正的原因。"我说。

"我怎么知道他脑子里都想些什么？"

"得了，快说吧，克莱特斯，"我说。

"我走的时候，他还欠我五百块钱工钱，而且我提前把房租交完了，所以我就跑到他家里拿了几个纯金的烟灰缸。"

"你这个疯狂的浑蛋。"迪克西·李说。

"看来他没有杀达莲娜，是吧？"

"我不知道。"克莱特斯说。

"不，你知道。有人朝他开了一枪，他以为那人是查理·托德斯。如果达莲娜是他杀的，那他第一个害怕的人应该是你。那两个家伙也不会仅仅弄断你的手，他们会把你拖到路上，一枪干掉。"

"也许吧。"他说。

"不是也许，克莱特斯，"我说，"人是玛珀斯杀的。他以为是她让我去保留地的，而他在那里杀了两个印第安人。他发现她一个人在家，于是强奸并杀了她。你找错人了，这点你自己知道。"

"我找萨利是因为各种原因，"他说，"不过没关系，我们的朋友将会吃一嘴沙子。"

"什么？"我说。

"一个本世纪五十年代的笑话，油里的沙子。"他说，"别管它了，嘿，帮我个忙，我的吉普车还停在酒吧外面的停车场里，就在主干道和九十大街相接的地方。把它开到你家里，好吗？钥匙在桌上。我不想它被当地的小流氓偷走。"

"好的。"

"玛珀斯在哪儿？"他说。

"你得自己去找他，老兄。"

"看来你知道他在哪儿。"

"你想让我们给你带什么东西来吗？"

"得啦，你以为我会跳下床去捏碎玛珀斯的蛋吗？你太高看我了。"

"你会找到办法的，克莱特斯。"

他舔了舔嘴唇，笑起来。

"迪克西，你能让我和戴夫单独待一会儿吗？"他说。

"当然。"

"我们只是谈些当年在第一街区的事。"克莱特斯说。

"没关系。"迪克西·李说。

"过会儿你再回来。"克莱特斯说。

"别用上级的口吻说话，这很伤感情。"迪克西·李说，"我明天再来看你。"

他走出了房间。

"他还没有彻底变成酒鬼。"克莱特斯说。

"你需要什么，克莱特斯？"

"我在新奥尔良弄砸了很多事。我毁掉了婚姻，酗酒，让一个女孩怀了孕，借高利贷，然后在养猪场里干掉了那个浑蛋。但我也付出了代价，沉重的代价。我想要改变，但无能为力，我想那就是所谓的懊悔。但最折磨我的事是，我本应逮捕那个家伙，好让你脱离困境的。但为了一万美元,我帮他们把你变成了垃圾。"

"下层老百姓总会遭遇不幸。"

"对,你在警察局里的十四年业绩也付诸东流了。"

"这是我自己的选择,克莱特斯。"

"你想表现得很大度,那好极了,但我不能接受。我背叛了你,这是我一生最糟糕的事。我告诉你,我很抱歉,你什么话也别说,我是在告诉你我的感受,不是在旧事重提。你曾是我最好的朋友,我却让你受牵连。"

"没关系,也许那时你已经尽力了。"

他睁着一只眼看着我,那只眼睛看起来像伤痕累累的脸上的一片绿玻璃。

"现在该一笔勾销了,老兄。"我说。

"你真这么想?"

"谁还在乎陈年旧账?"

他吞咽着口水,眼底涌出泪水。

"哦,该死。"他说。

"我得走了,阿拉菲尔还在休息室里。"

"我得告诉你一件事。"他说。

"什么?"

"我得悄悄对你说,过来。"

"到底是什么事,克莱特斯?"

"不,再靠近点儿。"

我朝他弯下腰,他伸出那只没受伤的手,像一把老虎钳一样紧紧夹着我的后颈,把我的脸拉到他面前,狠狠亲了一下我的嘴。我能闻到他呼吸中的烟味,以及涂在头皮上的药膏和药水味。

*　*　*

我们开车到城西,去了克莱特斯遭到毒打的那个酒吧,在停车场里找到了他的丰田吉普车。迪克西把车开回了家,停在后院里锁好。几分钟后,苔丝·里根打来电话。

"你能来一趟吗?"她说。

"什么时候?"

"今天晚上。关于红鱼,阿拉菲尔没说什么吗?"

"我有点儿不明白。"

"我之前给你打过电话,但家里没人,其实也没什么要紧事,我们可以改天再见。"

"今晚很好。"我说。

的确很好。晚上很凉爽,飘着花香和青草的清新气味。她在后院的烤架上把红鱼烤熟,端进她的小餐厅,阳光从高高的老式窗户里照进来。她穿着紧身蓝色牛仔裤和低跟鞋,短袖衬衣上印着小小的玫瑰花,戴着金色的圆圈耳环。她的公寓反映了主人的真实性格——木地板和红木家具闪闪发亮,厨房一尘不染,墙上挂着的、大理石壁炉架上摆着的全是家人的照片,壁纸是新的,但样式和颜色都无法掩盖房子的年代。天主教日历用一块小磁铁吸在冰箱门上,上面有纪念性广告。餐厅墙上的十字架后交叉放着两片棕榈叶架子。

吃过晚饭,阿拉菲尔去看电视,我们一起收拾餐具。她的腿碰到了我的,她窘迫地笑了一下,好像在公交车上挤到一起似的。她带着期待和一瞬间的恐惧,看着我的脸。我怀疑她是个很容易伤心的人,一个随口的表白就会被当成重要的承诺。此时,月亮已经高挂在天空,窗户敞着,我闻到墙边的薄荷香气,还有浇完水的草坪散发的浓郁、清凉的气味。这是个极易使人投入的温柔时刻,使你相信自己确实可以重获年轻时的单纯天真。

于是我捏着她的手对她说晚安,看着她眼中闪过一抹失望。她笑了笑,和我一起走回客厅。她是个只能在清晨的阳光中去见的人,除非你真的愿意相信自己心中萦绕着夜曲。

那晚她来到我梦里,梦的细节如此清晰,似乎万花筒中所有破碎的紫色和褐色玻璃突然聚在一起,变成了一幅完美的图像。达莲娜的辫子垂在肩膀上,穿着下葬时的鹿皮衣,胸前停着一只紫色的玻璃鸟。她穿着印第安人的软皮靴,在悬崖的峭壁上看着我,接着又蹲在一个泉眼旁,泉水从岩石间冒出,流进茶色的溪流。她双手伸进蔓延的苔藓,伸进淤泥和潮湿的腐土里,把泥涂在脸上。她安静地看着我,嘴唇冰凉红润,脸上沾着一条条泥印。接着,她消失了,一只巨大的金色梅花鹿在灌木丛和棉白杨间冲撞。

我一下子从床上坐起来,猛烈地呼吸着,两手发抖。我看了看表,现在是凌晨两点半。我把迪克西·李从沙发上摇醒。

"我得去一趟大分水岭东面,我回来之前,你要照顾好阿拉菲尔。"我说。

"什么?"

"你听到我说的话了。你能做到吗?给她做早餐,送她去学校,下午再接她回来?"

"发生什么事了?"他的脸微微肿着,满是睡意。

"我必须靠你了,迪克西。我明天晚上回来,但你要好好照顾她,实在不行,就给工厂打个电话请病假。"

"好吧,"他暴躁地说,"但你这是要干什么?"

"我想我马上就能整垮玛珀斯了,我想我马上就能了。"

他穿着内衣裤坐在沙发边上,两只胳膊搭在腿中间,睁大了眼睛,搓了搓脸。

"我真不想这么说,老兄,你现在就像个醉鬼。"他说。

十五分钟后,我在城边的一家通宵餐馆停下车,买了一瓶黑咖啡,接着沿黑脚河旁的公路呼啸离去。星光勾勒出密林覆盖的山顶、河水和棉白杨,岸边的柳树在月光下闪亮。

等我驶到克莱顿·德马尔托翻车的沟渠所在的土路上,已经是黎明时分了。坚硬的土地被露水打湿了,阳光照在大分水岭高高的山脊上,照在浓密的树丛中。我从卡车后备箱里拿出军用挖掘工具,跳过路北边的溪流,走上斜坡来到黑松林中。空气很凉,起风了,我却在流汗。低垂的团团迷雾在树丛中缭绕,一只雌鹿和它的幼仔正在吃旱叶草。我一只手紧紧抓着工具的木柄,穿过曾经通往垃圾堆的小路,又向松林里走了一段,看到山丘脚下那条沿着浓密的树林流淌的溪流。我沿着溪流一直走,穿过那幢腐烂发霉的小木屋,踏过半埋在湿土里的生锈的炉子,经过一片被我踩扁的蘑菇地,终于看到小山坡上流出的泉水。泉水在深色岩石和苔藓上闪闪发亮,流到一片枯叶和溪边细细的泥沙中。

安妮和我父亲曾在梦中试图告诉我这一切,但我没明白。魏德林和玛珀斯杀害克莱顿·德马尔托和他表弟时是冬天,地面必定冻得很硬,一台挖土机也只能挖开一点儿。我旋开挖土工具刀片下面的金属环,把刀片折成一把锄头,再把铁环拉紧,做这一切时心脏剧烈跳动着。我刮开一层层树叶,向后耙开长长的淤泥草皮和细密的沙砾，从溪边挖到后面的泉眼，挖出半个车轮大的面积。我的裤子一直湿到膝盖，鞋子踩着水。我重新调整了刀片，平铲出一个五英寸宽的坑，将挖出的泥土小心堆在一边。我忙了半个小时，直到衬衫被汗水湿透，双臂和脸上满是泥巴印。我已经开始想，也许迪克西·李是对的，我这么做就好像干醉一样。

接着，铁锹碰到一只工作靴，我将沙子和泥巴从边上清掉，露出了鞋带，再往上是从腐烂的短袜中突出的灰色胫骨。我清理出另一只脚，接着是弯曲的膝盖和已经萎缩的平放着的大腿，已经缩得穿不上衣服了，他的衣服变成一条条的布，裹在尸体周围。第二个人紧挨着第一个，像胎儿一样蜷缩着。那小小的、无神的灰色眼球在泥土里变形了。

我从坑旁走回溪流中，在沙砾中清洗了铁锹的刀片，然后跪在对岸，在水中洗了双臂和脸。我浑身发抖，不停地出汗。我弯着膝盖坐在岸边，努力想稳住剧烈的呼吸，思考该如何安排今天早上剩下的时间。我还没有真正大功告成，但已经接近了，只要不做错任何事。我用拇指擦掉眼睛上的汗水，看着溪流对面我挖出的发亮的泥土和淤泥堆，看着被我移到阳光下的一窝窝白色虫子。接着，我看到一颗被腐蚀的绿色子弹壳，那颗子弹是瓶颈形状，和苏联托卡列夫枪射出的七点六二口径子弹的形状相同。

我沿着土路开了三英里，才在一家关门的加油站外找到一个付费电话。山上下起了雨，东边的天空依然是粉蓝色，空气中飘着松树和鼠尾草的气味。我打电话到办公室找到尼古斯基，告诉他这一切，或是我认为的一切，我说得很急，心脏还在猛烈跳动。我感到自己正站在赛马跑道的终点线上,手指紧紧捏着赛马票,希望在比赛最后时刻猜中正确的组合。

"让你的发动机歇会儿。"他说,"你是怎么找到他们的?"

"他们在酒吧和克莱顿·德马尔托家之间的那条路上翻了车,我猜玛珀斯和魏德林用枪迫使他们从车里出来,把他们带进树林。主路上有一条旧的岔路,通往一个垃圾堆。他们从那儿出去,走回泉水边。地面覆盖着冰雪和冻土。在冬天,连冰锥可能都会被敲碎。于是,他们走到对面温泉那儿,那里的地面一年四季都松软潮湿,他们就是在那里开枪打死了德马尔托和他堂弟。"

"再说一遍那枚弹壳。"

"我在铲土时挖出来的,但直到我停手之后才看见它。是瓶颈状的,像是七点六二口径手枪的子弹。玛珀斯有支托卡列夫手枪,在比特鲁他女朋友家里时,他曾把那支枪拿出来。我想他在拉斐特用的也是这支枪。当我用铁链打他的时候,他试图跑到打开的手提箱那里。看,这足以开搜查令了,但必须做好,你可以请联邦调查局参与进来,让他们协调这件事。"

"哦?"

"他们可以利用绑架案和州际飞机贩毒案,或者通过击毙他来剥夺他一小部分的民事权利。当地警察局可能会坏事。如果玛珀斯在他们弄到搜查证之前就嗅到不对劲儿的话,他会丢掉那支托卡列夫。"

"因为那个电话窃听器,我必须承受很多压力。"

"对不起。"

"这事还没平息下来呢。"

"我当时也被逼到死角了。我不知道还应该对你说什么,你希望我挂掉电话,然后打电话给警长办公室吗?"

他等了一会儿。

"不,别那么做,"他最后说,"我想我们已经获得了一些利益。整个印第安人的事件都是李起的头,而李和萨利·迪欧长期勾结在一起。再跟我说说这事。"

我把整个过程又详细地讲了一遍。大雨穿过田野,朝东边移过来,雨水打在电话亭屋顶上。一个印第安男孩骑着旧山地车从我身边的路上骑过,正低着头避雨。

"我会打电话给联邦调查局和提顿的警长办公室,"尼古斯基说,"然后我会亲自出马,但我需要你做个承诺。"

"什么承诺?"

"从现在起,其他人会接手这件事,你绝对不准再插手。"

"好的。"

"我要你保证,你不会再接近玛珀斯。"

"我保证,但你得找到他的托卡列夫枪。"

"我想你已经说得很明白了。但你能确定他手里拿的就是那支枪吗?我在想,他为什么不把枪扔掉。"

"那些枪是越南战场上的纪念品,另外,他总能从犯下的案子里脱身。"

"你等会儿会在哪里?"

"在他们翻车的马路上。我们可以从那儿进去,或者找到通往垃圾堆的捷径。"

"你有没有听到萨利的新动静?"

"没有,只听说他的两个手下弄断了普赛尔的一只手。普赛尔说他从萨利家里偷了几只纯金的烟灰缸。"

"那浑蛋活该被偷。普赛尔肯定没上诉,因为我们什么消息也没听到。"

"昨天我去医院看他的时候,他说了一些奇怪的话,他说:'我们的朋友会吃一嘴沙子。'也许我弄错他的意思了,我想迪欧有个女朋友叫莎莎什么的。反正,我是一点儿也不明白。"

"他在哪儿?"

"密苏拉的圣帕特医院。"

"也许我们该去找他谈谈。今天上午晚些时候我会去找你,同时,恭喜你,你是个好警察,罗比乔克斯。你应该把你的徽章拿回来。"

"你也是个好朋友,丹。"

"还有,最后一点,暂时不要让你的名字出现在我们的报告中。"

我在雨中回到路上,然后在我黎明时经过的林边小溪旁停下车。云层向东飘去,雨也从我后面的田野上飘走了,远处山上陡峭的红崖伸入高高的北美黄松林。我闭上眼睛,脑袋向后靠在座位上,听着知更鸟在溪边的一棵棉白杨上歌唱。

第二天早上,我喝了近两壶咖啡,等着电话铃响。我把前一天的时间几乎都花在了案发现场、警长办公室和验尸官办事处了。我看着三个警员挖掘完现场,将尸体小心翼翼地放入黑袋子,然后给联邦调查局和警长办公室各提供了一份笔录。在病理学家用一把电锯切开两个印第安人的头骨,捡出近距离射入后脑的七点六二口径子弹之后,我和他谈了话。我请他们联系圣马丁教区警长办公室,索取迪克西·李的证词。在证词里,他宣称无意中听到魏德林和玛珀斯谈论谋杀印第安人的事。我告诉他们,在比特鲁峡谷的哪个地方可以找到玛珀斯,他女朋友在密苏拉的哪里工作,他开什么样的汽车。我不停说话，直到人们从我身边走开。尼古斯基对我眨眨眼，说他愿意买给我一份汉堡，让我能有力气返回密苏拉。

于是我坐在屋后的台阶上喝咖啡，等电话。迪克西·李去上班，下午很早就回来了，还是没人打电话来。

"放松点儿，老兄，让那些人去处理这事吧。"

我们俩待在厨房里，我在地板上铺了一些报纸，在报纸上给鞋擦鞋油。

"我现在很放松。"我说。

"你让我想起了一个人，他把最后一分钱拿去买了泻药，忘了上厕所还要花一毛钱。"

"别再提你那些粪便学的东西。"

"我的什么？"

"现在不是开玩笑的时候，迪克西。"

"去参加聚会吧，别再想这事了，他们把他逮了个正着。你解脱了，老兄。"

"只有把门焊在他们身上，才算是逮着了。"

我打电话到尼古斯基的办公室。他不在，也没给我留任何口信。我又打电话到提顿警察局，那里的警察不肯跟我说话，我成了一个旁观者。

我坐在厨房桌旁，又擦了一遍我的平底鞋。

"昨天你出去的时候，我把克莱特斯的所有东西都搬到了地下室。"迪克西·李说，"那样可以吧？"

"当然。"

"他也许再过几天就出院了。他的一根肋骨断了，医生说他还得了溃疡。"

"也许他会回到新奥尔良,重新开始。"

"他车里的一些东西挺奇怪。"

"是什么?"但我没有真的在听。

"一个枕套,里面装的全是沙子。"

"啊?"

"他为什么要把沙子装进枕头套里?"

"不知道。"

"肯定是有原因的,克莱特斯做每件事都是有原因的。"

"我刚才说了,我不知道。"

"但那件事真的很奇怪,你怎么看?"

"我不在乎,看在上帝分上,迪克西,让我安静会儿,好吗?"

"对不起。"

"没关系。"

"我还以为能让你不再想那些事了。"

"好的。"

"我想看到你不再忧心忡忡,笑一笑,想想路易斯安那。让那些人去处理吧。"

"我会的,我保证。"我说着走进浴室,洗了脸,然后在前廊等着,直到阿拉菲尔放学。

他说得没错,我太焦虑了,净想做些傻事。找到那些印第安人的尸体,已经比我预想的成功得多。即使联邦调查局没找到那支托卡列夫手枪,玛珀斯依然是这起谋杀案的头号嫌疑人,因为他有动机,再加上迪克西·李的证词,他会因为丧失信用而不能做路易斯安那的目击证人。无论结果怎样,我都该收拾行李,准备回新伊伯利亚了。

我开始收拾,电话铃响了。
"罗比乔克斯先生吗?"一个女人说。
"是的。"
"我是大瀑布城缉毒局的秘书,特别探员尼古斯基在车里打电话,往这儿送了一条口信,让我传达给你。"
"好。"
"他说:'他们找到了武器,玛珀斯被拘留了。如果你想知道子弹的鉴定结果,过几天往这儿打电话,但他这次肯定跑不掉了。好好享受回路易斯安那的旅途吧。'你听到了吗,先生?"
"是的。"
"你想要留什么口信给他吗?"
"告诉他,《花花女子》杂志要找他拍插页。"
她大声笑起来。
"请你再说一遍?"她说。
"告诉他,我谢谢他。"
五分钟后,阿拉菲尔拿着饭盒从前门进来了。
"我们后天回家怎么样?"我说。
她露出灿烂的笑容。

那晚我们在后院里做饭,邀请苔丝·里根过来吃晚饭。晚饭之后,阿拉菲尔和我沿着大学后面蜿蜒的山路爬到大 M 字母那儿,整个峡谷笼罩在一片柔和的霞光中。尽管我们在流汗,山上的风还是挺冷的,风把雨水和尘土吹到比特鲁峡谷上。接着,赫尔盖特峡谷中的风吹得更加猛烈,羽扇豆都被吹趴下了,细细的灰土吹在我们皮肤上。头顶上，一架美国林业局的阻燃轰炸机在上空低低飞过，向城西的空降森林消防员学校飞去，四片螺旋桨在太阳的余晖中飞转，闪着银光。

一个念头困扰了我整个下午，我努力想把它抛到脑后，但这个念头就像一个不愿让比赛结束的傻笑小丑一样，又回来了。

回到家，我打开克莱特斯的吉普车，拿出放在车上的脏枕套。我把枕套翻过来，发现仍有些干燥的沙子留在接缝里。我给萨利·迪欧家打电话，但无法接通。我本来预留了明天的时间来收拾行李，付清水电费，给卡车上油，准备路上吃的三明治，再跟苔丝·里根谈谈。但萨利·迪欧还得到我生活中再转一圈。

"你什么时候去工作？"第二天早上吃早饭的时候，我问迪克西·李。

"我不去，老板说我今天不用去。这正是我想和你谈的，戴夫。你这一走，我也不知道今后能在这里干什么。兼职开升降机不是你所说的那种有前途的事业。"

"我要去一趟平头湖，你能帮我照顾一下阿拉菲尔吗？"

"你为什么要去那儿？"

"我要和迪欧谈谈，如果他不在，我就留个纸条，然后就回来。"

"你要去干什么？"他把咖啡杯放在桌上，瞪着我。

我开车来到波尔森，穿过樱桃果园向湖东边驶去。我可以给尼古斯基或是警察局打电话，但那样一来就不得不供出克莱特斯。我想，一个得了溃疡、断了根肋骨、折了手、头上又缝了好几针的男人，付出的代价已经足够多了。

湖边凉爽而明亮。风吹皱铁蓝色的湖面，波浪拍击着沙滩上的岩石。我把车停在悬崖上萨利的红房子前面，脱掉风衣放在卡车里，让他看见我没有携带任何武器。我拍着黄铜门环敲了敲门，没人开门。我走到房子侧面，走过摆满热带植物的玻璃门廊，看见轮椅里的老迪欧正在阳台上，身体和脑袋都包在一件带帽子的条纹长袍里，他手上拿着一支宽头雪茄。我能看清他喉咙上的甲状腺瘤，紫色的嘴唇，还有眼中潮湿恶毒的神情。他对我说了些什么，但是风太大，我没听见。我当时正低头看着通往岩石和小码头的一层层红色木头台阶，萨利·迪欧和两个手下刚把手提箱和纸板箱抱过去，萨利的一套鼓也堆在码头上。

我走下台阶，朝他们走去，他们三个都沉默地看着我。萨利跪在一个大纸箱旁，用胶带加固箱角，好像我根本不存在。他穿着一件黄色跳伞服，领子翻在脖子上，风将他古铜色的长发吹到脸上。

"你想让我们做什么，萨利？"一个手下说。

萨利·迪欧站直身子，从码头栏杆上拿起一杯冰咖啡喝了一口，看着我，似乎觉得很好笑。

"不用，"他说，"他只是那种像口香糖一样粘在脚底的家伙。"

"我只占用你一分钟时间，萨利，"我说，"我想，有人弄坏了你的飞机。"

"是吗？"

"是的。"

"我的飞机？"

"没错。"

"他是怎么弄坏我的飞机的？"

"我想是有人往你的油箱里倒了沙子。"

"你说的这个人是谁？"

"我只能告诉你这么多。相信我的话，也可以当我没来过。"

"是吗？不是胡编？搞我的飞机。"

"如果我是你，我就去检查一下。"

"你在这儿看到我的飞机了吗？"

"我能说的已经全说了，萨利，我现在就走。"

"你为什么要帮我？"他说着，朝靠在码头栏杆上的两个手下笑了笑。

"我不想因为你这样的人而感到良心不安。"

他朝那两人眨眨眼，他们俩都戴着墨镜。

"盯着两个岛之间的那个点看，"他指着那地方对我说，"就那个，在那儿，盯着别动，你听到那声音了吗？那是架飞机，你知道是谁的飞机吗？现在你看到了吧，正穿过松树林那架？它听起来像是油箱里有沙子吗？它看起来像是要坠毁吗？"

奶白色的水陆两用飞机飞到两个岛之间，触碰着深蓝色的湖面，螺旋桨在空气中吹起一团团泡沫。

"第一，我在油箱上上了锁，"萨利说，"第二，我的飞行员是个机械师，无论我们去哪里，他都会事先检查所有部件。"他又看了一眼那两个人，笑了起来，"嘿，老兄，我来问你一个诚实的问题。我看起来像是鼻子上插着骨头、手里拿着渔叉，刚从船上下来的吗？别怕，我没疯。我不会把你怎么样的，你老实回答我。"

我转身离开。

"嘿，嘿，老兄，先别逃跑，你太浑蛋了。"他咧嘴大笑，"老实告诉我，你以为我们都那么蠢？你以为我们都不懂游戏规则吗？我的意思是，在你看来，我就那么蠢？"

"你想要说什么？"

"这真是个好着儿，但你应该见好就收。福福答应那个送花的人，只要那人看到订花的人，就能拿到一百美元。他昨天过来说看到那人了。于是我们找到了那个人，那人把事情全告诉我们了。查理·托德斯根本没来过这儿。"

"看来你已经知道了所有的事，很抱歉我浪费了你的时间。"

他想保持笑容，但笑容消失了，我看到他眼中恶毒的棕色光芒，就像破碎的啤酒瓶闪出的光。

"我来告诉你，顺着这条路往下走一点儿，你将会发生什么事。"他说，"我会和内华达州的一些人一起打牌，不是卡尔和福福那样的人。是些你从没见过、从没听说过的人。我会提到你的名字和你狗窝的地址，也会提到普赛尔的名字，我可能会把迪克西的名字也加进去，作为红利。就这样，别的什么也不用说。然后有一天，有个人会到你家去，也可能，当你从理发店里出来时，他就站在你的卡车旁边，或者想跟你租条船，那将是你一生中的大日子。当事情发生时，我希望你能记得我。"

他的两个手下笑着，湖上阳光明媚，空气凉爽，风就像头疼发作一样，持续不停。

第十二章

消息刊登在第二天的《密苏拉报》头版。水陆两用机在萨利希印第安人保留地坠毁，就在平头湖南面。看到飞机坠毁的两个印第安人说，当飞机从头顶飞过时，他们听到发动机发出巨大的噪声，运转困难，然后发动机似乎彻底熄火了。飞机在两座山之间歪向一侧，在一丛松树间犁出一条深沟，然后爆炸了。一位农场主在两百码远的树上发现一个粉碎的轮椅。

当飞行员徒劳地猛拉操纵杆时，萨利雇来的手下们不敢相信地拉长着脸，在座位上扭动，期望他能做些什么。紧接着，视野陡然倾斜，树木和悬崖像一个拳头向他砸过来。我在想，在这最后的时刻，萨利在想什么。他是否想到了他父亲，他在亨茨维尔监狱里的情人，那个在快艇上被他割掉耳朵的墨西哥赌徒。我在想，他是否认为自己和里奇·瓦伦斯、理查森以及巴迪·霍利一样，成了历史[①]。但我猜他根本不会想到所有这一切。我怀疑在他的最后时刻，萨利想着自己。

我把报纸折起来，扔进厨房里的垃圾桶。阿拉菲尔正将我们的塑料冷冻箱、三明治和软饮料放上卡车前座。

[①] 一九五九年，摇滚歌手巴迪·霍利、理查森以及十七岁的歌手里奇·瓦伦斯结束爱荷华州的演出后，在返家途中遭遇飞机失事，三人全部遇难。这一天被视为"音乐死亡之日"。

"克莱特斯是怎么溜进萨利·迪欧家里偷到烟灰缸的?"我问迪克西·李。

"他也许就这么进去了,萨利·迪欧并不知道,克莱特斯复制了他们家所有的钥匙。他能进到萨利拥有的所有地方——屋子、船、车、飞机、城里的储肉柜。克拉特斯可不是谁的小丑,老兄,就像狼人乐队唱的那样,'宝贝,你有曲线,我有锐角。'我把他那堆垃圾搬进地下室时,在他的一个箱子里看到了那些钥匙。"

"你能帮我把钥匙拿来吗?"我说。

迪克西·李走下地下室的台阶,回来时拿着一串钥匙,钥匙用钢丝绑在一起。

我从前门的走廊走到外面,穿过草坪和街道,沿着堤坝来到河边。太阳还没升到山顶上,铁路桥附近的水里,鳟鱼正在捕食,河对岸的锯木厂空旷而安静。我把钥匙上的钢丝解开,把钥匙一股脑儿全部抛进水里,就像一把纷散的金币和银币。

当我回到堤坝上的时候,迪克西·李站在街上看着我。

"那是不是叫毁灭证据啥的?"他说。

"这只是个游戏。"我说。

"迪克西·李咋老是说'啥'呢?"阿拉菲尔问。

"尽量别说'咋',小家伙。"

"我的天,别管那个小姑娘的口音了。"迪克西说。

"我想你也许是对的。"我说。

"你最好相信我,小伙子。"他说着深深吸了口气,看着外面环绕在峡谷周围的蓝色山脉,好像自己拥有这一切。

"这个世界不正是一种纯净的快乐吗?"他说。

尾 声

哈瑞·玛珀斯被判了终身监禁,住进迪尔洛奇的蒙大拿州立监狱,我在路易斯安那的起诉也就撤销了。我欠了一屁股债,但现在已经是晚秋了,酷热已经退去,天空呈现出完美的蓝色,就像经过最后一连串火红的黎明和闷热的下午,夏天终于过去时,南路易斯安那的天空所呈现出的那种蓝色。海湾里的水很凉,从我码头上出海的渔民带回装满了鱼的冰柜,那些鱼像我的手一样厚。

我邀请苔丝·里根到我家里来,安排她和我城里的表姐住在一起,但到了她快要登机的日子,我心里知道她不会过来了。她说她在波兹曼的祖父母生病了,不过真正的原因我们都心知肚明,那也没什么。我想,每个中年男人都会记得他认为自己本应该娶回来的女孩,当他寂寞时,脑子里便会浮现她的样子。有时,在公园里,他会从一个在棒球场边橡树下买冰激凌的年轻女孩脸上看到她的影子。但她现在身在他乡,和别人一起生活,这种想法有时让你撕心裂肺,但你从来不会告诉别人。

克莱特斯搬回新奥尔良,在迪凯特开了一间酒吧。我不知道他从哪儿搞到的钱,也许他从萨利·迪欧家离开时带走的不止两个烟灰缸。迪克西·李和我一起在鱼饵店干了一个月的活儿,周末在圣马丁维尔的一家黑人俱乐部里表演,之后他搬到新奥尔良,组建了一支三人乐队。他定期到克莱特斯的酒吧，还有我弟弟的一家俱乐部里表演。一天晚上，我来到迪凯特，路过克莱特斯的酒吧。当时门开着，我看见迪克西·李坐在舞池后的钢琴边，身上的白色运动外套和粉红色衬衫被舞池的灯光照亮。他在唱：

> 当人们轻轻地把我埋葬，
> 将一朵玫瑰放在我的胸膛，
> 我不需要常青树环绕四周，
> 我所要的只是一碗利马豆。

  三个星期之前，我在第一缕晨光中来到湿地深处。在一天中的那个时刻，你可以在湿地里听见和看见很多奇怪的事：一只雄性短吻鳄在召唤他的伴侣，一只青蛙从柏树根上跳入水中，海狸鼠的叫声听来像一个歇斯底里的女人。水面上和树丛中浓雾缭绕，伸手不见五指，但是我知道那天早上我看到了什么，也知道发生了什么，并且觉得没必要告诉心理医生。我把前一晚拴在树上的钓绳收起来，密林里开始下雨，安妮和我父亲从雾中走过来，站在我船头边的沙滩上。

  她光着脚，穿着一件白色睡袍，脖子上戴着一圈用紫茉莉串成的项链。

  "这次真的要说再见了，戴夫，这次很特别。"她说着走进水中，裙子在她身边鼓起。她亲吻了我的眼睛和嘴唇，就像我妈妈那样。

  我父亲的钢盔歪扣在头上，他嘴角叼着火柴棍，咧嘴笑着。他竖起拇指，眨了眨眼。之后，他们在湿地里越走越深，雾变得又浓又冷，我不得不伸出船桨，敲打着坚硬的柏树，才能确定自己的位置。

现在，无论我是睡着了，还是深夜时打雷下雨，他们都不曾回来。每天早晨，我从照在前院山核桃树上的阳光中醒来。黄昏时，农夫们在田里燃烧甘蔗茬，灰烬和烟雾被风吹起，落在河上。一堆堆红色的叶子漂过我的码头，寒冷的空气带着一种甘蔗被烧过后似苦似甜的气味。每当这时，我便会想起印第安人和水中的人，想起那些穿过雨水，仿佛能将我们带回昨日的声音。有时我把阿拉菲尔扛在肩上，穿过橡树，沿着道路往家跑，就像骑手和骏马一样。在家里，巴提斯特正在走廊上烤鱼，亮着灯的窗户上贴着纸制的南瓜灯笼。每当这时，那些可怕的事就变得像填充玩具一般，被扔在一边无人理会，就像心里的阴影一样，在早晨明媚的阳光中，被人渐渐遗忘。

TITLE: BLACK CHERRY BLUES
AUTHOR: JAMES LEE BURKE
Copyright: ©1989 BY JAMES LEE BURKE
This edition arranged with PHILIP, G. SPITZER LITERARY AGENCY
through BIG APPLE AGENCY, INC., LABUAN, MALAYSIA.
Simplified Chinese edition copyright: © 2013 NEW STAR PRESS
All rights reserved.

图书在版编目（CIP）数据

忧伤的黑樱桃／（美）伯克著；白天译． －－北京：新星出版社，2013.12
ISBN 978-7-5133-0945-5

Ⅰ．①忧… Ⅱ．①伯… ②白… Ⅲ．①长篇小说－美国－现代 Ⅳ．① I712.45

中国版本图书馆 CIP 数据核字（2013）第 265207 号

忧伤的黑樱桃

（美）詹姆斯·李·伯克 著；白天 译

责任编辑： 鲍　静
责任印制： 韦　舰
封面设计： @broussaille私制

出版发行： 新星出版社
出 版 人： 谢　刚
社　　址： 北京市西城区车公庄大街丙3号楼　　100044
网　　址： www.newstarpress.com
电　　话： 010-88310888
传　　真： 010-65270499
法律顾问： 北京市大成律师事务所

读者服务： 010-88310800　　service@newstarpress.com
邮购地址： 北京市西城区车公庄大街丙3号楼　　100044

印　　刷： 三河兴达印务有限公司
开　　本： 910mm×1230mm　1/32
印　　张： 10.5
字　　数： 169千字
版　　次： 2013年12月第一版　　2013年12月第一次印刷
书　　号： ISBN 978-7-5133-0945-5
定　　价： 33.00元

版权专有，侵权必究；如有质量问题，请与印刷厂联系调换。